KB059132

06
Management of Novice Alchemist Whoa, I Got an Apprentice?!

DATE: ○○ / △△

공방 문을 노크하고 안으로 들어가자,

의자에 앉아서 작업을 하고 있던

스승님이 이쪽을 돌아보고는

나를 미소로 맞이해 주었다.

잘 지내신 것 같아 다행이다.

Iris Lotze

아이리스 로체

채집자. 사라사가 목숨을 구해주지만,
큰 빚을 지게 된다.

Misty Hudson

미스티 허드슨

사라사의 학생 시절 후배 & 친구.
친가는 규모가 꽤 큰 해운 계열 상회.

DATE: ○○ / △△

곧바로 모두에게 왕도에서 사온 선물을 주었다!

미스티가 소개해줘서 이것저것 좋은 선물을

사왔으니까. 다들 기뻐해주면 좋은 것 같은데.

Kate Starven
케이트 스타벤
아이리스의 파트너.
아이리스와 함께 그녀의 치료비를
사라사에게 갚아나간다.

Sarasa Feed
사라사 피드
초보 연금술사. 학교를 졸업한 다음
스승님에게 받은 요크 마을 가게에서
연금술사 가게를 낸다.

Lorea
로레아
요크 마을 잡화점 딸.
사라사의 가게에서 일을 도와준다.

DATE: ○○ / △△

수영복으로 갈아입은 나는 푸른 바다를 보며

넓은 모래사장에 서서 크게 심호흡을 했다.

여름이다! 바다다! 해수욕이다!

초보 연금술사의 점포경영
6

이츠키 미즈호 지음 | **후미** 일러스트 | **천선필** 옮김

SNOVEL

커버 그림, 본문 일러스트 | **후미**

Contents

Management of
Novice Alchemist Whoa, I Got an Apprentice?!

Prologue
QᏒᏦᏈᏞᏀᏌᏁᏁ ⸺⸺⸺⸺⸺⸺⸺⸺⸺⸺⸺⸺ 009
프롤로그

Episode 1
ᎶᏞ ᏞᏦᏁᏁ ᎯᏝᏁᏦᏁᏁᏁ ⸺⸺⸺⸺⸺⸺⸺⸺⸺ 020
왕도에서

Episode 2
GᏞᏌᏁᏈ ᎪᏝᏁᏝᏈ ᏄᏞᏗᏁᏁᏁ ⸺⸺⸺⸺⸺⸺⸺ 111
집에 가자

Episode 3
ᎪᏁᏁᏁᏝᏌᏁᏈ ᏈᏞᏦ QᏁᏝᏝᏌᏞᏁᏝᏈ ⸺⸺⸺⸺⸺ 193
공해 대책을 세우자

Episode 4
ᏞᏦᏁᏁ ᏄᏁᏗᏦᏦᏦᏦᏝᏝᏁᏗᏁᏝᏝᏁ QᏒᏦᏈᏈᏁᏝᏝᏝᏝ? ⸺⸺ 265
사로잡힌 공주님?

Epilogue
ᎯᏝᏦᏈᏞᏀᏌᏁᏁ ⸺⸺⸺⸺⸺⸺⸺⸺⸺⸺⸺⸺ 356
에필로그

Afterword
ᎯᏝᏞᏁᏁᏦᏗᏞᏦᏦᏁᏁ ⸺⸺⸺⸺⸺⸺⸺⸺⸺⸺⸺ 372
후기

제6장

Whoa, I Got an Apprentice?!

제자가 생겨 버렸어?!

06

Management of
Novice Alchemist Whoa, I Got an Apprentice?!

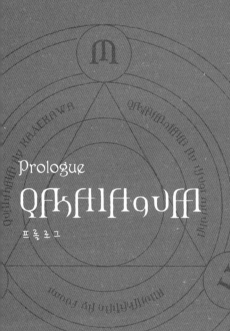

Prologue

프롤로그

내가 요크 마을에 온 지 1년.

힘든 겨울과 골치 아픈 일을 동시에 넘어선 내 곁에 봄이 왔다———, 이중적인 의미로.

———응? 그게 무슨 소리냐고?

한창 나이인 여자애의 '봄'이라고 하면 당연히 연애지.

멋진 이성과 만난다. 사랑에 빠진다. 반짝반짝한 무언가를 거쳐서 결혼한다.

그게 바로 '봄'이지!!

사춘기 여자애에게 물어보면 분명히 8할 정도는 찬성해 줄 거야!

그런 관계로, 결혼해버렸습니다———, 아이리스하고.

———어라? '멋진 이성'은 어디 갔지? 반짝반짝한 무언가는?

오히려 '결혼' 말고는 전부 행방불명인데요?

……아니, 아이리스는 좋아한다. 그건 사실이다.

동화 속에 나오는 것처럼 '멋진 사람'은 아니지만, 밝은 성격에 솔직하고, 노력가이기도 하다. 연상인데도 조금 허당인 구석이 있어서 내버려 둘 수가 없다는 점도 귀엽고?

하지만, 그게 연애 감정이냐고 물어보면……, 응.

그래도 이 정도가 의외로 잘 해나갈 수 있는 거냐? 정신이 나가서 페리크 전하 같은 '귀공자'에게 반하기라도 하면 고생하는 미래만 상상되니까.

그리고 이 결혼에는 나를 잘 따라주고 귀여운 여동생이

둘이나 따라온다.

장모님이 될 디아나 씨도 자상하고 착한 사람이었으니 정말 이득이다.

무심코 혼인신고서에 사인을 해버렸다 해도 어쩔 수 없겠지?

……응, 문제없어. 이 결혼은 잘한 거야!

하지만, 결혼해서 바뀐 게 있냐고 하면……, 서로를 부르는 호칭 정도?

평소 생활은 아무것도 변한 게 없고!

당연하지만 아이를 만들 예정도 없고!

아이리스하고는 만난 지 1년 정도밖에 되지 않았으니까 상상이 잘 안 된다고 해야 하나?

언젠가는 그런 날이 올지도 모르겠지만, 지금 내게는 그러기 위해 필요한 포션(연성약)을 만들 기술이 없고, 연금술사로서 일을 하는 게 즐거우니까!

그런 느낌으로 약간의 변화가 있으면서도 그다지 바뀌지 않은 일상 속에서 맞이한 요크 마을의 봄은, 마을 전체로 따지면 작년과는 약간 달라졌다.

가장 큰 차이는 채집자의 숫자다. 눈이 녹은 것과 동시에 조금씩 늘어나기 시작했던 채집자가 본격적으로 봄이 되자 단숨에 늘어났다. 한때는 숙박 장소가 부족할 정도였다.

그에 따라 채집자들을 위한 임대 주택도 새롭게 짓기 시작하게 되었고, 그중에는 자기 집을 사는 사람도 생겨서 한때는 마을 사람들이 모두 나서서 집을 함께 짓기도 할 정도였다.

디랄 씨의 여관도 식당을 대폭 확장하고, 사람을 새로 고용하고, 내게도 마도 풍로를 추가로 주문하는 등———, 요크 마을은 약간 채집자 붐이 일어난 양상을 보였다.

그리고 그건 내 가게도 마찬가지였고———, 아니, 오히려 발단이자 요인이었다.

나와 로레아와 더불어 아이리스 일행의 힘도 빌리며 단숨에 늘어난 채집자들에 대처하느라 정신없이 바쁜 와중에 계절이 바뀌었고, 어느새 여름이 코앞으로 다가와 있었다.

연금술사는 많은 혜택을 받는다.

학비 무료부터 시작해서 왕도 시민권 보장, 점포 구입 비용 지원 등, 꽤 다양한데, 그중에서도 경영상 중요한 것은 영주에게 세금을 낼 필요가 없다는 점과, 영지법에 얽매이지 않는다는 점일 것이다.

평민인 내가 귀족인 커크 준남작과 맞설 수 있었던 것은 그런 혜택 덕분이다.

하지만 그 대신, 약 1년마다 왕도에서 세무 신고를 할 의무가 있다.

혜택이 큰 만큼, 그런 부분은 매우 엄격하다.

이걸 게을리하면 연금 허가증(알케미즈 라이센스)을 몰수

당하고 곧바로 감옥에 가게 된다. 자비는 없다!

하지만 나처럼 변경에 머무르는 연금술사도 있기에 규칙 상으로는 '1년 이상, 2년 미만의 기간'이라고 여유를 두고 있다———, 보통은 1년 반 정도로 끝내지만.

왜냐하면, 만약에 기한이 아슬아슬하게 남은 상황에서 신고를 하러 갔다가 만에 하나 서류에 문제가 있다는 걸 발견하게 되면……, 곧바로 대처할 수 있다면 좋겠지만, 자기 가게로 돌아가서 확인할 필요가 있다면 어떻게 될까.

왕도에서 멀리 떨어진 마을에 가게를 낸 연금술사는 죽어 버리겠지?

그리고 편도로만 한 달이 걸리는 곳에 살고 있는 연금술사(나)에게도 제한 시간이 다가오고 있는 관계로———.

그날, 여행 준비를 마친 나는 가게 앞에 서 있었다.

"그럼, 다녀올게요. 여러분, 가게를 부탁드려요."

배웅 나온 사람은 네 명. 로레아, 아이리스, 케이트, 그리고 도와주러 온 마리스.

얼마 전에 로체 가문의 저택에 갔을 때도 와줬는데, 이번에는 그때보다 더 기간이 오래 걸릴 것이다.

채집자들도 많은 시기이고, 연금술사가 가게를 비우는 건 곤란하니 다시 부탁했다.

"이번에야말로 큰 배를 탔다고 생각하시고 맡겨주세요! 랍니다!"

제일 먼저 대답한 사람은 으스대는 표정으로 가슴을 편

마리스 씨.

저번에 탔던 고물 배가 가라앉지 않긴 했지만……, 그건 로레아 덕분 아닌가?

"모함이 너무 심하답니다?!"

"어이쿠. 내가 소리 내어 말했어?"

"내셨죠! 저, 제대로 성실하게 했답니다. 그렇죠? 로레아 양?"

"네. 역시 저 혼자만으로는 한계가 있으니까…….″

방긋 웃으며 물어본 마리스 씨에게 로레아가 살짝 웃으며 대답했다.

그래, 그렇단 말이지. 믿음직스럽다는 면으로는 마리스 씨보다 더 나은 로레아도 연금술 기술은 물론이고 지식 쪽으로도 마리스 씨보다 많이 부족하다.

열심히 공부를 해주고 있긴 하지만, 1년 정도 만에 어떻게 될 정도로 연금술은 어설프지 않으니까.

물론 로레아가 맡은 일은 가게를 보는 것이다. 보통은 그 정도로도 아무런 문제가 없다.

하지만, 이번처럼 내가 가게를 비우게 되는 경우에는 조금 곤란하다. 특히 이 마을처럼 연금술사의 가게가 한 군데밖에 없는 곳은 쉽사리 장기 휴업을 할 수도 없다.

그래도 세무 신고는 의무라서.

반드시 그런 건 아니지만, 본인이 신고하러 가는 게 바람직하다.

아마 연금술사가 제자를 두는 이유는 이런 게 크지 않을까?

"……그러게요. 믿을게요. 로레아와 함께라면."

"역시나, 전혀 믿지 않으시네요?!"

"괜찮아요. 사라사 씨도 마리스 씨의 연금술 실력은 믿고 계신 것 같으니까요."

주먹을 쥐고 마구 흔들며 불만을 드러낸 마리스 씨를 달래는 듯이 로레아가 그녀의 등을 툭툭 두드리고 있는데———, 어라? 로레아가 꽤 연하인 거 맞지?

"인간적으로도 믿어주셨으면 한답니다……."

"인간성은 믿고 있는데요? 믿지 않는 건 금전 감각이죠."

그렇기 때문에 외장 금전 감각(로레아)이 있으면 가게를 맡길 수도 있는 거고.

"그리고 이번에는 아이리스네도 함께 있어줄 테고요."

"으음. 가게의 안전은 나와 케이트에게 맡겨다오!"

아이리스는 힘차게 고개를 끄덕여 주었지만, 케이트는 약간 쓴웃음을 짓고 있었다.

"안전 쪽으로 한정하는 걸 보니 아이리스도 솔직하지. 연금 소재에 대해 어느 정도 공부를 하고 있는 것 같던데, 로레아를 본받아서 연금술도 공부해보는 게 어때? 사라사의 반려자니까."

"……인생의 반려자란, 서로 부족한 것들을 보완해주어야 한다, 나는 그렇게 생각한다."

"호오~. 그러면 아이리스는 사라사의 어떤 걸 보완해줄 건데? 장점인 무력으로도 뒤처지면서.”

케이트가 담담한 목소리로 지적하자, 눈을 이리저리 굴리던 아이리스가 분한 듯이 끙끙댔다.

“크윽. 내가 내놓을 수 있는 건, 사라사에게는 없는 이 풍만한 몸밖에 없는 건가?!”

“어이쿠, 아이리스. 첫 부부 싸움을 원하는 건가요? 그 도전을 받아줄 수도 있는데요?”

주먹을 쥐고 아이리스를 향해 싸우려는 포즈를 취했다.

“애초에 풍만하다고 자랑할 만한 정도인가? 그야 사라사하고 비교하면 그나마 낫지만.”

뒤에서 베였다.

“케이트까지?! 너무해요! 저도 조만간 성장할 텐데!!”

부부라고 해도 하면 안 되는 말이라는 게 있을 것 같은데!

내가 거세게 항의하자 아이리스와 케이트가 서로 마주 보며 웃었다.

“농담이야. 내놓는다고 해도 내 몸은 이미 사라사의 것이니 말이지?”

“그러게. 이야기가 나온 김에 말하자면, 풍만 담당은 나려나?”

“어머나! 두 분께서 벌써 그런 것까지? 사라사 씨, 존경한답니다!”

왠지 모르겠지만, 마리스 씨가 눈을 반짝이며 달려들었다.

로레아까지 부끄러운 듯이 볼을 붉히면서 나를 힐끔거리

고 있고!

"존경하지 마?! 나, 그렇게 음란하지 않으니까! 정말, 농담만 하고!"

"어머? 농담이었나요? 귀족이라면 그 정도는 딱히……."

"딱히, 는 무슨! 이러니까 타고난 귀족은 안 된다고!"

이상한 편견을 갖지 않는 건 좋지만, 이건 뭔가 아닌 것 같아…….

나는 한숨을 한번 쉰 다음, 사라져버린 긴장감을 되찾기 위해 스승님에게 받은 배낭을 다시 짊어지고 기합을 넣었다.

"──좋았어! 이야기가 다른 곳으로 빠져버리긴 했는데, 슬슬 가볼게?"

"네! 사라사 씨, 조심히 다녀오세요!"

"다녀와, 사라사. 뒷일은 우리에게 맡기고."

"으음. 빈 자리는 확실하게 지키마. 가게는 잊어버리고 느긋하게 다녀오도록 해."

"천천히 다녀오세요. 돌아오실 때쯤이면 이곳은 제 가게가 되어있을 거랍니다."

내 말에 제일 먼저 대답해준 사람은 로레아였다. 그리고 아이리스 같은 사람들도 각각 격려해주었다──, 그중에 이상한 사람이 있긴 했지만.

"그렇게는 안 돼요! 사라사 씨, 안심하세요. 제가 확실하게 지킬 테니까요!"

그 이상한 사람을 로레아가 밀쳐내고는 두 손으로 주먹을 꽉 쥐며 힘차게 선언했다.

나는 미소를 지으며 힘이 들어간 그녀의 어깨를 툭툭 두드렸다.

"후훗, 맡길게, 로레아. 아니, 점장 대리!"

Episode 1
At thm Afimhitfil

왕도 에서

오랜만에 느낀 왕도의 소음은 내 마음을 묘하게 들뜨게 만들었다.

요크 마을은 당연하고, 사우스 스트러그와 비교해도 압도적으로 많은 사람들의 숫자.

1년 이상 시골에서 살면서 느긋 모드가 되었던 나를 자극하는 듯한 도시의 분위기.

큰 변화가 있는 건 아니지만, 기억에 없던 가게도 몇 군데 생겨서 내 흥미를 부추겼다.

"볼일을 마치면 이곳저곳 돌아봐야지. 기다리고 있는 사람들에게도 선물을 사 가야겠고……, 마리스 씨에게도 사다줘야 하나? 도와주고 있다는 건 틀림없으니까."

레오노라 씨는 '빚을 갚을 때까지는 마구 부려먹는 정도가 딱 좋다'라고 했지만, 혼자만 안 사다주는 건 불쌍하잖아. 외톨이는 괴롭다고.

그 밖에도 이것저것 사두고 싶은 게 있으니 가게를 돌아다니는 건 매우 중요────하지만.

가장 먼저 갈 곳은 이미 정해져 있다.

그곳이 가까워지자 점점 빨라지는 내 발걸음.

잠시 후 급해진 마음을 억누르지 못하게 된 나는, 인파를 헤치며 뛰어가기 시작했다.

"여기는 변함이 없네……."

변화가 없다는 사실에 안심한 나는 문을 밀어서 열었다.

"안녕하세요!"

"———어머! 사라사 양, 어서 와요. 도착했군요?"

나를 맞이해준 것은 마찬가지로 변함이 없는 그 자상한 목소리.

"네! 좀 전에요. 마리아 씨, 오랜만이에요."

그렇다, 모든 것을 제쳐두고 온 곳은 스승님의 가게.

내가 지금, 어떻게든 경영을 해나가고 있는 것은 스승님 덕분이라 하더라도 과언이 아니다.

제일 먼저 여기에 인사를 하러 오지 않는다는 건 말도 안 될 것이다.

물론, 갑자기 엄청난 변경에 있는 가게를 떠넘겼을 때는 매우 당황했지만 말이지!

"스승님, 계신가요?"

"네, 있어요. 공방에 있으니 얼굴을 보여주세요."

"네. 그럼, 실례합니다~."

잘 알고 있는 스승님의 집. 가게 안쪽으로 들어가 공방 문을 노크하고 안으로 들어가자, 의자에 앉아서 작업을 하고 있던 스승님이 이쪽을 돌아보고는 나를 미소로 맞이해 주었다.

"오, 사라사, 무사히 도착했구나."

"네, 스승님, 오랜만이에요. 잘 지내시는 것 같아 다행이네요."

"뭐, 그렇지. 그래서, 이번에는 여기까지 오는 데 시간이 얼마나 걸렸지?"

"갑자기 그것부터 물어보시나요?! 좀 더 재회를 기뻐해주시지 않을래요?"

아무런 여운도 없이 본론으로 들어간 스승님에게 내가 불만을 드러냈지만, 스승님은 어깨를 으쓱이며 웃었다.

"자주 편지를 주고받고 있는데 이제 와서 인사치레를 할 필요는 없잖아."

"그야 그렇지만요……."

하지만, 직접 만난 건 1년 만이다. 좀 더 뭔가 있어도 괜찮은 거 아닌가?

나는 귀여운 제자잖아?

"뭐지? 감동의 재회라도 하고 싶었던 거야?"

"그럴 리가 없잖아요! 정말!"

놀리는 듯이 팔을 벌린 스승님을 보고 내가 볼을 부풀리자, 스승님이 재미있다는 듯이 웃었다.

"후훗. 그래서, 언제? 사흘까지는 아니더라도, 1주일 정도 만에 올 수 있게 되었나?"

"제가 스승님인 줄 아세요? 2주일 넘게 걸렸다고요……."

"흐음……. 그래도 1년 전보다는 빨라졌군. 성장했구나?"

"그야 한 달보다는 짧아졌지만요, 단순히 비교할 수는 없잖아요?"

1년 전에는 처음 간 곳이었기에 마차를 갈아타면서 여행했다.

이번에는 내 다리로 뛰어왔으니 단순히 '두 배로 빨라졌다!'라고 말하긴 힘들단 말이지.

"그렇군, 승합 마차는 느리니까 말이지. 그렇다면 나중에 검술 실력도 봐야겠어."

"그러니까, 여운! 왜 그렇게 무술 쪽에 쏠리셨는데요?!"

감동의 재회는 필요가 없지만, '고생했다' 같은 자상한 말이 필요한 나이거든?!

"그래도, 그 검을 줬을 때 말했잖아? '검술 실력을 보여줘야겠다'라고."

스승님이 웃으며 손가락으로 가리킨 것은 내가 허리에 차고 있던 검이었다.

그렇다, 저번과는 달리 이번에는 혼자 여행했다.

다행히 이게 활약할 기회는 없었지만, 호신용으로 검을 차고 온 것이다.

큭. 이럴 줄 알았다면 넣어둘 걸 그랬나?

──아니, 그런 건 상관없겠지, 스승님이라면.

"네, 기억나요. '다음에 왔을 때'라고 말했던 것도요. 근데 스승님이 오신 게 아니잖아요! 제가 온 거죠!"

"오차 범위 이내야. 그게 아니면 그 검에 먼지만 쌓이고 있었던 상황인가?"

"아뇨, 가끔은 쓰긴 했는데요. 오히려 쌓인 건 먼지가 아니라 피인데요."

이 검에 도움을 받은 적도 많긴 했지만, 연금술사로서 그게 맞는 건지는 약간 의문이 든다.

──내 연금 생활, 너무 거친 거 아닌가?

"그래도 가르침을 받을 만한 상대도 없으니 실력이 늘진 않았을 것 같은데요?"

"그러니까 내가 봐줘야겠지?"

"어……. 이왕이면 연금술 쪽을 봐주시라고요. 저번에도 말씀드렸던 것 같지만요."

"나도 저번에 말했는데, 벽에 부딪힌 거냐? 오히려 지금은 혼자서 이것저것 시험해보는 게 재미있을 시기 아닌가?"

그러고 보니 '벽에 부딪히면 생각해 보겠다'고도 했었지, 스승님이.

"음~, 부정하진 않겠어요. 이것저것 하고 싶긴 한데, 돈하고 시간이 부족하다는 느낌이죠."

"그렇지? 나도 그랬으니까."

내 대답을 들은 스승님이 웃고는 왠지 그립다는 듯이 공방을 둘러본 다음에 나를 다시 보았다.

"뭐, 그건 그렇고 말이다. 사라사, 왕도에서 머무를 숙소는 정했나?"

"아뇨. 왕도에 도착한 뒤에 곧바로 여기에 왔으니까요."

"그렇다면 여기에서 지내라. 지금 너라면 숙박비 정도는 큰 부담이 되지 않겠지만, 네가 있으면 마리아도 기뻐하겠지. 왕도에 온다는 이야기를 들은 뒤로 계속 안절부절못했거든."

"그건……, 감사합니다. 신세를 질게요."

잠깐 생각하다가 고개를 숙인 나를 보고 스승님이 안심한 듯이 고개를 끄덕였다.

"그래, 여유가 있는 거라면 느긋하게 지내다 가거라. ———어깨에 들어갔던 힘이 좀 빠졌나본데?"

"그렇죠. 1년 전보다는요."

그 무렵이었다면 스승님의 호의를 순순히 받아들이지 못하고 여관을 따로 잡았을 것이다.

졸업한 직후라 혼자서 살아간다는 의식이 강했으니까.

하지만 지금의 나는 내 가게라는 돌아갈 곳을 얻었고, 아이리스 일행과 만났고, 나 혼자 해나갈 수 있다는 자신감도 어느 정도는 붙었다. 그렇기 때문에 응석을 부릴 수 있게 됐다고 해야 하나, 쓸데없이 오기를 부릴 필요가 없다고 생각하게 됐다. 큰 변화인 것 같다.

"바람직하군. 너는 아직 젊어. 기댈 때는 기대는 것도 필요하지. 그리고 연장자가 보기에 쓸데없이 사양하는 것도 기쁘진 않으니까."

"그건 스승님도 마찬가지인가요?"

"그래. 제자가 기대주지 않는 건 스승으로서 꽤나 쓸쓸하거든?"

스승님은 미소를 지으며 내 머리를 두드리고는 '자'라고 말하며 옆에 있던 의자를 가리켰다.

"영업 시간이 끝나려면 아직 좀 남았다. 사라사, 너도 도와라. 좀 골치 아픈 걸 연성 중이었거든."

스승님의 지도는 실천 형식이다. 학교의 수업 같은 '지도'를 받은 기억은 한 번도 없다.

나는 곧바로 '네!'라고 대답하고는 스승님 옆에 앉았다.

◇ ◇ ◇

"이거……, 엄청난 요리네요!"

영업 시간이 끝난 뒤, 목욕탕에서 여행하느라 지저분해진 몸을 씻고 나온 나를 기다리고 있었던 것은 상다리가 휘어질 듯이 차려진 마리아 씨의 요리였다. 3인분 같지 않을 정도로 많은 요리 중에는 처음 보는 것도 많았지만━━━, 응, 먹어보지 않아도 알 수 있다.

이거 전부, 분명 맛있는 거다! 틀림없어!!

로레아도 요리를 잘하긴 하지만, 요리 실력은 역시 마리아 씨가 조금━━━, 아니, 훨씬 더 뛰어나고, 사용한 식재료의 질, 종류가 비교도 안 되니까.

"마리아는 이날을 위해 꽤 예전부터 준비를 해왔으니까."

"우후후, 힘을 좀 내봤죠. 많이 드세요?"

"네! 마리아 씨 요리, 오랜만이라 기뻐요."

미소를 지으며 요리를 담아주는 마리아 씨를 보고 나는 고개를 힘차게 끄덕였다.

"후후후, 나도 좀 좋은 술을 조달해 왔지. 사라사도 어때?"

"아뇨! 그쪽은 사양할게요. 저는 술이 약한 모양이라서요."

장난기 어린 미소를 지으며 병을 들어올린 스승님을 보고 나는 고개를 저으며 딱 잘라 거절했다.

1년 전의 추태, 반복할 수는 없지!

───무슨 짓을 했는지는 기억이 안 나지만!

"그래? 제자에게 맛있는 술을 먹여주려고 했는데. ───조금만 어때?"

"안·마·신·다·고·요! 다 아시면서 권하시는 거죠? 스승님."

"스승의 사랑을 이해하지 못한다니, 안타깝군. ───여흥을 즐길 수 있을 줄 알았는데."

"기분 나쁜 사랑이야! 평범한 사제애를 원합니다!"

하지만, 딱 잘라 거절하자 스승님도 더 이상 권하지 않고 술을 자기 잔과 마리아 씨의 잔에 따른 다음, 내 잔에는 다른 병에서 주스───, 같은 것을 따라주었다.

"킁킁……. 술은……, 아닌가?"

"의심이 많구나. 아무리 그래도 마리아 앞에서 속이지는 않아."

"그렇군요. 같이 밥을 먹을 때는 마리아 씨가 반드시 함께 있어야겠네요!"

"안심해라. 마리아가 없으면 요리가 안 나오니까! 하하하."

그런 걸 자랑해도 되는 거야? 스승님.

실제로 스승님이 요리를 해준 기억은 전혀 없긴 하지만!

우리를 훈훈하게 보고 있던 마리아 씨가 잔을 들고 입을 열었다.

"그러면, 오랜만에 얼굴을 보여준, 우리 소중한 제자를 위하여."

"으음. 최초의 1년을 사라사가 무사히 넘어선 것을 축하하며."

그렇게 말한 다음, 스승님과 마리아 씨가 동시에 나를 보았다.

"어? 저기, 그러니까……, 스승님과 마리아 씨의 변함없는 사랑을 위하여?"

갑자기 지목당해 곤란했던 내가 이상한 말을 꺼냈지만, 두 사람은 웃으며 잔을 들어 올렸다.

"""건배!"""

"───꿀꺽꿀꺽. 푸하~. 차가워서 맛있네~!"

무슨 과즙인지는 모르겠지만, 감귤 계열의 시원한 향기가 마음에 드는 달콤한 주스.

평범한 가게라면 차갑게 식혀두었다는 것에 놀랐겠지만, 스승님의 집에서는 이제 와서 따질 만한 것도 아니다.

"휴우……. 새삼 생각해보니 어떻게든 넘어섰네요. 평온하진 않았지만요."

위치가 위치인 만큼 경영이 편하지 않을 거라는 사실은 알고 있었고, 첫 해에는 나름대로 문제가 생길 거라 생각했지만, 상상했던 것과는 다른 방향으로 문제가 잔뜩 생길 줄이야!

아이리스의 등장, 헬 플레임 그리즐리의 광란, 골치 아픈 상인과 귀찮은 일(페리크 전하).

처음에는 다들 그런 건가?

아니면 내가 특이한 건가……?

지금까지 있었던 일들을 떠올리며 한숨을 크게 쉰 나를 보고 스승님이 웃었다.

"정말 문제에게 인기가 많단 말이지, 사라사는."

"아, 역시 평범한 게 아니었나 보네요, 제가. ……일부는 스승님 때문이지만요."

적어도 페리크 전하가 온 건 스승님과 관련이 있다.

하지만, 아이리스를 구해줄 수 있었던 건 스승님이 이것저것 챙겨주었던 덕분이다.

모두 합쳐서 보면 압도적으로 플러스이기 때문에 불평하기가 힘들다.

───그래도 하소연 정도는 해도 되겠지?

"내가 딱히 뭔가 한 건 아니다만……, 그래도 그만큼 성장할 수 있었지?"

"그러게요. 그건 부정하지 않겠어요. 오히려 여러모로 도움도 되었고요."

대수해의 소재를 비롯하여 어떻게든 쓰러뜨렸던 샐러맨더도 스승님이 없었다면 매각하는 데도 고생했을 테고, 나아가서는 로체 가문을 도와주지도 못했을 것이다.

"그건 신경 쓰지 않아도 된다. 네가 보내주는 소재로 나도 어느 정도는 벌고 있으니까."

"……혹시 이렇게 사치스러운 요리를 차려주신 건 그런 이유인가요? 이익 환원 같은 느낌?"

오랜만에 만났다는 이유만이라고 보기에는 돈이 너무 많이 들었을 것 같아서 물어보자, 스승님이 마리아 씨에게 눈짓을 보내며 씨익 웃었다.

──음, 기분 나쁜 예감이 드는데.

"그런 건 아니지만, 돈은 나름대로 들긴 했지. ──네 결혼을 축하하는 자리도 겸하고 있으니까."

"푸흡──! 콜록, 콜록!! 스승님, 어떻게 아신 건데요?!"

은근슬쩍 나온 말을 듣고 사레가 들린 나.

예감이 들긴 했는데, 버텨내질 못했어!

커크 준남작이 소동을 일으켰을 때, 상황에 따라서는 전송진을 이용해서 곧바로 혼인을──, 그런 계획도 있긴 했지만, 그건 실행에 옮기지 않았고, 스승님에게는 이야기를 하지도 않았을 텐데!

마스터 클래스의 정보 수집 능력은 그런 변경까지 뻗어나가 있다는 건가?!

"아이리스가 편지를 보냈던데? 사라사와 결혼합니다. 잘 부탁드립니다, 라고."

바로 곁에 정보를 누설한 사람이 있었어!

"아, 아이리스……. 그래도 분명히, 아이리스에게 부탁을 받고 편지를 전송했던 기억이 있긴 하네요……."

"착한 애죠. 사라사 양에게는 부모님이 안 계시니까 인사는 오필리아와 저에게 해야겠다면서 예의바르게 편지를 보내주었어요. 언젠가 직접 만나고 싶다고도 하던데요."

"끄으으, 정말 예의가 바르네. 불평할 수도 없어……."

끙끙대는 나를 보고 스승님이 살짝 웃었다.

"뭐, 아이리스가 보고하기 전부터 알고 있긴 했다만 말이지."

"……어떻게요? 설마, 그 배신자가 로레아인가요?"

가끔 로레아가 마리아 씨에게 편지를 쓰고 있다는 건 알고 있거든?

그래서 아이리스의 편지도 딱히 의식하지 않고 보내버린 거지만.

"너, 배신자라니……. 그냥 페리크 전하가 떠들고 다녔던 것뿐인데?"

"──윽! 윽!!"

아무리 그래도 불경한 짓이기에 새어나오려 한 말을 집어삼켰다.

아니, 알고 있다는 건 상관없거든? 왕족이니까. 귀족의 혼인에 대해 알아야 하는 입장이니까.

그런데 왜 그걸 떠들고 다니는데? 소문 내기 좋아하는 아주머니야?

부지런한 왕족은 빨래터 수다에도 참가하시나요?

내가 주먹을 쥔 채 부들부들 떨고 있자니 스승님과 마리아 씨가 쓴웃음을 지었다.

"연금술사 양성 학교는 국력의 향상을 목적으로 왕족들이 주선해서 만든 곳이야. 고아인 네가 그곳을 뛰어난 성적으로 졸업하고 귀족이 되었다는 사실은 재능이 있는 평민들에게 희망을, 높은 지위에 안주하는 귀족들에게는 위기감을 줄 수 있지. 이용하지 않을 이유가 있나?"

"끄으……, 없겠죠. 실제로 그렇게 구원받은 사람이 저고요."

학교에 들어가지 않았다면 내가 고아원을 나온 뒤에 어떻게 되었을까.

분명히 제대로 된 직업도 갖지 못하고 가난 때문에 고생했을 것이다.

그렇게 생각하니 그 정도는 참아야겠네, 역시.

"그런데 설마 나보다 먼저 제자가 결혼할 줄이야……. 처음 만났을 때는 조그맣던 네가 이제 처녀가 아니라니 감격스럽구나. 아이는 언제쯤 가질 예정이지?"

"없어요! 당분간은 그럴 예정이 없다고요! 아직 처녀예요!"

어째서 이야기를 그쪽으로 몰아가려 하는 거지?!

아니, 귀족의 의무를 따지면 이해는 되지만 말이야!

"그런가? 아, 아직 그 포션은 아직 만들지 못했겠군. 축의금 대신 내가 만들어줄까? 효과는 보증해줄 수 있는데? 남자가 되는 게 어느 쪽이지?"

"필・요・없・어・요! 오히려 필요한 건 스승님 아닌가요? 젊게 보이더라도 꽤 나이가 드셨죠? 아이를 가질 수 없게 될 텐데요?"

싱글거리며 놀리는 스승님에게 한 방이라도 되갚아주기 위해서 약간 위험한 부분을 건드려 보았다.

하지만 스승님은 여유로운 미소를 지으며 내 머리를 꾹꾹 쓰다듬었다.

"호오, 말재주가 꽤 좋은데? 그런데, 내가 언제 아이가 없다고 했지?"

"어? 있나요?! 누, 누구 애인데요?! 저는 분명히———."

급하게 마리아 씨의 얼굴을 살펴보았지만, 거기에는 항상 그랬듯이 부드러운 표정만 있었다.

그러니까, 마리아 씨가……? 아니면 다른 사람? 어쩌면 스승님 자신이———.

"있다는 말도 안 했지만."

"결국 어느 쪽인데요! 진짜~!"

"비밀이다. 어느 정도 미스테리어스한 게 마스터 클래스 연금술사 같잖아?"

"부정할 수 없는 사실! 스승님은 척 보기엔 알아볼 수가 없으니까요……."

나는 다른 사람이 가르쳐줄 때까지 스승님이 그렇게 대단한 사람이라는 걸 알지도 못했고!

"상관없어. 나는 점잔빼는 걸 삶의 보람으로 삼고 있는 할아범, 할멈들하고는 다르다고."

"어라? 마스터 클래스가 딱히 나이든 사람들만 있는 건 아니잖아요?"

마리아 씨가 그렇게 말하며 끼어들었지만, 스승님은 코웃음 쳤다.

"흥. 외모는 그렇다 치더라도 대부분은 할아범, 할멈이라 불러도 문제는 없잖아."

역시 마스터 클래스가 되려면 오랫동안 연구를 할 필요가 있는 거구나———, 아.

"그러고 보니까 저는 다른 분들에 대해 몰라요. 어떤 분들 인가요?"

문득 그 사실을 깨닫고 물어보니 스승님이 약간 어이없다는 듯이 나를 보았다.

"너, 나에 대해서도 몰랐지? 연금술사라면 좀 더 흥미를 가지는 게———, 아, 아니, 가지지 않아도 된다. 그런 녀석들하고 엮였다가 좋을 게 없으니까."

"후훗, 오필리아……, 그건 자학하는 건가요?"

"나 말고 다른 마스터 클래스 말이야."

"제 생각엔 다른 분들께서도 똑같은 말씀을 하실 것 같은데요……."

뭐, 나이가 많이 든 연금술사. 아무리 생각해도 만만한 사람은 아닐 것 같네.

"아, 그리고 보니 저는 스승님의 진짜 나이를 모르———."

"으응? 사라사, 뭐라고 했지? 응?"

내 말을 가로막고 꾸며낸 듯한 미소를 지으며 얼굴을 들이대는 스승님.

으앗, 스승님도 신경 쓰는구나?!

음, 그게, 다른……, 다른 화제가……, 그렇지!

"저, 저번에, 스승님께서 보내주신 약초 씨앗 중에, 제가 모르는 씨가 하나 있던데요. 그건 뭔가요? 아무런 설명도 안 해주셨잖아요!"

갑자기 꺼낸 질문이긴 하지만, 다음에 만나면 물어봐야겠다고 생각했던 건 사실이다.

싸앗의 상태를 보고 알아낼 수 없었던 건 물론이고, 어느 정도 자란 지금도 잘 모르겠다.

내가 가지고 있는 책에도 나와있지 않았기에 신경이 쓰였던 것이다.

스승님은 갑자기 화제를 돌려서 그런지 금방 생각이 나지 않은 모양이라, 한동안 생각에 잠겨 있다가 잠시 후에 손을 탁 치고 미소를 지으며 재미있다는 듯이 나를 보았다.

"…………아, 그거 말이구나. 심어봤나?"

"네. 뭔가 나무가 돋아났어요. 그것도 마력을 대량으로 흡수하는 특수한 나무가요."

육묘 보조기의 마력을 팍팍 소비한 데다 뒤뜰로 옮겨심은 뒤에 마력을 주면 왠지 모르겠지만 흡수하는 그 신기한 나무. 그 대신 성장도 빠른 걸 보니 아마 평범한 나무는 아닐 것이다.

"호오, 나무가 될 때까지 키웠다고? 그거 대단한데."

"스승님이 '대단하다'고 하실 만한 나무군요. 조금 다른 느낌이 들긴 했는데."

보통은 더 놀랄 만도 하겠지만, 그건 스승님이 보낸 물건이다.

어느 정도 신기한 거라면 '스승님이니까'라는 말로 넘어가 버릴 수 있다.

하지만, 그 뒤에 스승님이 한 말은 그런 마음가짐을 날려 버릴 정도로 놀라웠다.

"그건 솔라움 씨앗이야."

"———윽?! 한 입만 먹어도 하늘로 날아오를 듯한 기분이 들어서 천상의 과실이라 불리는 그 솔라움요?!"

놀란 나와는 달리 스승님은 아무렇지도 않다는 듯이 고개를 갸웃거렸다.

"딱히 하늘로 날아오르진 않아. 맛있긴 하지만, 그 영업 문구는 너무 호들갑스럽지."

"드셨나요?! 하나만 팔아도 집을 지을 수 있다는 그 과일을?"

"아니, 아무리 그래도 집은 못 지을 텐데? ———네 가게 정도는 살 수 있겠지만."

"그러면 1만 레어 이상이라는 뜻이죠? 충분히 비싸요!"

게다가 솔라움의 크기는 직경 3센티미터 정도.

몸집이 작은 나조차 한입, 두입 정도만에 먹어치워버릴 만한 크기인데?!

깜짝 놀란 나를 보고 스승님이 재미있어하며 싱글거렸다.

"굳이 말하자면 솔라움의 가치는 손에 넣고 싶어도 좀처럼 얻을 수 없다는 점에 있지. 그래서 사라사에게도 나누어줄까 생각했거든."

"나누어주다니……, 이왕이면 과일 쪽을 나누어주세요~."

그 마음은 기쁘다. 하지만 씨앗으로는 전혀 즐길 수가 없다.

무심코 불평한 나를 보고 마리아 씨가 미안하다는 듯이 힘없는 표정을 지었다.

"미안해, 사라사 양. 과일 쪽은 오필리아가 실험하는 데 써버려서……."

"아, 아뇨, 마리아 씨는 딱히 잘못하신 게 아니죠! 아니, 제가 불평할 만한 이유도 없겠네요. 그래도, 좀 먹어보고 싶었거든요."

"그렇게 말해도 말이지, 솔라움 씨앗은 귀중하거든? 나도 정확히는 모르지만, 100개 중에 1개가 들어있을까 말까 한 모양이니까. 나누어준 것치고는 충분하지 않나?"

상상했던 것보다 더 귀중하네?! 나누어준 것치고는 충분히 가치가 있어! 그래도…….

"그렇게 대단한 물건을 어째서 적당히 넣어두신 건데요?"

"흐음……. 사라사, 너는 솔라움에 대해 얼마나 알고 있지?"

내가 의심하는 듯한 눈빛을 보였기 때문인지, 스승님이 잠깐 생각에 잠긴 듯이 되물었다.

"정말 귀중하고, 비싸고, 맛있고, 재배하기 힘들다는 것 정도요."

"거의 다 맞는 말이지만, 재배하기 힘든 건 아니다. 못하는 거지. 좀 전에 말한 대로, 씨앗을 얻는 것부터가 어렵고, 심어봤자 싹이 트지 않아. 나도 시험해본 적이 있는데 실패했으니까."

"……정말로요? 그냥 싹이 나던데요."

"그래서 놀란 거지."

솔라움이 귀중한 소재라고 판명된 이후로 연금술사 사이에서는 인공 재배 시도가 몇 번이나 이루어졌다. 하지만 야생 솔라움 자체가 희귀한데다 씨앗을 심어도 싹이 트지 않았고, 묘목을 이식해도 원래 자라던 곳 이외의 다른 곳에서는 자라지 않고 말라죽어버렸다.

"그래서 현재는 자생지를 숨기고 한정된 채집자들만이 채집할 수 있게끔 해두었지. 너무 많이 채집해서 솔라움이 고갈되어버리지 않게끔 말이야. 가격이 비싼 건 그런 이유 때문이다."

"어? 하지만 과일을 따더라도 나무가 약해지진 않잖아요? 무리하지만 않으면."

"그건 솔라움의 잎을 연금 소재로 쓸 수 있기 때문이야. 잎을 뜯어내면 나무가 약해지잖아?"

"아, 그렇다면 이해가———, 응? 그런 이야기는 처음 들었는데요……?"

은근슬쩍 이야기가 나왔기에 그냥 넘겼지만, 나도 나름대로 공부를 하고 있다.

솔라움만큼 유명한 과일에 그런 특성이 있다면 기억하지 못하는 게 이상하겠지?

"기밀 사항이거든. 과일과는 달리 잎은 언제든지 채집할 수 있다고. 우연히 솔라움을 발견한 채집자가 잎을 전부 뜯어가버리면 곤란하지 않을까?"

"잎의 가치를 모르면 과일이 열리지 않은 시점에서 포기한다는 거군요. ———음, 스승님? 그 정보는 저에게 말씀하셔도 되는 건가요?"

"흐음……. 사라사. 말하고 다니지 마라?"

"스승님~! 그런 나무를 뒤뜰에 심은 저도 꽤 곤란한 상황 아니에요?!"

"그래서 놀랐잖아."

"놀라움이 너무 적어요!! 적다고요, 스승님! '호오'라고만 했잖아요!"

스승님은 가벼운 말투로 말했지만, 이거, 아무리 생각해도 골치 아픈 일인데!

그렇다고 해서 모처럼 자란 솔라움을 벌채해버릴 수도 없고…….

"어째서 그렇게 귀중한 씨앗을 대충 넣어두신 건데요……."

"좀 전에 말했다시피, 솔라움은 그냥 심어도 싹이 트지 않아. 만약에 싹이 트게 된다면 그것은 분명히 필연, 그런 운명인 거겠지. 어떤 상황이라도 말이야."

다시 말해, 싹이 틀 운명이라면 적당히 넣어두더라도 자연스럽게 그런 결과가 될 거라는 뜻인가?

그냥 생각하기에는 비합리적이지만, 상대는 신기한 과일인 솔라움이다.

그럴 수도 있을지 모르겠다———, 내가 그렇게 생각하고 있자니.

"그렇게 그럴싸한 말을 늘어놓고 있지만, 전부 나중에 가져다 붙인 이유죠."

마리아 씨가 모든 것을 뒤집어 엎었다.

"앗, 이봐, 마리아!"

"후후훗, 사라사 양에게 보낼 씨앗하고 테이블 위에 같이 두었다가 착각하고 보내버렸다는 게 사실이에요."

따지는 목소리를 미소로 흘려넘긴 마리아 씨를 보고 스승님이 불만이라는 듯이 팔짱을 꼈다.

"정말, 마리아는……, 내 위엄이 떨어지잖아?"

"스승님……, 제 감탄한 마음을 돌려주세요."

아니, 다른 의미로는 감탄했거든?

귀중품을 적당히 다룰 만큼 여유가 있구나, 그런 의미로!

내가 그렇게 눈을 흘기는 걸 견디지 못했는지, 스승님이 약간 당황한 듯이 내 어깨를 툭툭 두드렸다.

"뭐, 뭐, 잘 된 거지. 무사히 키우면 솔라움을 마음껏 먹을 수 있잖아? 천상의 과실이라는 건 호들갑스러운 표현이지만, 맛있다는 건 틀림없으니까."

"골치 아픈 일들도 마음껏 끌어들이겠지만 말이죠! 고급 과일을 먹을 수 있다는 건 기대되지만요……, 어느 정도 지나야 열매가 열리나요? 성장이 빠른 걸 보니 몇 년 정도?"

"몰라. 20년이나 40년 정도 걸린다는 이야기도 있긴 한데———."

"네에?! 제가 할머니가 되어버린다고요!"

"유력한 가설은 100년 이상이고."

"…………."

할머니가 되는 수준이 아니었다.

"하지만 그건 야생에서 자랄 때의 경우다. 수고를 들여서 키우면 좀 더 일찍 열릴지도 몰라."

"정말인가요~~? 저는 스승님을 좀 믿지 못하게 되었는데요."

"그건 너무하구나, 사라사. 그래도 어쩔 수 없잖아? 솔라움의 재배 기록 같은 건 없으니까. 네가 확실하게 조사해보면 그 분야에서 1인자가 될지도 모르겠는데?"

"네에……? 저는 연금술사이지, 식물학자가 아닌데요?"

"귀찮으면 노르드랫 같은 사람에게 가르쳐주면 신이 나서 조사하지 않을까?"

"그렇군요, 그 사람이라면———, 아니, 스승님도 알고 지내는 사이였어요?"

"그래. 그 녀석이 쓴 책은 꽤 흥미롭거든."

노르드 씨라면 신이 나서 요크 마을에 올 것 같긴 하지만, 연구를 위해서라면 샐러맨더도 부활시키는 사람이다. 이것저것 터무니없는 짓을 할 것 같으니 눌러앉는 건⋯⋯, 좀.

"━━가르쳐주진 않을래요. 연구하다가 나무가 말라 죽게 만들면 곤란하니까요."

"그렇긴 하지. 일단 충고해 두겠는데, 솔라움의 존재에 대해 함부로 말하고 다니지 않는 게 좋을 거다."

"그걸 보낸 스승님께서 그런 말씀을 하시는 거예요?! 저도 안다고요, 정말⋯⋯."

잎의 가치가 알려져 있지 않다고는 해도 원래 재배가 불가능한 솔라움이 마을에 있다는 게 알려지기만 하더라도 큰일이다. 내가 불만이라는 듯이 볼을 부풀리자 스승님이 웃으며 계속 말했다.

"그 대신이라고 하긴 좀 그렇지만, 나중에 솔라움 잎을 써먹는 방법을 가르쳐주마. 네가 조사해봤자 솔라움에 대한 정보를 찾아낼 순 없을 테니까."

"그건⋯⋯, 도움이 되겠네요. 적어도 뭔가 이익을 얻었으면 하니까요."

잎의 유용함이 기밀이라면, 그 사용 방법이 공개되었을 리가 없다.

골치 아픈 존재의 대가가 언제 열릴지 알 수도 없는 과일이라니, 수지가 안 맞아…….

"그러고 보니까 스승님은 솔라움 열매를 어디에 쓰셨어요? 연구라고 하시던데."

"응? 딱히 대단한 건 아닌데? 장난 같은 거야."

스승님이니까, 뭔가 대단한 걸 만들었나? 내가 그렇게 생각하며 바라보자 왠지 모르겠지만 스승님이 고개를 돌리며 대답을 얼버무렸고, 마리아 씨가 '후후후' 하고 웃었다.

"그러게요. 그냥 주스였으니까요."

"네? 주스? 그냥? 특별한 효과가 있는 것도 아니고요?"

"마리아……. 가지고 왔길래 사들이긴 했는데, 써먹을 방법이 없었다고. 그냥 먹어도 되긴 했겠지만, 가끔은 다른 방법을 모색해 볼까 싶었지."

그렇구나. 스승님쯤 되면 사들일 수 없다고 하기도 힘든 건가?

마스터 클래스가 사들이지 않는다면 어디에다 팔라는 거냐고 할 테고.

그리고 좀 전에 들은 이야기가 사실이라면, 과일은 잎의 가치를 속이기 위한 것이다.

연금 소재로서는 써먹을 방법이 거의 없을지도 모르겠지만…….

"정말 비싼 주스네요, 그거."

"다른 과즙도 섞인 했지만……, 한 컵으로 사라사 양의 가게를 살 수 있겠네요."

"으아……. 그런 건 못 팔겠네요, 절대로. 저하고는 인연이 없을 것 같아요."

귀족들이 마시는 고급 술 중에는 그 정도로 비싼 것도 있다고 하지만, 주스니까.

나는 그렇게 생각하며 손 근처에 있던 주스를 입에 머금었다.

―――응, 이것도 충분히 맛있어. 더 이상 바랄 필요는 딱히 없겠지?

그렇게 생각하던 내 컵을 마리아 씨가 손가락으로 슬쩍 가리켰다.

"참고로 그게 그 주스예요."

"―――으윽!!"

터무니없는 말을 듣고 목이 막혔다―――, 하지만 가격을 생각하니 절대로 뱉어낼 수가 없어!

아니, 뱉어낼 것 같으냐!!

"꿀꺽. ―――콜록, 커헉! 콜록!"

"거 봐, 마리아. 역시 이렇게 되었잖아."

"그래도 모처럼 만든 거니까 가르쳐줘야 하지 않나요? 다 마신 뒤에 말해주는 것보다는 낫죠."

"그런가? 딱히 가격에 따라 맛이 달라지진 않잖아?"

억지로 삼킨 다음, 몇 번이나 기침을 하던 내 머리 위에서 스승님과 마리아 씨가 이야기를 나누었다.

그래도―――, 둘 다 거기서 거기라고!!

◇ ◇ ◇

다음 날, 나는 혼자서 왕궁에 와 있었다.

하지만, 물론 임금님을 만날 수 있을 리도 없고, 왕자님에게도 볼일이 없다.

목적은 세무 신고. 왕국에 있는 납세 부서에서 서류를 제출하고 확인을 받아야 한다.

"연금술사입니다. 세무 신고를 하러 왔어요."

"고생이 많으시군요. 위치는 아시나요? 왼쪽 건물로 들어가면 안내판이———."

약간 긴장하며 입구에서 연금 허가증을 보여주자 신입 연금술사를 대하는 게 익숙한 건지 남자 문지기가 이해하기 쉽고 꼼꼼하게 안내해주었다.

그 안내에 따라 담당 부서로 가서 서류를 제출하자 젊은 여자 담당자가 한 장씩 확실하게 체크했다. 한동안 긴장되는 시간이 지나자 그녀가 방긋 웃었다.

"네, 됐습니다. 문제없네요. 첫 번째치고는 잘 해오셨는데요?"

"감사합니다. 스승님께 봐달라고 했거든요……."

그렇다, 사실은 어젯밤에 스승님에게 서류 체크를 부탁했던 것이다.

그래서 문제가 없을 거라는 건 알고 있었다———, 실제로 확인한 사람은 마리아 씨였지만.

"그러셨군요. 순순히 부탁할 수 있다는 건 좋은 거예요. 쓸데없이 오기를 부리면서 정정하고 또 정정하다가 나중에는 스승님께 울고불면서 부탁하는 신입도 많으니까……. 저희 업무도 줄어들어서 좋네요."

"하하하……. 고생이 많으시네요. 역시 이 시기에는 신고하는 사람이 많나요?"

신고 간격은 1년 반이 일반적이다.

역시 비슷한 시기에 쏠리려나, 그렇게 생각했는데, 그녀가 곧바로 고개를 저었다.

"아뇨, 그렇진 않아요. 스승님 밑에서 독립하는 시기가 사람들마다 다르고, 졸업과 동시에 개업한 사람은 당신 정도밖에 없죠. 사라사 피드 씨."

"……저를 알고 계신가요?"

이름은 서류에 적혀 있으니 알고 있는 게 당연하다.

하지만 내가 졸업 직후에 개업했다는 사실을 아는 사람은 별로 없다.

약간 경계하는 듯이 물어본 내게 그녀가 '대체 무슨 말을 하는 거냐'는 듯이 쓴웃음을 지었다.

"이 부서에 있으면서 미리스 님의 제자인 당신을 모른다는 건 있을 수 없는 일인데요?"

"그, 그런가요……."

끄으으, 그렇겠구나. 스승님의 지명도가 있으니 주목을

받을 수밖에 없는 건가…….

"스승님이 위대하시니 부담도 크겠지만, 당신의 실적은 그 입장에 걸맞는 것 같네요. 저 같은 사람의 귀에도 다양한 공적을 세웠다는 이야기가 들리니까요."

"어떤 이야기인지 물어보는 게 겁날 정도네요."

"시기나 질투가 섞인 이야기도 있긴 하지만, 공평하게 보면 나쁜 이야기는 아닌데요?"

저, 정말인가? 냉정하게 생각하면 내 악평이 얼마든지 퍼질 수 있을 것 같은데……?

도적이나 상인을 죽였다거나, 귀족을 망하게 만들었다거나, 샐러맨더가 날뛰게 만들었다거나.

내가 죽인 건 도적뿐이고 나머지는 전부 사실이 아니지만 말이지!

결과적으로 그렇게 되었다고 보일 뿐이지만 말이지!

참고로 샐러맨더는 내가 잘못한 게 전혀 없지만 말이지!

나는 미묘한 표정을 짓고 있었던 모양이다.

그녀가 재미있다는 듯이 '후후', 웃고는 서류에 도장을 쾅 찍어서 내게 내밀었다.

"네. 고생하셨어요. 이제 납세액은 확정입니다. 저쪽 창구에서 납세하시고 납세 증명서를 받아가세요. 그런 다음에는 제8담화실로 가시고요. 여기에서 나가서 왼쪽 안쪽에 있습니다."

"저, 저기, 담화실요? 무슨 다른 문제가 있나요……?"

"아뇨, 아뇨. 그냥 청취입니다. 당신은 변경에 계시니까요. 배우셨죠?"

———아, 그러고 보니 학교에서 그런 이야기를 들었던 기억이 있다.

세무 신고를 할 때는 왕국 전체에 흩어져 있던 지식 계급이 왕도에 오게 된다.

왕궁이 보기에는 지방의 정보를 모을 좋은 기회다. 이용하지 않을 이유가 없다.

모두가 그런 건 아니기에 잊고 있었는데, 나처럼 왕도에서 멀리 떨어진 곳에 살고 있을 경우에는 이야기를 듣게 되는 경우가 많다고 했었지.

나는 서류를 담당해준 그녀에게 고맙다고 인사하고 세금을 납부한 다음, 방에서 나가서 지정받은 담화실로 갔다. 앞쪽부터 제1, 제2, 그렇게 지나간 다음 가장 안쪽에 있던 제8담화실 문을 노크했다.

"네. 들어오세요."

"…………."

———엄청나게 기분 나쁜 예감이 든다. 왠지 들어본 적이 있는 것 같은 목소리인데요?

하지만 돌아서서 나갈 수는 없었기에 나는 각오를 다지고 안으로 들어갔다.

"실례합니다———, 앗?!"

예감이 적중했다. 거기 있던 사람은 골치 아픈 사람들의 우두머리 격인 페리크 전하였다.

"어라, 어라, 그런 표정을 지으시면 저도 좀 상처를 받는데요."

———거짓말하고 있네. 그 정도로 상처 입을 만큼 섬세하지 않잖아요! 전하는!

하지만 상대는 왕자님이다. 나는 억지로 미소를 지으며 비위를 맞췄다.

"오랜만에 뵙습니다, 전하. 그 이후로 상태는 어떠신가요?"

"네, 네. 덕분에 괜찮네요."

팔랑팔랑, 숱이 많아진 머리카락을 몇 번이나 쓸어올리는 전하.

그 모습이 귀공자답긴 했지만, 예전에 정수리가 벗겨졌을 때 보여주었던 포즈와 완전히 똑같아서……, 히, 힘내라, 내 복근! 지금이 끈기를 보여줄 때라고!!

"그, 그러셨군요. 무사히, 효과가, 발휘된 것 같아서, 안심, 했습니다."

좋아, 내 복근이 승리했어!

그런데 왠지 모르겠지만 불만인 듯한 전하가 내게 의자에 앉으라고 권하며 계속 말했다.

"당신을 여기로 부른 건 구 커크 준남작 영지, 현재는 왕실 직할령인 '로호하르트'가 되었습니다만, 그 지역의 정보에 대해 물어보기 위해서———가 아닙니다."

"……그런가요?"

"네, 직할령이니 정보가 들어오거든요. 이번 기회를 이용한 건 당신을 자연스럽게 부르기 위해서죠. 애초에 정보를 수집하기 위해서 왕족이 직접 이야기를 듣진 않으니까요."

"그렇겠죠. 왕족분들도 바쁘실 테니."

내가 '이해가 되네'라면서 고개를 끄덕이자 전하가 쓴웃음을 지으며 고개를 살짝 저었다.

"모두가 그렇게……, 아뇨, 그건 그렇고. 당신을 부른 용건은 두 가지. 첫 번째는 이겁니다."

전하가 그렇게 말하며 가리킨 것은 테이블 위에 놓여 있던 두꺼운 책 두 권이었다.

제목은———, '샐러맨더, 그 생태와 실험 결과에 기반한 고찰'.

"노르드가 당신과 아이리스에게 주는 증정본이라고 합니다. 당신들의 협력이 있었기에 완성된 책이라고요. 부디 읽어주시죠."

책이라는 건 결코 저렴한 물건이 아니다. 하지만, 이건 받아도 될 것 같다는 생각이 들었다.

그만큼 폐를 끼쳤다는 생각이 충분히 드니까!

전하가 권하는 대로 들고 팔랑팔랑 넘기며 내용을 확인해 보니 전문서인데도 불구하고 생각했던 것보다 문장이 읽기 편했고, 멋진 삽화까지 있어서 완성도가 꽤 괜찮았다.

그리고 마지막 부분에는 기존에 썼던 많은 책들의 일람과 개요까지 나와 있었다.

"정말 책을 많이 쓰셨네요. 마물 말고도 식물까지……."

"흥미가 있으신가요? 혹시 생각이 있으시다면 제가 한 세트 드릴까요?"

"아, 아뇨, 그럴 수는! 받을 수 없어요! 이렇게 많은 책을!"

내가 당황하며 고개를 젓자 전하가 살짝 웃으며 어깨를 으쓱였다.

"신경 쓰지 않으셔도 됩니다. 저는 똑같은 책을 여러 권 가지고 있어서요. 이왕이면 활용해주실 분에게 가는 게 노르드도 기뻐할 겁니다."

예전에 노르드 씨가 말한 대로 그는 연구 결과를 제출하고 포상금을 받은 모양이다.

그때 제출한 책은 왕궁에서 보관하는 모양이고, 전하는 그 책을 언제든 읽을 수 있는 입장인데다 개인적으로도 연구 자금을 제공하고 있기에 노르트 씨가 그에게 증정본을 여러 권 준 것 같았다.

"그러니 조만간 정리해서 보내드리죠. 모처럼 보내드리는 거니 읽어주십시오."

"네에. ──노르드 씨는 의외로 대단한 사람이었나요? 스승님께서도 알고 계시던데요."

"천재와 무언가는 종이 한 장 차이라는 거죠. 피해 이상의 성과를 내고 있기에 저도 계속 후원해주고 있긴 합니다만……, 당신들에게는 천재라기보다는 **천재지변**일까요."

"그럼 다음에 오면 고개를 숙이고 그냥 지나가기만 기다리도록 해야겠네요?"

은근히 '이제 협력은 안 해줄 거야'라고 말한 내게 전하가 속을 알 수 없는 미소를 지었다.

"예정대로 되지 않는 게 천재지변의 무서운 점이다. 저는 그렇게 생각합니다만?"

———어어……? 불길한 말은 하지 않았으면 좋겠는데.

그런데 거기서 이어진 말은 그런 불길함조차 평온하게 느껴질 만한 이야기였다.

"그건 그렇고, 다음이 진짜 용건입니다. 사라사 양은 현재, 사우스 스트러그를 포함한 로호하르트 전체에서 치안이 악화되고 도적들이 늘어나고 있다는 걸 알고 계신가요?"

"아뇨, 처음 듣는 이야기인데요. 요크 마을에서는 별로 의식한 적이 없었는데……."

"그야 그렇겠죠. 혼자서 도적들을 전멸시킬 수 있는 사라사 양을 필두로 헬 플레임 그리즐리의 광란조차 물리친 채집자들이 모여 있는 마을을 어떤 도적이 습격하겠습니까?"

그렇구나. 내가 필두라는 건 그렇다 치더라도 요크 마을에 있는 고참 채집자들은 인격이나 실력도 나름대로 믿을 수 있다. 도적들이 와봤자 오히려 당하기만 하겠지.

"하지만, 요크 마을은 오히려 예외입니다. 다른 마을이나 도로를 지나가는 상인들은 도적들 때문에 괴로워하고 있습니다. 그래서 사라사 양께서 치안 회복에 협력해주셨으면 합니다."

"……그건 로호하르트의 지방관이 해야 할 일 아닌가요?"

왜 나한테 그런 말을 하는 거냐고 묻자, 전하가 곤란하다는 듯이 쓴웃음을 지었다.

"그는 유능합니다만, 아무래도 일손이 부족합니다. 전 준남작이 처벌당한 이후로 지방관이 영지 내부의 개혁을 단숨에 진행했습니다만, 약간 성급하게 진행시킨 느낌이라서요."

나쁜 짓을 저지르던 군인, 관리는 전부 해고. 범죄 조직에도 손을 대며 사우스 스트러그의 정화를 하러 나선 결과, 도시의 치안은 개선되었지만, 수족으로 부릴 만한 인재들이 줄어들었고, 오히려 쫓겨난 악당들이 도적이 되어 영지 내부의 치안을 악화시켰다.

그런 점으로 보면 실책이겠지만, 전 준남작의 처벌 이유가 국왕에 대한 반란이다.

함부로 봐주면 남은 자들도 의심을 살지 모르니 그럴 수밖에 없었던 모양이다.

"결과적으로 치안 유지를 맡을 인원이 크게 줄어들어버린 거죠. 인격을 믿을 만한 제6 경비 소대는 왠지 모르겠지만 모두가 퇴직해버렸고요."

───그거, 설산에서 만났던 사람들이지? 왠지 모르겠다고 하면서도 다 파악하고 있는 거지?

하지만, 그걸 건드릴 순 없다. 나는 다른 방향으로 공격했다.

"힘드신 건 이해하겠는데, 어째서 저죠? 저는 일개 연금술사———."

"가 아니죠? 당신의 이름은 뭡니까?"

전하가 내 말을 곧바로 부정하며 이상한 질문을 했다.

"네? 사라사 피드, 인데요……."

"지금은, 아니죠?"

"……아. 사라사 피드 **로체**입니다."

방긋 웃은 전하가 다시 묻자, 나는 그 사실을 새삼 떠올렸다.

사실은 사라사 로체라고 해야 할 것이다.

하지만 '피드'라는 이름도 남기고 싶었기에 아델버트 씨 같은 사람들과 의논해서 이 이름을 쓰게 되었는데, 지금 중요한 건 '로체' 쪽이다.

정정한 나를 보고 전하가 만족스러운 듯이 고개를 끄덕였다.

"그렇습니다. 얼마 전에 제출된 혼인 신고서로 인해 당신은 로체 가문 사람이 되었습니다. 그와 동시에 당신에게 가문을 물려주겠다는 신청도 이루어졌고, 그건 이미 폐하께서 승인하셨지요."

———어? 그런 말은 못 들었는데. 결혼은 했지만, 가문까지? 그것도 이미 승인되었다고?

물려주는 걸 고려하겠다는 말을 듣긴 했는데, 진짜로 저질러 버렸다고?

"음~, 그러니까……?"

"지금 당신은 로체 기사작입니다. 귀족의 의무는 이해하고 있겠죠?"

"윽……."

영지 귀족은 국왕으로부터 영지를 받는 대신, 몇 가지 의무를 띠게 된다.

그중에는 당연히 국왕의 요청에 따라 병사들을 보낼 의무도 포함되어 있다.

다시 말해, 군대를 보내 왕의 직할지의 치안을 회복시키라고 명령 받으면 따를 수밖에 없는 것이다.

———크윽, 귀족이 된 이익을 누려보기도 전에 의무가 먼저 찾아왔어!

"로체 사작. 그렇게 된 관계로 당신을 로호하르트 영주 전권 대리로 임명하겠습니다."

"…………네? 어? **영주 전권 대리**? 도적 토벌만 하는 게 아니라요?"

예상하지 못한 내용 때문에 한순간 멍해진 나를 보고도 전하는 미소를 무너뜨리지 않고 고개를 끄덕였다.

"네. 명색이 영주인데 지방관 밑에 두고 일을 시키는 건 문제가 될 테고, 그렇다고 해서 적당히 도적들을 죽이고 다니라고 하는 것도 무책임하겠죠. 로호하르트는 여러 모로 골치 아픈 지역이니 종합적으로 생각해서 움직일 수 있고 그런 권한을 지닌 입장이 아니면 곤란할 겁니다."

끄으으……, 그건 이해가 된다. 도적들을 적당히 쫓아냈다가 주변 영지로 도망치면 문제가 생길 테고, 도로나 물류의 흐름을 무시하고 그냥 토벌만 할 수도 없다.

그래도……, 부담이야! 부담이 너무 큰데?! 전권 대리라니!

"저, 저 같은 애송이를 부려먹지 않더라도, 로호하르트 주변에는 다른 귀족들도……."

"안타깝게도 우리나라는 인재 부족이 정말 심각합니다. 그런 이유로 연금술사 양성 학교를 만들기도 한 겁니다만……. 생각해 보세요. 그 주변에는 약소 귀족들뿐입니다. 예를 들자면 아델버트 로체. 그가 맡을 수 있을까요?"

그분은 좋은 영주인 것 같긴 하지만, 어디까지나 작은 마을을 다스릴 경우다.

내 장인 어른이기도 하니 감싸주고 싶긴 하지만 이미 속 아버린 실적이 방해한다.

"그 밖에도 비슷한———, 아니, 대부분은 아델버트 이하입니다. 그런데 마침 여기 정치와 경제에 대해서도 제대로 공부를 해서 안성맞춤인 인재가 있군요. 다행이네요."

써먹을 만한 사람이 있고, 써먹을 만한 정당성도 있다. 그렇다면 써먹지 않을 이유가 없다.

이해가 되네요. 저도 그렇게 할 테고, 그게 올바른 판단이라는 걸 인정하죠.

———그게 나 말고 다른 사람이었다면!

"이래 봬도 배려해드리고 있는 건데요? 사실은 알현의 방으로 불러내서 국왕 폐하께서 전권 대리로 임명하셔도 됩니다만, 당신은 미리스 스승님의 제자니까요."

그렇게 되면 그야말로 아무 말도 못하고 맡게 된다. '삼가 받들겠습니다' 말고 다른 대답은 용납되지 않는다.

이렇게 자세히 설명해주는 걸 보니 전하가 말한 것처럼 배려해주고 있는 것 같긴 하다.

"그리고 사라사 양은 도적을 절대로 용서하지 못하는 분이라면서요? 이 일을 맡으면 눈에 띄는 도적들을 모조리 죽이고 다닐 수가 있거든요? 요크 마을 주변에서도요."

방긋 웃는 전하에게 '어떻게 아는 거야?'라고 이제 와서 물어보진 않을 거다.

하지만 내가 마치 살인광인 것처럼 말하진 말라고. '도적을 절대 용서하지 못한다'는 신조는 부정하지 않을 거고, 아는 사람들의 위험성을 고려하면 내버려 둘 수 없는 것도 사실이지만!

의무가 있고, 이유가 있고, 그리고 내 신조와도 맞는다.

도망칠 길이 전부 막혀버린 이상, 내 대답은 역시 '삼가 받들겠습니다' 말고는 없었고———, 나는 다시 한번 전하가 껄끄러워졌다.

전하의 터무니없는 행동 때문에 아파진 머리를 감싸며 나는 왕궁의 문을 나섰다.

그런 내 앞에 나타난 것은 간단히 말하자면 변태였다.

"나는 하지오 카……, 하지오다. 기뻐해라, 평민. 네게 나와 결혼할 수 있는 영예를 내려주마."

외모는……, 평범하다. 꽤 통통하긴 하지만, 입고 있는 옷의 질은 그리 나쁘지 않았다. 센스에 대해서는 언급하지 않겠다. 센스가 안 좋다고 해서 변태라고 매도할 만큼 나는 속이 좁지 않으니까.

하지만 말과 행동이 변태다. 처음 만나는 상대에게 결혼을 신청하다니, 그 시점에서 이미 아웃이고, 그걸 '영예'라고 말한 시점에서 말도 안 된다. 변태라고 인정해도 세계가 용납해줄 것이다.

"…………무슨 말이신지 잘 모르겠는데요."

──더 이상 골칫거리를 늘리지 말라고.

그런 마음을 담아 꺼낸 말이었는데, 안타깝게도 변태는 이해하지 못한 모양이었다.

그 변태가 한숨을 쉬고는 어이없다는 듯한 눈빛으로 나를 보았다.

"이래서 평민은 안 된다니까. 고귀한 핏줄인 내가 설명해줄 테니 잘 들어라? 네놈은 더러운 수법으로 기어올라온 모양이다만, 어차피 천한 핏줄이지. 결혼 상대인 로체 가문도 마찬가지잖나? 하지만 나는 순수한 귀족이다. 내 피가 섞이면 그나마 좀 나아지겠지. 아, 걱정하지 마라. 네놈은 발육 상태가 좋지 않지만, 얼굴은 못 봐줄 정도가 아니고, 네놈의 결혼 상대도 나름대로 괜찮다고 하더군. 내가 한꺼번에 돌봐줄 테니 말이다. 애초에 여자들끼리 결혼하는 건 아무런 소용도———.”

와아! 이 녀석, 상상했던 것 이상인데!!

더 이상 들을 가치도 없다고 생각했기에 일부러 귀를 막았다.

말하는 내용이 엉망진창인데다 쓸데없이 자세히 알고 있다는 게 특히 기분 나쁘다.

———그러고 보니 전하가 선전하고 다녔다고 했나?

어? 그러니까 이것도 전하 때문이라는 거야? 그 역병신!

이제 슬슬 대놓고 매도해도 용서해주지 않을까?

……용서해주지 않겠지. 저래 봬도 왕족이고, 외모는 괜찮으니까.

적어도 누가 도와주지 않으려나, 그렇게 뒤쪽으로 돌아서서 왕궁을 지키고 있던 병사를 보았지만, 안타깝게도 그들은 내 눈을 피하며 못 본 척———, 아니, 이해는 되거든?

이런 녀석하고는 엮이고 싶지 않겠지? 실제로 해를 끼친 것도 아니고.

그래도 좀 매정한 거 아닌가? 이렇게 연약한 여자애에게 시비를 걸고 있는데!

‘그러면 여자들에게 인기를 끌지 못할 걸?’이라는 내 시선에 ‘당신은 연금술사니까 연약하지 않죠?’라는 시선이 돌아온 것 같지만, 분명히 착각일 것이다.

"―――내가 얼마나 훌륭한지 알려―――."

변태가 아직 혼잣말을 계속 늘어놓고 있지만, 거기에 어울려줄 이유는·요만큼도 없다.

나는 넘치는 마력을 이용해서 온 힘을 다해 신체 강화를 걸었다.

"―――너는 내가 하는 말만 들으면―――, 아, 이봐, 어디―――."

솔직히, 다른 사람들이 보고 있지 않았다면 두들겨 패주고 싶은 말도 들리긴 했지만, 아무리 그래도 왕궁 앞에서 그럴순 없다. 나는 그런 짜증을 담아 있는 힘껏 지면을 박찼다.

변태의 망언을 내버려두고 내가 간 곳은―――.

"스승님, 잠깐만요! 제 말 좀 들어주세요!!"

이 가슴에 담긴 분한 마음을 기분 좋게 토해내자, 그렇게 생각한 내가 온 힘을 다해 뛰어간 곳은 스승님이 있는 곳이었다.

하지만, 문을 쾅 열고 뛰어든 나를 보고도 스승님은 태연했다.

"오~, 사라사, 어서 와라. 세무 신고는 무사히 마쳤고?"

"아, 네, 덕분에 무사히―――, 그게 아니라! 변태가, 변태가 나타났어요!"

스승님의 대답에 나도 모르게 기세가 꺾였지만, 곧바로 마음을 다잡고 좀 전에 만난 변태에 대해 이러쿵저러쿵 스승님께 설명했다. 하는 김에 전하에 대한 불만도 털어놓았지만, 스승님은 내 말을 듣고 딱히 별 생각이 없는지 '호오~'라고 건성으로 대답했다.

"……스승님, 제자에게 너무 차갑게 구시는 거 아닌가요? 조금이나마 공감해주셔도 될 텐데."

함께 화를 내달라는 말이 아니다. 그래도 위로 정도는 받고 싶은 제자 마음이다.

하지만 스승님은 살짝 웃으며 어깨를 으쓱였다.

"묘한 게 다가올 거라는 예상은 이미 하고 있었으니까. 이익과 불이익, 그 정도도 고려하지 않고 귀족이 되었다면 네가 잘못한 거지. 알아서 헤쳐나가라."

"크윽……, 정론이네요. 정론이지만요오~~."

"그런 녀석은 앞으로도 계속 나타날걸? 아무리 그래도 그렇게까지 엄청난 바보는 희귀종이겠지만, 고용해달라거나, 자금을 원조해달라거나 하는 녀석들 말이야. 너는 만만하게 보이니까."

"저도 안다고요~. 제게 위엄 같은 게 없다는 것 정도는요. 스승님, 그래도 조금 정도는 도와주셔도 되는데요? 앞으로 고생하게 될 제자를요."

사실 스승님의 제자라는 배경 자체가 이미 큰 도움이 되고 있다.

그래도 조금 정도는 응석을 부려도 되겠지? 내가 그렇게 스승님을 올려다보며 부탁하자 스승님이 턱에 손을 대고 잠깐 생각한 다음, 근처에 있던 선반을 부스럭거리며 뒤지기 시작했다.

"그래, 아마 이 근처에……, 아, 여기 있네. 그러면 이 포션을 줄까?"

스승님이 꺼낸 것은 먼지를 뒤집어 쓴 포션 병이었다.

일반적인 것보다 조금 컸고, 꽤 엄중하게 봉해두었다. 수상하다. 매우 수상쩍다.

"……그게 뭔가요? 제가 모르는 포션, 이죠?"

"너무나도 골치 아픈 상황이 되었는데, 만에 하나 손이 미끄러졌을 때는 이걸로 뒤처리를 해라. 몇 방울만으로도 전부 없애주지. ———뭘 없애주는지까지는 말해주지 않겠지만."

"터무니없는 극약인데요?! 무, 무슨 그런 걸 주시는 거예요!"

"괜찮은데? 살아있는 것에 뿌리더라도 아무런 효과는———."

"이미 말씀하신 거나 마찬가지거든요?! ———뭐, 주신다면 받아두겠지만요."

스승님이 '필요 없으면'이라고 말하며 집어넣으려던 포션을 공손히 받아서 집어넣은 나.

쓸지 말지는 별개로 치고, 연금술사로서 희귀한 포션을 놓칠 순 없으니까!

———아, 물론 나는 무슨 효과인지 모르거든? 응, 몰라.

언제 어디선가 사람이 행방불명되더라도 나는 아무런 상관도 없다. 무죄라고. 알겠지?

"그런데, 알고 있긴 했지만, 귀족은 귀찮네요. 페리크 전하도 갑자기 힘든 일을 떠넘기고……, 봐주세요, 스승님."

내가 '이렇게 심한 짓을!'이라며 내가 돌아올 때 전하가 건네준 임명장을 보여주자 스승님이 그것을 읽고는 '흐음'이라며 약간 뜻밖이라는 듯이 눈을 동그랗게 떴다.

"페리크 녀석, 생각보다 신경을 써준 모양이로군."

"───어, 그 반응……, 스승님, 혹시 알고 계셨나요?"

"그래. 그래 봬도 꽤 예의가 있거든. 내게도 미리 이야기를 했지."

"그렇다면 말려주셔도……, 그럴 순 없겠네요. 귀족의 의무니까."

내가 한숨을 쉬며 어깨를 늘어뜨리자 스승님이 살짝 웃으며 임명장을 돌려주었다.

"권리만 주장할 수는 없잖아? 그리고 페리크는 네게도 충분한 이익을 주고 있어. 보통은 왕의 명령이라면 그냥 따를 수밖에 없다고."

"네. 약소 기사작은 아무런 말도 할 수가 없고, 이익 공여 같은 것도 기대할 수가 없죠. 잘해봐야 병사들을 동원하는 데 든 실비 정도겠죠. 이번에도 그렇게 될 것 같은데……, 이익이라뇨? 설마 스승님까지 '마음껏 도적들을 죽이며 다닐 수 있다'고 말씀하진 않으시겠죠?"

도적의 제거가 피드 가문의 가훈이긴 하지만, 죽이는 걸 좋아하는 건 아니거든요?

"말해줄 것 같냐, 멍청아. 그 임명장을 잘 읽어보라고. 확실하게 '영주 전권 대리는 지방관 위에 위치한다'라고 적혀 있지. 다시 말해 너는 로호하르트에서는 영주와 동등한 권한을 지니게 된 거야."

"그렇네요. 그게 왜……?"

무슨 말을 하고 싶은 건지 이해하지 못하고 고개를 갸웃거리는 나를 보고 스승님이 미소를 지었다.

"너는 의외로 착하구나? 간단히 말하자면, 도적 문제를 해결할 때까지 네가 로호하르트 영지의 돈을 마음대로 쓸 수 있다는 뜻이야. 자기가 하고 싶은 것에 대해서 말이지."

"……네? 그러니까 그 말은, 로호하르트의 세금을 연금술 실험에 모조리 쓰는 것도 가능하다는 건가요?"

"가능하지. 그렇게 해볼 테냐?"

"그, 그━━, 그럴 리가요!"

스승님이 시험하는 듯이 웃으며 말하자 나는 고민하다 내린 결단으로 부정했다.

마음이 꽤 움직이긴 했지만, 나뿐만이 아니라 스승님에게도 분명 폐를 끼치게 될 테니까!

"그렇겠지. 그런 너이기 때문에 전권 대리로 임명했을 거야. 하지만 로호하르트를 위한 일이기도 하고, 너를 위한 것이기도 해. 그런 분야에 예산을 편중시키는 것 정도는 네가 받을 보수의 범위라고 할 수 있겠지. 예를 들어 특정한 마을에 보조금을 주거나, 안 그래?"

호, 호오…… . 다시 말해 요크 마을을 확장시키거나, 사우스 스트러그로 이어지는 도로를 정비하거나, 또는 요크 마을에서 로체 영지로 이어지는 직통 도로를 부설하는 것도 가능하다는 건가……?

―――아주 약간, 페리크 전하에 대한 호감도가 올라갔을지도 모르겠는데!

"그런데, 그렇다면 그렇다고 말해줄 수도―――, 아니, 말하진 못하겠네요."

"아무리 그래도 '영지의 예산을 마음대로 써도 된다'고 하진 못하겠지. 공짜로 부려먹는 건 미안하다고 생각했을 테고, 무슨 일이 생기더라도 책임은 그 녀석이 지겠지만, 어느 정도는 감안해 줘라."

"무슨 말씀이세요~, 스승님. 전하 때문에 발끈하긴 했지만, 터무니없는 짓은 안 해요. ―――무서우니까."

쓴웃음을 짓는 스승님에게 나는 손을 마구 저었다.

만약에 그런다고 해도 나중에 추궁당했을 때 정당화할 수 있는 범위 내에서 멈출 생각이다.

"그래도 의욕은 생기네요. 왕도에 있는 며칠 동안만 참으면 되는 것뿐이니까요!"

골치 아픈 사람들에게 변경까지 쫓아올 만한 끈기는 없을 것이다.

그리고 내 이름은 그렇다 치더라도 얼굴까지는 모를 테니까.

내가 선물을 찾아다니며 돌아다닌다 하더라도 넓은 왕도에서 나를 찾아내는 건 힘들 테고.

그 변태는 왕궁 안에 아는 사람이라도 있었는지 나를 기다리고 있었지만, 다른 사람이 나와 접촉하는 방법은 그 정도뿐이다. 만약에 이 가게에 머무르고 있다는 게 알려지더라도 이곳에는 스승님이라는 방벽이 있다. 억지로 나서려는 사람은 별로 없을 것이다.

마음에 들지 않으면 귀족조차 걷어차서 쫓아내버리는 스승님이니까! 흐흥~!

"흐음. 울분은 가신 모양이로군. 이야기가 나온 김에 말인데, 너를 만나고 싶어하는 녀석이 있거든."

스승님이 시원해진 기분을 갑자기 먹구름으로 만드는 듯한 이야기를 꺼냈다.

"……스승님, 쫓아내는 게 귀찮다고 제게 떠넘기려 하시는 건 아니겠죠?"

내가 '왜 그런 말을 하는 거야?'라는 식으로 묻자 스승님이 잠깐 생각하다가 고개를 끄덕였다.

"대충 맞는 말이네."

"스승님~, 너무하시네……. 스승님의 압력으로 얼른 쫓아내 주세요~."

"그렇게 말해도 말이지, 그건 확실하게 네 담당이거든?

거절하든, 저버리든, 회수하든, 마음대로 해도 상관없지만, 적어도 한 번 정도는 만나줘라. 나도 곤란하거든."

그렇게 말하면서도 왠지 재미있어하는 듯한 스승님의 시선을 보고 나는 고개를 갸웃거렸다.

"사라사 선배~, 오랜만이에요~!"

"만나고 싶은 사람이라고 해서 누군가 했더니 미스티구나~. 잘 지내는 모양이네."

스승님네 가게의 응접실. 그곳에 들어가자마자 나를 끌어안은 사람은 학생 시절 몇 안 되는 친구이자 후배인 미스티 허드슨이었다.

나는 미스티를 제대로 끌어안으며 그녀의 성장을 실감했다.

1년 반 전에는 내 시선보다 아래에 있었던 정수리가 지금은 나보다 위쪽에……, 크윽.

"사라사 선배도……, 여전하신 모양이네요."

"잠깐만. 잠깐만 기다려 볼래? 방금 어딜 보고 말한 거야?! ――아, 말하지 않아도 돼."

시선이 확실하게 내 몸통에 쏠려 있으니까!

졸업하고 나서 변화가 거의 없긴 하지만!

"끄으으……, 미스티는 여러모로 성장, 했네?"

키는 미묘하게 나보다 더 큰 것 같고, 가슴의 발육도 미묘하지 않게 나보다 더 큰 것 같다.

젠장, 이게 격차 사회인가.

졸업했을 때는 내가 약간 더 컸——, 작진 않았는데!

"저도 성장하죠, 1년 반이나 지났으니까요. 시간이 그 정도 지나면 누구나——, 앗."

"'앗'은 무슨! 네, 네, 어차피 제 성장기는 끝이 다가오고 있다고요!"

끌어안은 채 수상쩍은 손놀림으로 내 성장을 확인하던 미스티를 떼어놓았다.

"그래서? 내가 왕도에 온다는 걸 알고 만나러 와준 거야? 정보통이네?"

"그것도 있죠. 선배는 졸업식 때 와주지도 않았잖아요. 쓸쓸했다고요."

"아무리 그래도 왕도는 너무 멀어. 그리고 미스티는 후배들이 배웅해줬지?"

"네? 그야 당연히 졸업 파티를 해주면서 배웅해줬는데요……. 하지만 선배가 없었으니까요."

아, '당연'한 거구나. 그리고 졸업 파티도 했구나.

나는 외톨이였는데!

물론, 전혀 쓸쓸하진 않았지만 말이지!

"……뭐, 됐어. 만나러 와줘서 고마워. 시간 있으면 맛있는 거라도 먹으러 갈래? 내가 사줄게. 지금은 돈을 잘 버니까!"

'그 무렵과는 다르다고!' 그렇게 으스대는 나를 미스티가 올려다보며 말꼬리를 흐렸다.

"저기, 사라사 선배를 만나고 싶었던 것도 사실이지만요, 사실은 부탁드릴 게 있어서……."

"———어, 부탁? 미스티가? 나한테?"

다른 사람이라면 돈을 빌려달라는 부탁을 경계했겠지만, 미스티의 친가는 허드슨 상회라는 대규모 해운 상회다. 그 무렵의 나와는 달리 돈 때문에 곤란할 것 같진 않다. 그렇다면———.

"선배, 저를 고용해주세요!"

그렇게 말하며 고개를 숙인 미스티를 보고 나는 조금 슬퍼졌다.

"어……. 미스티도, 내가 귀족이 되었다고———."

"아니에요! 저는 선배의 제자가 되고 싶어요. 연금술사로서!!"

당황한 미스티가 말을 중간에 끊자, 나는 고개를 갸웃거렸다.

"어? 연금술사? ———어라? 그러고 보니까, 미스티는 지금 어디서 일하고 있어? 졸업했으니까 어떤 가게에서 수행 중인 거지?"

나는 희귀한 경우다. 보통은 어떤 가게에서 몇 년 동안 수행을 쌓다가 독립한다.

당연히 미스티도 그럴 줄 알았는데, 그녀는 눈을 내리깐 채 고개를 저었다.

"저, 어디에도 들어가지 않았어요. 지금은 가끔 이 가게에서 아르바이트를 하면서 어떻게든 먹고 살고 있는 상황이라…….."

"아, 그래서 스승님이 그랬구나. 그런데 미스티네 친가는 왕도에 있지? 그냥 돌아가면———."

"돌아가고 싶지 않아요! ———저기, 선배는 저희 쪽 사정을 얼마나 알고 계신가요?"

"허드슨 상회가 대규모 해운 상회고, 위세를 떨치고 있다는 것 정도?"

"선배, 위세라뇨……. 나름대로 성공했다는 건 사실이지만요."

미스티가 어이없다는 듯이 바라본다. 어? 표현이 이상했나?

눈을 깜빡이며 미스티를 바라보자, 그녀가 살짝 쓴웃음을 지으며 계속 말했다.

"사실, 제게는 이복 오빠가 있어요. 허드슨 상회의 후계자는 그 오빠로 지목되고 있는데요, 아버지의 제1부인은 일단 저희 어머니거든요."

"그, 그렇다면, 후계자 자리를 두고 골육상쟁을 벌이고 있다는, 거야……?"

들어본 적이 있다. 규모가 큰 상회에서는 그런 경우도 있다고!

나는 침을 꿀꺽 삼켰다.

"아뇨, 아직 그 정도까진 아니에요. 하지만 사이가 별로 좋지 않다는 건 사실이죠. 제가 어렸을 때는 오빠도 저를 귀여워해줬고, 학교에 입학할 때도 응원해주었는데……."

하지만 입학 이후에는 학교 때문에 바빴던 미스티와 상회에서 본격적으로 일하기 시작한 오빠가 시간을 맞추지 못해서 약간 소원해졌다. 미스티가 무사히 졸업한 뒤에는 상회 내부에서 미스티를 후계자로 옹립하려는 움직임까지 생겨버려서 곤란한 모양이었다.

"그렇구나, 미스티가 뛰어난 실력을 드러내버렸으니까. 종업원들의 심정도 이해가 되긴 하지만……."

상회에 소속된 사람들이 보기에는 상회 자체가 발전해서 살아남는 것이 중요하다.

그렇게 생각하면 핏줄에 문제가 없고, 연금술 양성 학교를 무사히 졸업할 수 있을 정도로 실력이 좋으며, 학교에서 많은 인맥을 얻은 미스티가 후계자로서 가장 적합할 것이다. 장사 능력은 미지수지만, 허드슨 상회만큼 규모가 큰 상회라면 그쪽 방면으로도 지탱해줄 수 있는 인재 또한 풍부할 것이다.

"하지만 저는 연금술사가 되고 싶어서 학교에 들어간 거예요! 상회장이 아니라요!"

"그렇다면 그냥 취직하지 그랬어? 미스티도 성인이 되었으니까."

"그게……, 선배에게 이런 말을 하는 건 한심하지만요, 친가에서 취직 활동의 자금 원조를 해주지 않거든요. 아버지가 '집으로 돌아와라'라고 해서서요. 가까운 곳에서는 제가 허드슨 상회의 딸이라는 걸 알고 있는 모양이라 은근히 거절해버리고요……."

"아, 돈이 들긴 하지, 취직하려면."

여비, 숙박비. 나는 연금술 대사전을 사서 돈이 바닥나버렸고.

그 결과, 스승님이 가게를 선물해주었다. 어떻게든 잘 풀리긴 했지만, 그것도 스승님의 원조 덕분이다. 친가에 의존하는 미스티를 결코 비웃을 수는 없다.

"그래서 나한테 부탁하는 거야? 변경이라면 허드슨 상회의 영향이 적을 것 같아서?"

"아뇨, 그런 이유도 있긴 하지만요, 가장 큰 이유는 제가 선배하고 같이 일하고 싶었기 때문이에요."

진지한 눈빛으로 나를 보는 미스티의 말은 아마 거짓이 아닐 것이다.

친가에서 어느 정도 방해한다 하더라도 그녀가 진심이라면 취직할 수도 있었을 테고, 그걸 평범한 상회에서 저지할 수 있을 만큼 연금술사의 지위는 낮지 않다.

그럼에도 불구하고 취직하지 않았다는 건———.

"그래. 미스티하고 함께 일하면 즐거울 테고, 믿을 수도 있지. 나도 연금술사니까, 연금술사가 되고 싶다는 마음을 응원하고 싶다고도 생각해."

그리고 어떤 의미로 미스티의 제안은 안성맞춤이다.

내가 로체 가문의 당주가 된 이상, 귀족으로서의 일도 게을리할 수는 없다.

하지만 그럴 때마다 가게의 문을 닫으면 경영이 무너질테고, 매번 마리스 씨를 빌릴 수도 없을 것이다. 그러니 미스티가 있어주면 도움이 된다는 건 사실이다.

우려되는 것은 내가 제자를 받는다는 것 그 자체다.

그야 미스티와 비교하면 경력이 조금 더 길긴 하겠지만, 그야말로 '조금 더' 정도다.

제자를 받을 수 있는 입장인지 묻는다면…….

———으음~, 이건 스승님과 의논해봐야 하려나?

내가 그렇게 생각하며 고민하고 있자니 미스티가 말하기 조금 껄끄러워하며 입을 열었다.

"……저기, 선배. 나중에 알고 오해하시면 곤란하니까 먼저 말씀드릴게요. 실은 집으로 돌아오라고 하는 사람은 아버지뿐이고, 오빠 쪽은 사라사 선배를 농락하라고 하거든요. 오필리아 님하고도 연줄이 생길 테고, 동성애자라면 잘된 거 아니냐면서요."

"———네에에에에에에에에?! 어, 저기, 미스티? 일단 말해두는 건데, 나는 딱히 동성애자가 아니거든? 그야 아이리스하고 결혼하긴 했지만———."

당황한 나를 달래려는 듯이 미스티가 내 양쪽 어깨를 툭툭 두드렸다.

"저도 알아요. 학생 시절에도 그런 낌새를 보이진 않으셨고, 저도 같이 일하고 싶은 것뿐이지 그럴 생각은 없어요. 그래도 선배에게 폐를 끼치게 될지도 모르니까요……."

"음~, 그렇구나아……."

미스티를 통해 귀족이 된 나, 그리고 나아가서는 마스터 클래스인 스승님과 인연을 맺는다. 아마 이익이 클 테니 상회의 후계자로서는 올바른 판단일 것이다.

그런 김에 후계자 자리를 두고 경쟁하는 미스티를 바깥으로 내보낼 수도 있으니 일석이조라고도 할 수 있겠다.

미스티의 아버지가 돌아오라고 한 이유는 연금술사를 상회 안에 두는 게 이익이 더 클 거라고 생각했기 때문일까, 아니면 그냥 딸을 데리고 있고 싶다는 부모의 마음 때문일까.

그리고 내게 끼칠 영향은, 미스티를 데리고 돌아갔을 때 완전히 **그렇게** 보이게 되는 거고.

아무리 그래도 그건…………, 어라? 딱히 문제 없지 않나?

아이리스와 결혼한 시점에서 이미 평범한 연애는 포기했다.

로체 가문을 물려받은 이상, 이혼 같은 건 절대로 할 수도 없고, 할 생각도 없다.

이미 결혼을 했으니 다른 여자에게 구혼당할 염려도 없다———, 단, 좀 전에 봤던 변태 같은 녀석들은 제외다. 그런 녀석들은 내 사정 같은 건 전혀 고려하지 않을 테니 신경 써 봤자 소용이 없다.

"―――오히려 미스티는 괜찮겠어? 그냥 제자로 봐주면 좋겠지만, 그러지 않으면 결혼하기 힘들어질 텐데? 남자하고 인연이 없어지게 될지도 모르고…….'"

"오히려 바라던 바―――가 아니라. 목표는 오필리아 님이니까요!"

내가 우려하자 미스티가 '흐읍!' 하고 콧김을 내뿜으며 당당하게 말했다.

"아, 스승님은 결혼을 하지 않긴 했지."

―――안 했겠지? 요즘은 그쪽 방면으로 스승님을 좀 믿지 못하게 되었거든요.

"흐음, 흐음, 미스티도 목표가 마스터 클래스구나~. 좋아, 알겠어! 미스티, 우리 가게로 오렴! 돌봐주겠다고 할 순 없지만, 함께 열심히 해보자!!"

"사라사 선배……, 네! 잘 부탁드립니다, 스승님!!"

"아, 스승님이라고 부르진 마. 아무리 그래도 그렇게까지 자만할 순 없으니까."

내 손을 두 손으로 꼬옥 잡고 감동한 듯이 말한 미스티를 살며시 밀어냈다.

"어어~, 선배네 가게에 고용될 거니까 스승님이잖아요?"

"안 돼, 안 돼. 나는 학교를 졸업한 지 아직 1년밖에 되지 않은 초보거든? 그런 식으로 부르면 분명 우리 스승님에게 비웃음을 살 거라고."

아쉬운 듯이 손을 놓은 미스티를 보고 나는 확실하게 고개를 저었다.

연금술 대사전도 아직 5권을 진행 중인 초급 연금술사.

적어도 7권 이상, 중급 연금술사가 되어야지, 그러기도 전에 스승님이라 불리는 건 건방진 짓이다.

"돈을 벌고 있는 시점에서 이미 충분한 것 같은데……, 벌고 계신 거 맞죠?"

"그야 그렇지. 미스티를 고용하는 거니까 급료를 지불할 정도로는. 오늘도 세금을 잔뜩 내고 왔거든? 아, 그래도 많이는 못 주는데? 평범한 정도로만 줄 거야."

오랫동안 알고 지냈던 후배도 편애할 수는 없어, 내가 그렇게 말하자 미스티가 미소를 지으며 고개를 끄덕였다.

"충분해요. 역시 선배네요. ──그래도 안심했어요. 이제 오빠하고 싸우지 않아도 되겠네요."

"만약 내가 고용해주지 않았다면 허드슨 상회의 상회장을 목표로 삼았으려나?"

"그럴 생각은 없지만, 제 위치가 확실하게 정해지지 않으면 옹립하려는 사람이 생길 테니까요. 선배네 가게로 가면 그럴 걱정은 없어져요. 해내셨네요, 선배! 선배는 방금 한 가정의 평화를 지켜내신 거라고요!"

"그렇구나~, 지켜내 버렸구나~, 아니, 너희 집이잖아! 뭔가 이상하지 않아?!"

"아뇨, 아뇨, 큰 평화는 작은 평화부터죠. 잔불을 내버려 두면 큰불이 되는 법이에요."

매우 진지한 표정이다. 하는 말은 맞는 말이긴 한데……, 으음~.

"뭐, 됐어. 그건 그렇고, 미스티. 점심 먹으러 갈래? 내가 사줄게. 그런 다음에 선물도 살 거니까 시간이 괜찮으면 안내도 좀 부탁하고 싶어. 나는 잘 모르니까."

"갈래요! 후후후, 선배가 그런 제안을 해준 건 이번이 처음이네요!"

내 제안을 곧바로 받아들인 미스티는 기쁜 듯이 내 팔을 끌어안았다.

"아~, 나는 학생 시절에 절약하면서 살았으니까."

"네. 아르바이트를 할 때 말고는 바깥으로 나가려 하지 않던 사라사 선배를 프리시아 선배하고 라시 선배가 끌고 나갔죠……, 그립네요."

"기숙사에서는 밥을 공짜로 먹을 수 있었으니까. 교복도 받았고."

그래서 학교 밖으로 나가지 않는 게 가장 큰 절약이었다. ──절약만으로는 돈이 늘어나지 않기에 돈이 필요할 때는 아르바이트를 해서 벌거나 공부를 열심히 해서 보수를 노릴 수밖에 없었지만.

감정을 담아 말하는 내게 미스티가 고개를 크게 끄덕였다.

"사라사 선배가 인간으로 남아있을 수 있었던 건 프리시아 선배 같은 사람들 덕분이네요!"

"맞아, 맞아———, 아니, 어라? 그 정도야? 아무리 그래도 그 정도까진 아니었거든?"

미스티가 나를 그렇게 생각하고 있었던 거야……?

"선배, 혼자서 옷을 사러 간 적이 있었나요?"

"없긴, 한데……, 그, 그래도, 입던 옷을 못 입게 되기 전에 선배들이 데리고 가주니까 혼자서 갈 기회가 없었던 것 뿐, 이라고 해야 하나……."

"아뇨. 사라사 선배는 평범한 사람들이 입지 못한다고 판단하는 옷도 억지로 입는 타입이죠. 게다가 물리적으로 입지 못하게 되더라도 챙겨두는 타입이고요."

"따, 딱 잘라 말하는구나, 미스티."

"오랫동안 알고 지냈으니까요. 장점도, 단점도 알고 있어요. 그렇죠?"

반론할 수가 없다. 입학했을 때 산 옷을 요크 마을까지 챙겨간 나로서는!

"그리고 혼자서 머리를 자르러 간 적도 없죠?"

"자, 자를 필요가 생기기 전에 프리시아 선배네 집에서 일하시는 분이 잘라줬으니까……."

"그렇겠죠. 선배들이 졸업한 뒤에 1년 동안, 사라사 선배의 머리카락이 엉망진창이었으니까요."

"그런 말까지 하는 거야?! 가끔은 잘랐어! ———내가 직접, 말이지만."

"해야죠! 만약에 선배들이 없었다면 사라사 선배는 너덜너덜한 옷을 입고 머리카락이 푸석푸석한 상태로 인간을 그만두었을 거라고요! 분명히 다른 의미로도 학교에 이름을 남겼을 거예요."

"와아! 내가 유명해지는구나———, 아니, 그러겠냐고! 미스티도 그렇게, 그렇게———."

새삼 확인해보니 머리카락이 깔끔하게 정돈되어 있다.

그리고 나름대로 비싸보이고 멋진 옷.

이건 나긋하늘 계열이라고 하는 건가? 미스티에게 잘 어울리고, 정말 귀엽다.

로레아가 말한 '도시 애'는 분명히 미스티 같은 여자애일 것이다.

미스티가 오면 로레아가 나를 존경하는 마음이 줄어들 게 확실하다.

"———내가 졌어! 미스티, 스승님이라고 불러도 돼?"

"어째서요?! 그런데 사라사 선배도 예전과 비교하면…………, 옷을 사러 갈까요? 저, 그 옷을 예전에 본 기억이 있는데요?"

응, 선배들이랑 같이 왕도에서 산 옷이니까!

그러니까 그렇게 '이건 커버가 안 되네……'라는 표정은 짓지 말아줘.

"그럼 점심을 먹은 뒤에는 옷을 골라달라고 한 다음에 선물을 찾아봐야겠네."

"네. 저에게 맡겨주세요. 제가 확실하게 코디네이트 해드릴 테니까요!"

내가 패션을 완전히 떠넘기겠다는 선언을 했는데도 미스티는 겁먹지 않고 미소를 지으며 가슴을 탁 쳤다.

"아~, 오랜만에 옷을 샀네. 미스티, 고마워."

점심 식사를 한 다음, 미스티의 안내에 따라 옷가게를 돌아다닌 나는 옷 몇 벌을 구입했다.

결코 저렴한 옷은 아니었지만, 어차피 필요해질 물건이다. 요크 마을에서는 살 수가 없고, 이번 기회에 사두어야 한다고 강한 추천을 받아 구입하기로 결심했다.

"아뇨, 아뇨, 저도 즐거웠으니까요. 그런데 언제부터 안 사신 건가요?"

"음, 저번에는 프리시아 선배하고 같이 갔으니까……, 대충 3년 정도?"

"사라사 선배, 그건 여자애로서……."

너무나도 어이가 없다는 듯한 눈초리로 보았기에 나는 급하게 변명했다.

"아니, 그래도, 입을 수가 있으니까! 이 옷도, 응? 아직 괜찮잖아?"

선배들이 골라준 옷은 품질이 좋아서 그런지 매우 튼튼해서 잘 해지지도 않았고, 이런 경우에는 다행이라고 해야 하나, 내가 거의 성장하지 않았기에 옷이 작아지지도 않았다.

그러면 입을 수밖에 없잖아? 아까우니까.

"아니, 미스티. 그건 부자들의 생각 아닐까?"

"그렇지 않아도. 적어도 왕도에서는 서민들도 옷이 오래되면 사입는다고요. 주위를 보세요. 너덜너덜한 옷을 입은 사람은 아무도 없죠?"

그 말을 듣고 새삼 주위를 살펴보니 돌아다니는 사람들이 다들 깔끔한 차림이었다.

———아니, 그중에는 누더기를 걸친 사람도 있긴 했지만, 예외는 오히려 그쪽이었다.

"……그렇긴 하네. 요크 마을에서는 저런 느낌인데———, 어? 내 상식이 비상식적인가?"

내가 서민이었던 건 부모님께서 살아계셨던 어린 시절이다. 그 이후로는 고아원에 들어갔고, 연금술사 양성 학교에 입학한 뒤에도 평범함과는 약간 거리를 둔 생활을 한 데다 졸업한 뒤에는 곧바로 변경으로 떠났다.

생각해보니 이 나라에서 가장 시골인 마을과 가장 도시인 왕도.

상식이 어느 정도 다른 것도 당연한 건지도 모르겠는데?

"보통은 옷이 상하면 헌옷 상점에 팔고, 헌옷 상점에서 보수해서 다시 팔거나 그게 불가능하면 걸레로 팔죠. 자기가 수선해서 입는 사람도 있지만, 소수파고요."

"그, 그렇구나. 프로에게 맡기는 게 더 안심이 되긴 하지."

인구가 많은 왕도이기에 성립되는 직업일 것 같지만.

요크 마을에서는 옷을 만드는 사람도 근처에 사는 아주머니였거든?

"그런데 미스티. 우리 가게———, 요크 마을에 오면 옷가게가 없거든? 미스티가 비상식적인 사람이 될 걸? 흐흐흥♪"

요크 마을은 내 본거지다. 가르쳐줄 사람은 내 쪽이다.

"그러게요. ———상회 사람에게 가져다 달라고 할까요?"

"이번에야말로 부자들의 발상이야! 틀림없어!"

이게 상식이라며 내가 딱 잘라 말하자 미스티가 쿡쿡 웃었다.

"농담이에요. 저희 상회는 해운 상회니까요. 요크 마을까지 다니는 정기편은 없어요."

"어어……? 요크 마을이 항구 마을이었다면 가져다 달라고 부탁할 생각이었어?"

"아뇨, 정기편이 다니는 항구 마을이라면 옷가게도 있을 테니 부탁할 이유가 없죠."

부탁하지 않는 이유가 다르다. 하지만, 부자에게 주눅이 들어봤자 소용이 없다.

나는 애매하게 웃으면서 흘려 넘기기로 하고 다시 선물을 찾기 시작했다.

"음……, 무난하게 먹는 게 나으려나?"

"그렇죠. 아는 사람 정도라면 없어지는 것도 나쁘지 않은 선택일 것 같지만요. 친한 상대라면 그 사람에게 맞는 걸 사는 게 낫지 않을까요? 역시 자신을 이해해주면 기쁘니까요.

그만큼 고르는 것도 어렵지만요."

"그렇구나, 맞는 말이야. 그럼 멋을 내는 데 흥미가 있는 로레아는 액세서리———, 리본이나 머리장식 같은 게 나으려나? 너무 비싼 걸 주면 사양할 것 같고."

"그 밖에도 예쁜 천이나 자수를 놓을 때 쓰는 실, 털실 같은 것도 괜찮을지 모르겠네요. 시골에서는 구하기가 힘들 테고, 아는 사람에게 나눠줄 수도 있으니까요."

흐음, 그런 것도 괜찮겠네. 나는 그 물건들을 마음속에 메모해두고 다음 선물에 대해 생각했다.

"아이리스가 기뻐할 만한 건……, 좋은 검?"

그녀가 지금 사용하고 있는 검은 헬 플레임 그리즐리의 광란 사건 때 부러진 검 대신 구입한 싸구려다. 변경에서는 좋은 검을 구하기가 힘드니까 분명히 기뻐해줄 텐데———.

"잠깐만요. 그 사람, 선배가 결혼한 상대죠?"

내가 '정말 좋은 생각이야!' 그렇게 생각하며 방긋 웃자, 왠지 모르겠지만 미스티가 말했다.

"저희랑 나이 차이가 별로 나지 않는 여자라고 알고 있는데요?"

"그런데? 잘 알고 있네. 역시 미스티야."

내가 그렇게 칭찬했는데도 불구하고 미스티가 '진심인가요? 이 사람'이라는 듯이 바라보았다.

"진심인가요? 선배. 여자애에게 무기를 선물하다니."

게다가 소리 내어 말하기까지 했다.

"보통은 반지나 귀걸이 같은 걸 고르지 않을까요? 이제 결혼한 직후죠?"

"음~, 아이리스는 아마 그런 걸 받지 않을 것 같은데?"

내가 로체 가문의 당주가 되었기에 '가문'이 '당주'에게 빚을 진 상태가 되었고, '가문의 회계'와 '가게의 회계'는 별개이기에 일단은 갚을 필요가 있다.

그래도 뭐, '가문'이 진 빚을 갚을 의무는 당주에게 있으니 내가 로체 가문의 세금에서 무리가 되지 않는 금액을 '가게의 회계' 쪽으로 갚으면 될 뿐이다.

하지만 아이리스는 '적어도 포션 값만은 내가 벌겠다!'고 우기고 있기에 그걸 다 갚을 때까지는 채집할 때도 활용할 수 있는 무기를 더 기뻐할 것 같다.

"―――아니, 그런 거하고는 상관없이 무기를 더 기뻐할 것 같은데?"

"아, 그런 사람이군요. 어떤 의미로는 선배하고 어울리는 상대인 거죠."

"그런가? 아무리 나라도 무기보다는―――."

"그래도요, 선배. 드레스나 보석을 선물 받는 것보다는 귀중한 연금 소재를 더 기뻐하겠죠?"

"그야 그렇지! 큭, 비슷한 처지였나……."

드레스 같은 걸 선물 받아봤자 써먹을 데가 없으니까.

마음에 들지 않는 평가인 줄 알았는데, 정확했다. 뭐라 할 말이 없다.

"다음. 케이트는 좀 어려울지도 모르겠어. 아이리스의 시종 겸, 언니 같은 입장이니까. 착실하고 자기가 원하는 걸 잘 드러내지 않는단 말이지……. 아, 그래도 귀여운 걸 좋아하는 것 같은데?"

아이리스와 결혼한 이후로 케이트의 방에 나타난 것이 인형이다.

생각해보니 아이리스가 '친가의 방에는'이라고 했었지.

"오~, 저하고도 마음이 맞을 것 같네요. 좋은 가게가 있으니까 나중에 안내해드릴게요."

"고마워. 마지막은 마리스 씨인데, 마리스 씨는 맛있는 음식이면 될 것 같아."

"……갑자기 조잡해졌네요. 누구죠?"

"가게를 대신 봐주고 있는 연금술사야. 귀족 출신인데, 악덕 상인에게 속아서 자기 가게가 망했고, 지금은 다른 연금술사의 제자인데, 내게 빚을 져서……, 미묘하게 안타까운 사람?"

"정보량이 많은데요?! 그래도……, 음, 괜찮을 것 같네요. 귀족에게 어설픈 선물을 해봤자 걸리적거리기만 할 테고요. 액세서리 같은 것도 입장상 싸구려를 차고 다니진 못하겠죠."

마리스 씨는 의외로 신경 쓰지 않을 것 같긴 하지만, 아이리스 같은 사람들과의 균형을 고려하면 역시 먹을 거 정도가 무난하다는 건 사실이다. 나는 조용히 미스터에게 맞장구를 쳤다.

"좋았어! 제자로서 맡게 된 첫 일, 열심히 할게요. 기분 좋게 받아주게끔 만들기 위해서도요!!"

아르바이트를 하던 가게밖에 모르는 나와는 달리 미스티가 아는 곳은 많았다.

첫 번째 가게에서 좋은 걸 발견하지 못하면 같은 종류의 가게를 몇 군데나 돌아다녔다. 그런 그녀 덕분에 저녁이 되기 전에 선물 고르기를 마친 우리는 그냥 느긋하게 왕도의 번화가를 걸어가고 있었다.

"고마워, 미스티. 나 혼자 갔다면 첫 번째 가게에서 타협했을 거야."

"도움이 된 것 같아 다행이네요. 저도 선배하고 같이 쇼핑하는 게 즐거웠어요."

"그건 나도 마찬가지야. 이런 곳에서 쇼핑을 하는 것도 즐겁네."

한적한 요크 마을의 분위기도 좋지만, 굳이 말하자면 떠들썩한 곳에서 태어나 자란 나는 도시도 결코 싫진 않고, 신기한 물건은 구경만 해도 재미있다.

그런데 그런 와중에 갑자기 눈에 들어온 건물을 본 내가 무심코 멈춰섰다.

"왜 그러시죠? ———피드 상회? 혹시 이 가게가……."

미스티가 내 시선을 따라서 보고는 고개를 돌려 나를 살폈다.

"응, 우리 집, 이었던 곳. 하지만……."

고아원에 들어가게 된 이후로 나는 한 번 이곳에 찾아왔었다. 우리 집이 어떻게 되었을까 궁금해서.

그때 여기 있었던 것은 내가 모르는 가게. 피드 상회는 이미 사라진 뒤였다.

하지만, 그건 당연한 일이다.

많은 종업원들이 살해당하고 화물도 빼앗긴 상회가 가게의 토지, 건물을 팔지 않을 리가 없다. 그렇게 이해하면서도 집이 다른 사람에게 넘어간 것이 슬퍼서 그 이후로는 이 근처에 오는 걸 피하고 있었다.

다행히 피드 상회 자체는 어떻게든 존속되었다고 듣긴 했는데———.

"그런데 어째서 여기가 피드 상회로 바뀐 거지?"

"……물어볼까요? 근처에 있는 종업원에게요."

새삼 보니 이 피드 상회는 장사가 매우 잘 되는 것 같았다.

거래에 대해 이야기를 나누러 온 상인, 물건을 사러 온 손님, 그리고 접객하고 있는 종업원. 모두가 활기가 넘치는 미소를 짓고 있었고, 내가 마지막으로 기억하고 있던 절망으로 물든 표정은 찾아볼 수 없었다.

그 사실로 인해 기쁜 감정과 함께 쓸쓸한 감정도 오갔고…….

나는 걱정스러운 듯이 이쪽을 보던 미스티에게 고개를 저었다.

"……아니, 돌아가자. 여긴 이제 우리 집이 아니———."

"사라사!"

걸어가려던 나를 붙잡으려는 듯 뒤쪽에서 들린 목소리.

돌아보니 길 맞은편에서 왠지 낯익은 영감님이 숨을 헐떡이며 뛰어왔다.

"어……. 혹시, 지배인, 씨?"

"허억, 허억……. 다행이야! 이번에는 만났구나. 사라사가 왕도에 왔다는 이야기를 듣고 미리스 님의 가게에 갔더니 외출했다고 해서……."

그 사람은 내 앞으로 다가와서는 괴로운 듯이 숨을 골랐다.

"지배인 씨———, 아, 혹시 지금은 상회장이 되셨나요? 왜 그러시죠?"

내가 애써 냉정하게 묻자 그는 심호흡을 몇 번 하고는 고개를 저었다.

"아, 아니, 나는 아직 지배인이야. 그건 그렇고, 사라사, 할 이야기가 좀———."

숨을 고른 지배인 씨가 말꼬리를 약간 흐리며 내게 한 발짝 다가서자 미스티가 내 앞을 가로막고 서서 지배인 씨를 노려보았다.

"잠깐만요! 사라사 선배에게 무슨 이야기를 할 셈이죠? 선배가 성공해서 귀족이 되었다고 예전의 정을 생각해서 잘 봐달라거나 그런 이야기인가요? 지금까지 내버려 두고. 선배는 착하니까 용서해줄지도 모르겠지만, 제 눈에 흙이 들어가기 전까지는 그런 짓은 절대로———."

"자, 잠깐, 미스티, 진정해! 사람들이 보고 있으니까……."

나는 주위를 둘러보고는 시비조로 말하던 미스티를 급하게 말렸다.

이곳은 가게 바로 앞이다. 지배인 씨의 얼굴을 알고 있는 사람도 있는 모양이었고, 이쪽을 보며 수군대는 사람도 있었다. 미스티도 그 사실을 눈치채고는 정신이 번쩍 든 듯이 입을 다물었다.

"아으, 죄송해요, 사라사 선배……."

"아니야, 미스티의 마음은 기뻤거든?"

나는 갑자기 의기소침해진 미스티에게 미소를 지었다.

그녀가 거친 목소리로 말한 건 나를 걱정해주었기 때문이고, 지위나 돈을 손에 넣으면 골치 아픈 사람들이 몰려드는 것도, 바루 상회처럼 악질 상인이 있다는 것도 사실이다.

미스티를 혼낼 생각은 전혀 없지만, 지금은 상관이 없다고는 해도 명색이 '피드'라는 이름을 내걸고 있는 상회다. 안 좋은 소문이 퍼지는 건 별로 기쁘지 않다.

"나야말로 미안하구나. 너무 급하게 굴었던 모양이야. 그래도, 미안하지만 이야기를 좀 할 순 없을까? 아무리 그래도 이대로 헤어져버리면……."

"아, 그러게요. 아무리 생각해도 문제가 생긴 것처럼 보일 테니까요."

"알겠어요. 하지만 저도 따라갈 거예요!"

"물론 상관없지. 자, 이쪽으로."

지배인 씨의 말을 듣고 나와 미스티는 억지 웃음을 지으며 가게 안으로 들어갔다.

그런 우리를 미심쩍은 눈초리로 바라보는 사람, 놀란 목소리를 내는 사람, 그리고 눈이 촉촉해진 사람.

기억나는 사람은 별로 없으니 새로 고용한 사람이거나 기억하지 못하는 사람일 것이다.

———음~, 그때는 아직 여덟 살이었으니까 잊어버렸을 가능성이 클지도 모르겠는데?

그런 사람들 사이를 빠져나가 우리가 간 곳은 우리 가족이 살았고, 종업원들의 식당으로도 쓰던 곳이다. 기억과는 조금 다르지만 흔적이 확실하게 남아 있는 그 방에서 그 무렵의 추억이 되살아났다.

벽을 보수한 흔적, 혼자 있을 때는 조금 무섭게 느꼈던 천장의 나무 무늬, 내가 한 낙서———는 역시 지웠구나, 응. 다행이야. 그게 남아있었다면 창피했을 테니까.

"정겹니? 사라사."

"네. 대충……, 8년이 넘게 지났으니까요. 이곳도 다른 사람에게 넘어갔던 거 아닌가요?"

"그렇지. 팔아넘기긴 했는데, 몇 년 전에 겨우 다시 사들일 수 있었어."

지배인 씨가 그렇게 말하며 우리에게 앉으라고 권한 다

음, 우리 맞은편에 앉아서 이쪽을 보며 눈을 가늘게 떴다.

"사라사, 많이 컸구나."

"지배인 씨는……, 꽤 늙으셨네요."

"하하하, 그러게. 그 8년 동안은 정말……, 바빴으니까."

나를 보고 눈가를 누른 지배인 씨의 얼굴에는 분명히 깊은 주름이 늘어나 있었기에 그동안 해온 고생을 짐작할 수 있었다. 실제로는 '바빴다'는 말로 표현하기는 부족한 나날이었을 것이다.

원래라면 망했을 것이다. 피드 상회가 입은 피해는 그만큼 컸으니까.

그럼에도 불구하고 그 상회를 재건하고, 좀 전에 본 것처럼 다시 번창하게 만들었다. 나는 아직 초보지만 그게 얼마나 어려운 일인지는 상상할 수 있고, 지배인 씨 일행의 노력이 솔직히 존경스럽다.

"이제야 여기까지 왔어. 하지만 사라사는 분명 우리를 원망———."

"하지 않아요. 처음에는 그렇게 생각했다는 걸 부정하진 못하겠네요. 하지만 학교에 들어가서 세상 물정을 알게 되니, 그 상황에서 저를 고아원에 보낸 이유가 저를 지키기 위해서였다는 것도 알게 되었으니까요."

나는 괴로워하는 지배인 씨의 말을 중간에 끊으며 고개를 저었다.

도적에게 습격당해 화물을 빼앗긴 피드 상회에 남겨진 것은 많은 빚이었다.

　그리고 당연히도 그 빚은 상회가 망했다고 해서 면제해줄 만큼 만만하지 않았다.

　그러나 상회장이 죽었기에 추심 대상이 되는 건 상회의 간부들과 남은 피드 가문 사람———, 다시 말해 나다. 하지만 어린애인 내가 빚을 갚을 수 있을 리는 없고, 평범한 소녀를 **돈으로 바꾸는** 방법은 뻔하다. 그렇기 때문에 지배인 씨 같은 사람들은 나를 고아원에 보내서 피드 상회와 연을 끊게 해주었을 것이다.

　"그 덕분에 제가 이렇게 연금술사가 될 수 있었던 거니까, 감사하고 있어요."

　"그렇게 말해주니 마음이 편해지는구나……, 고맙다."

　미간에 잡혀 있던 주름이 약간 펴졌고, 지배인 씨가 울음을 터뜨릴 듯이 힘없는 미소를 드리웠다.

　옆에서 듣고 있던 미스티는 처음에 드러내던 울분을 가라앉히긴 했지만, 역시 불만이 남아있는지 볼을 부풀리며 입을 삐죽댔다.

　"음~, 이유는 이해가 되지만, 그래도 저는 계속 내버려둔 게 너무하다고 생각해요!"

　"그건 정말 미안하구나. 하지만 그건———."

　뭔가 말하려던 지배인 씨의 말을 미스티가 갑자기 중간에 끊었다.

　"변명은 필요없어요! 누구에게도 도움을 받지 못한 선배는 5년 동안 잘 시간도 아껴가며 아르바이트만 하고 살아서……, 동급생 친구는 0명! 놀랍게도 0명이거든요?!"

──응. 거짓말은 아니긴 한데. 그렇게까지 강조할 필요가 있을까?

"상급생과 하급생을 포함하더라도 저까지 합쳐서 불과 3명! 겨우 3명이라고요!! 조금이라도 도움을 받았다면 선배도 친구를 좀 더 만들었을 가능성도……, 가능성도……."

──어째서 말꼬리를 흐리는데? 미리 말해두지만, 내가 딱히 커뮤니케이션에 문제가 있는 사람은 아니거든?

미스티가 나를 힐끔 보고는 쥐어 짜내는 듯한 목소리로 말했다.

"가능성도 전혀 없진 않았던 것, 같아요……, 아마도……, 분명히……."

"아니, 딱 잘라 말해줘야지?! 그럴 때는!"

"사라사, 미안하다! 설마 그런 학교 생활을 보냈을 줄이야……."

"이거 봐, 지배인 씨도 착각했잖아! 사과해!"

고개를 푹 숙이고 이마를 테이블에 비벼대고 있는 지배인 씨를 손가락으로 가리키며 미스티에게 따졌지만, 그녀는 고개를 돌리며 턱을 치켜세웠다.

"그렇게까지 부족한 생활을 했다니. 입학만 하면 딱히 곤란한 일은 없을 줄 알고."

"아뇨, 기본적으로는 그게 맞거든요? 제가 열심히 아르바이트를 한 이유는 따로 있으니까요."

연금술 대사전. 그걸 한꺼번에 전부 사지만 않았더라도 나름대로 여유로운 생활을 했을 테고, 방과 후에 동급생들과 차를 마시러 가는 것 정도는 가능했을 것 같다.

그냥 내가 연금술사로서 힘을 기르는 선택을 했을 뿐이다.

"그리고 선배들이나 미스티 덕분에 그리 나쁘지 않은 학교 생활이었다고 생각해요."

"그렇게 말씀해주시니 기쁘긴 한데요……. 지배인 씨, 조금이나마 도움을 주실 수 있지 않았을까요? 좀 전에 보았는데, 가게가 나름대로 번창하는 것 같던데요?"

미스티가 야유하는 듯이 말하자 지배인 씨가 씁쓸한 표정으로 고개를 끄덕였다.

"그래, 상황을 알고 있었다면 사라사에게도 조금이나마 도움을 주었어야 했겠지. 하지만, 그게……, 도움이 필요한 사람이 많아서 힘들었다는 건 사실이란다."

도적에게 습격당했을 때, 부모를 잃은 건 나뿐만이 아니다.

호위로 동행했던 종업원들도 많이 살해당했고, 일가의 가장을 잃은 부인이나 아이들도 많았다. 지배인 씨 같은 사람들은 빚을 갚으면서 그들에게도 계속 도움을 준 모양이었다.

"그 이후로 8년. 남겨진 아이들이 자라서 피드 상회의 전력이 되기 시작해서 최근에 겨우 여유가 생기기 시작했다는 게 솔직한 심정이야. 미안하다."

"신경 쓰지 마세요. 상회 사람들은 제게도 가족 같은 사람들이었으니까요."

그런 상황이라면 얻은 이익으로 빚을 갚고 남겨진 종업원들의 가족에게 나누어준 게 당연한 선택일 것이다. 일단 생활은 가능한 내게 도움을 주는 것보다는.

"그런데 지배인 씨, **피드** 상회라는 이름은 그대로네요? 그리고 상회장은요?"

"어쩔 수 없었다고는 해도 사라사를 내쫓은 듯한 형태가 되었으니까. 적어도 이름은 남겨두고 싶었지. 그리고 모두 함께 의논한 결과, 상회장도 따로 두지 않기로 했어. 언젠가 사라사를 맞이할 수 있게 되면 좋겠다고 생각하면서."

"지배인 씨……, 그렇게까지 생각하셔서……."

상회장 이야기는 별개로 치더라도 나를 생각해주었다는 게 기뻐서 약간 울컥해버렸다. 하지만 그런 나와는 달리 미스티는 매우 냉정했다.

"으음~, 하고 계신 일은 훌륭하신 것 같긴 한데요, 그렇다면 어째서 귀족이 된 이 시점에서 찾아온 거죠? 보통은 1년 반 전에 데리러 가지 않았을까요?"

이야기를 듣고 보니 그럴싸한 지적이었고, 지배인 씨가 곤란하다는 듯이 쓴웃음을 지었다.

"물론 데리러 가긴 했다만? 그런데 설마 졸업한 다음 날에 왕도를 떠나버릴 줄은 꿈에도 몰랐고……. 게다가 변경에서 가게를 냈다고 하니."

"아, 그건 저도 동감이에요. 병이 낫고 나서 선배에게 인사를 하려고 찾아보니 벌써 떠나버린 뒤였다고요! 대체 어떻게 된 건가요! 선배!"

———어이쿠, 아군이 갑자기 적으로 돌아섰는데?

"있지, 미스티. 사람은 살아가는 것만으로도 돈이 꽤 많이 들거든?"

"……그래서요?"

"기숙사에서 나온 내게 왕도에서 며칠 동안 지낼 만한 여유는 없었어!"

"그랬죠. 사라사 선배는 그런 사람이었죠."

정확히 말하자면 요크 마을에서 여유를 확보하기 위해서 얼마 남지 않은 자금을 아낀 거지만.

그런데 그 말을 듣고 납득했다는 듯이 고개를 끄덕인 미스티와는 달리 나이가 들어서 눈물샘이 약해진 지배인 씨의 눈이 다시 촉촉해졌다.

"그렇게까지 힘든 상황이었다니……, 흐윽, 내가 좀 더 일찍 갔더라면! 졸업한 날은 보통 친구들하고 파티를 한다고 들어서 방해하지 않으려 했던 건데……."

———그만해요, 지배인 씨. 무의식적으로 제 오래된 상처를 헤집지 말아요.

"어때, 사라사. 상회로 돌아올 생각은……."

"지금은 없어요. 제 가게도 이제 막 궤도에 오른 참이고, 귀족도 되었으니까요."

"이제 와서 다른 뜻이 없다고 해도 믿기는 힘들겠지……. 그래도 언제든 돌아와도 괜찮아. 여기는 사라사의 집이니까."

나는 약간 쓸쓸해하는 지배인 씨를 보고 웃으며 고개를 저었다.

"제 지위를 노리는 거라고 생각하진 않는데요? 그저 저를 믿어주고 있는 요크 마을 사람들을 배신하고 싶지 않을 뿐이에요. 상인으로서 당연한 거잖아요?"

내가 그렇게 말하자 지배인 씨가 눈을 크게 뜨고는 뭔가 그리운 것을 보는 듯한 미소를 지었다.

"하하, 그렇지. 장사의 기본을 사라사에게 배우다니……. 성장했구나. 그래도 뭔가 우리가 도울 수 있는 건 없을까?"

"도울 수 있는 거라……. 지금 피드 상회는 예전과 똑같은 장사를 하고 있나요?"

"아니, 조금 달라졌어. 소매 비율이 줄고 상인 상대로 육지 운송을 주로 하고 있지. 그때 얻은 교훈을 통해 강력한 호위를 많이 거느리게 되었는데, 결과적으로 도적에게 습격 당하더라도 확실하게 화물을 가져다줄 수 있게 되었거든. 수송 의뢰가 늘었지."

일반적인 상회는 직접 상품을 매입하고, 운반하고, 판매한다.

그중에서도 위험부담이 큰 것이 운반 부분이고, 피드 상회는 그것을 다른 상회로부터 의뢰받아 큰 이익을 내고 있는 모양이었다. 말하자면 위험부담을 대신 짊어져 주는 것이지만, 확실하게 수송할 수 있는 실력만 있다면 매입 실수나 재고 부담 없이 확실하게 돈을 벌 수 있는 장사이기도 하다.

"오~, 저희 상회의 육지 버전 같은 느낌이군요."

"그래, 그렇긴 하지. 미스티네가 더 힘들 것 같긴 하지만."

해운은 육지 쪽보다 더 까다롭고, 배라는 거대 자본과 그 것을 조종하는 특수 기술이 필요하다.

그 때문에 해운은 새로운 상회가 진입하기 힘들고, 수송만으로도 큰 이익을 기대할 수 있지만, 실패했을 때의 손실도 막대하기에 결코 편하게 돈을 버는 건 아니다.

흐음, 내가 그렇게 말하며 고개를 끄덕이자, 이야기를 듣고 있던 지배인 씨가 의아하다는 듯이 고개를 갸웃거렸다.

"저희 상회……? 그러고 보니 이 애는 누구지? 사라사의 후배라고?"

"아, 말씀드리는 게 늦었네요. 저는 미스티 허드슨. 사라사 선배가 귀여워해 주셨던 후배이자 올해 졸업한 연금술사, 그리고 허드슨 상회의 딸이에요."

미스티가 그렇게 슬쩍 자기소개를 하자 지배인 씨가 한순간 굳었다.

"……어? 그 대규모 해운 상회 허드슨? 엄청난 아가씨 잖아!"

"아뇨, 아뇨, 그렇진 않아요. 어차피 그냥 상회의 딸이죠. 마스터 클래스 연금술사, 오필리아 님의 제자인 선배와 비교하면 저 따위는 그냥 졸개인데요?"

"졸개라니———. 어라? 미스티는 스승님 제자 아니야? 아르바이트를 했었잖아?"

"하긴 했지만, 저는 진짜 그냥 아르바이트였거든요? 오필리아 님께서는 '너는 제자가 아니다'라고 딱 잘라 말씀하셨고요."

"어어……? 스승님이 그런 말씀을 하셨다고? 그건 좀 심하네."

스승님은 척 보기에 쌀쌀맞은 것 같아도 실제로는 자상하니까 꽤 뜻밖인데…….

"제 아르바이트는 처음부터 사라사 선배의 제자로 들어갈 때까지만 하기로 했거든요. 제자로 단련시켜줄 시간이 없었기 때문에 일부러 그렇게 말씀하신 것 같은데요? 오필리아 님의 제자라는 간판은 그만큼 무거우니까요."

"어? 그걸 짊어지고 있는 내게 그런 말을 하는 거야?"

"사라사 선배는 충분히 잘 짊어지고 계신 것 같은데요? ———무게를 모르는 것뿐일지도 모르지만요. 오필리아 님을 몰랐다는 이야기를 들었을 때는 깜짝 놀랐다고요."

"그건 과거의 실수야. 아무리 그래도 지금은 알고 있거든? 스승님이 얼마나 대단한 사람인지."

예전과는 다르다고 당당하게 말한 내게 미스티가 회의적인 눈초리를 보냈다.

"정말로요? 왠지 과소평가하고 있는 것 같단 말이죠, 선배는."

"그렇지는 않을 것……, 같은데?"

"아뇨, 그래요. 분명히. 오필리아 님께 뭔가 대단한 걸 받아도 '스승님이니까'라면서 흘려 넘기지 않나요? 그걸 아무렇지도 않게 준다는 게 얼마나 대단한 건지 잘 생각해보지도 않고."

———윽. 짐작 가는 게 너무 많다.

예를 들어 아이리스를 치료했던 포션. 그건 가격만 봐도 간단히 살 수 있는 게 아니지만, 그 이상으로 소재를 입수하는 게 힘들기 때문에 돈만 내면 금방 살 수 있는 물건이 아니다.

그런 소재를 작별 선물이라면서 공짜로 준 것뿐만이 아니라 더 뛰어난 포션 소재까지…….

"그것 보세요, 선배. 역시 뭔가 있나 보네요. 꺼내보시라고요~. 네? 네?"

"으으……. 그래도 , 갑자기 꺼내라고 해봤자 생각나는 게 없거든? 지금 가지고 있는 건 이 검 정도?"

싱글거리며 내 옆구리를 찔러대는 미스티를 밀쳐내는 듯이 허리에 차고 있던 튼튼한 검을 떠넘기자 그녀가 눈을 반짝이며 그 검을 받아들었다.

"선배, 그러고 보니 오늘은 검을 차고 계셨죠. 학교에서는 항상 비품만 쓰던 선배가."

"여행을 하는 이상, 무기는 가지고 다니거든? ———이건 요크 마을에서 받긴 했지만."

"그러면⋯⋯, 요크 마을로 갈 때는 어떻게 하셨나요? 설마, 맨몸으로?"

"아니. 나이프가———."

눈을 동그랗게 뜬 미스티에게 비장의 수가 있었다고 말한 나를 보고는 지배인 씨가 갑자기 소리치며 분하다는 듯이 굳은 표정을 지었다.

"뭐어? 사라사, 나이프만 들고 여행을 한 거냐?! 큭, 역시 내가———."

"아, 지배인 씨. 사라사 선배는 절대 그런 걱정을 해줄 필요가 없거든요? 선배라면 도적 따위는 주먹으로도 죽여버릴 수 있고, 마법도 있으니까 공격력은 지나치게 강할 정도죠."

"⋯⋯그래? 그, 사라사가?"

지배인 씨 머릿속에는 어린 시절의 내 이미지가 강한지도 모르겠다.

걱정과 놀라움이 섞인 시선을 보고 나는 고개를 애매하게 끄덕였다.

"네, 뭐, 이래 봬도 연금술사니까요⋯⋯?"

"선배는 연금술사 중에서도 꽤 무투파지만 말이죠. 외모와는 달리."

"그렇다 하더라도 무기를 가지고 다니지 않는 건⋯⋯, 너무 부주의한 거 아닐까?"

나 같은 여자애가 무기를 가지고 다니는 게 얼마나 범죄

방지에 도움이 될지는 모르겠지만, 그래도 맨몸으로 다니는 것보다는 조금이나마 습격하기 껄끄럽긴 할 것이다.

하지만 그때 나는 별로 필요가 없는 무기를 살 만한 여유가 없었고———.

"오필리아 님께서도 걱정하셨을 거예요. 그래도 이건……, 지나친 것 같지만요."

미스티가 내 검을 뽑아들고 한숨을 쉬었고, 그 검을 그녀에게 받아든 지배인 씨도 차분히 살펴보고는 '호오'라며 감탄하는 목소리를 냈다.

"그래? 나는 무기를 잘 모르니까. 엄청나게 튼튼하다는 건 확실하지만."

연금 소재에 대한 눈썰미는 나름대로 자신이 있지만, 무기는 그 대상이 아니다.

연금술에는 무기를 강화시키는 것도 있기에 질이 어느 정도 좋고 나쁘다는 건 알고 있지만, 일정 수준 이상의 명검은 알아보지 못한다. 미술품으로서의 가치도 마찬가지다.

"나도 전문가는 아니지만, 이거 한 자루만으로도 집을 세울 수 있을 거야. 안타깝게도 이름이 보이진 않지만, 만약에 이걸 미리스 님께서 만드셨고 이름까지 새겨넣으셨다면 가치가 몇 배는 뛰겠지."

"오~, 그 정도인가요? 대단하네요."

"그런 구석, 그런 구석이라고요, 선배!!"

아니, 그래도, 어제 파티 때는 '한 잔에 집을 세울 수 있는 주스'를 몇 잔이나 마셔버렸거든? 어느 정도까지는 흘려 넘기는 능력을 갖추지 못하면 스승님하고 함께 지낼 수가 없단 말이지.

"그런 것보다는 원래 하던 이야기를 하죠. 피드 상회가 그런 상황이라면 부탁드리고 싶은 게 있는데요. 물론 보수나 이익은 나름대로 약속드릴게요."

"사라사를 위해서라면 어느 정도 손실은———."

"아뇨, 그럴 순 없죠. 다행히 지금 제게는 그 정도 권한이 있으니까요."

골치 아픈 일을 떠맡은 대신 받은 권리. 쓰지 않을 이유가 없다.

"실은 말이죠, 귀족이 되어버린 탓에 골치 아픈 일을 떠맡게 되어버렸거든요."

"골치 아픈 일? 선배, 저도 그 이야기는 처음 듣는데요?"

"응, 말을 안 했지. 나도 오늘 아침에 갑자기 들은 거라."

그렇게 이러쿵저러쿵 설명하자 두 사람의 표정이 점점 경악한 느낌으로 물들었다.

"와, 왕족이 직접……. 사라사, 어느새 그렇게……."

"사실은 어떻게든 거절할 순 없을까 생각했는데요———."

"거절하다니, 말도 안 되는 소리죠! 선배, 왕실 직할령에서 전권 대리를 맡는다는 건 상인이라면 누구나 욕심을 낼 만큼———, 그야말로 전 재산을 쏟아부어서라도 손에 넣고 싶어할 만한 건데요?"

"그럴지도 모르겠지만, 도적을 토벌할 때까지로 기간이 정해져 있고, 터무니없는 짓은 못하니까."

규모가 큰 건 도로의 정비와 요크 마을의 확장, 작은 건 도적 토벌에 드는 비용을 내거나 토벌 보수를 내는 것 등, 권한은 그 정도로만 쓸 예정이다.

일단 내가 상사가 되긴 하겠지만, 지방관도 있으니 방해하는 건 별로 바람직하지 않을 것이다.

"그래도 장사할 권리를 인정하는 것 정도는 용납될 것 같거든요. 피드 상회가 근처에 있으면 저도 도움이 될 테고, 이번 기회에 사우스 스트러그로 진출해보지 않으시겠어요?"

지금까지 내 가게에서 사들인 소재 중 희귀한 것들은 스승님에게, 그렇지 않은 것들은 레오노라 씨에게 보냈다. 하지만 요즘은 채집자가 늘어서 소재의 숫자도 크게 늘었다. 슬슬 다른 유통 경로도 개척해야만 하는데, 라는 생각을 하고 있던 참이었다.

"연금 소재를 다루면 이익은 충분히 낼 수 있을 거예요. 그쪽으로는 저도 어느 정도 도울 수도 있고요."

내가 그렇게 말하자 지배인 씨가 '나이 든 친척'에서 '실력 좋은 상인'이 되었다.

"그렇구나. 이건 좋은 기회겠어. 지금까지는 연줄이 없어서 연금 소재를 다루지 못했는데, 사라사가 있다면⋯⋯. 장사할 권리를 확실하게 약속해주는 것도 고맙고. 그리고 도적 퇴치는 우리의 특기지. 실은 그 이후로 몇 번이나 도적단을 괴멸시켰거든. 요즘은 도적들도 우리 상회의 깃발을 보면 도망칠 정도라고. 하하하."

"도망치게 두는 건가요? 그러면 안 되죠, 지배인 씨. 확실하게 죽여야죠. 피드 가문의 가훈은 '도적을 발견하면 확실하게 제거할 것'이거든요?"

'피드'라는 이름을 가지고 있는 상회라면 그 가훈을 지켜 줬으면 좋겠다.

"물론 발견하면 섬멸하고 있지. 그런데, 우리가 다니는 도로에서는 이제 보이지 않게 되었거든."

"그럼 어쩔 수 없네요. 아무리 그래도 찾아다니면서까지 섬멸할 수는 없으니까요."

나와 지배인 씨 두 사람이 미소를 지으며 고개를 끄덕이고 있자니 그 모습을 본 미스티가 '어어……'라며 약간 정색했다.

"선배, 아무리 그래도 그건……. 피드 상회는 그런 곳인가요?"

"'장사는 성실하게'라는 가훈도 있으니까 안심해도 돼."

분명 우리 부모님이나 종업원들이 많이 살해당해서 약간 과격해졌을 뿐일 것이다.

근육뇌들의 모임은 아닐 것이다, 아마. 요즘 피드 상회는 어떤지 모르겠지만.

"그런데 허드슨 상회도 꽤 무투파 아니었나?"

지배인 씨가 지적하자 미스티가 말문이 막힌 채 곤란하다는 듯이 웃었다.

"윽. 그렇게 말씀하시니 뭐라 할 말이 없네요. 바다의 남자들이니까 말이죠……. 생김새로만 따지면 어지간한 도적들보다 훨씬 더 흉악해서……, 나쁜 사람들은 아니지만요."

"실제로 힘이 없으면 화물이나 자신을 지킬 수가 없으니까."

"네. 특히 바다에서는 아무도 도와주지 않고요."

그 사실을 실감했기에 힘을 기른 피드 상회와 항상 위험과 마주하는 해운업.

슬프게도 결국 안전을 위해 필요한 것은 부조리에 패배하지 않을 힘이다.

"그러면, 사라사. 그 제안을 받아들이도록 하마. 그쪽으로는 언제 돌아가지? 그때 선행 조사를 맡을 인원을 동행시키고 싶은데."

"그러게요, 미스티에게 맞춰주긴 할 건데, 모레쯤에는 출발하고 싶어요. 너무 오랫동안 가게를 비우고 싶진 않고, 요크 마을까지는 시간도 오래 걸리니까요."

나 혼자만이라면 왔을 때와 마찬가지로 2주일 정도만에 돌아갈 수 있겠지만, 미스티와 피드 상회 사람이 함께 간다면 시간이 더 걸린다. 최대한 빠르게 출발해야 할 것이다.

"그렇구나, 시간이 별로 없군. 알겠어, 금방 인원을 선발하마."

"부탁드릴게요. 미스티는 어때? 급하게 나온 이야기니까 며칠 정도라면――."

시간이 없다는 말대로 이미 일어서려 하는 지배인 씨에게 고개를 살짝 숙인 나는 미스티를 살펴보았다.

"언제든지 괜찮아요. 저는 선배가 오기를 기다리고 있었으니까요. 그리고 이동에 대해서는 저에게 생각이 있어요. 시간을 어느 정도 단축시킬 수 있을 것 같은데요?"

"그래? 그래도 미스티는 그렇다 치더라도 피드 상회 사람은 무리할 수가 없을 텐데?"

신체 강화를 걸고 계속 달리는 건 평범한 사람이 할 수 없는 일이니까.

하지만 미스티는 내 지적을 받고도 주눅들지 않고 으스대는 표정으로 웃었다.

"후후후, 기대하세요. 선배도 분명 놀랄 걸요?"

no. 0´15

연금술 대사전 : 제5권 등재
제작 난이도 : 이지
표준 가격 : 13,000 레어~

〈열무룡-핫 미스트 드래곤-〉

Hftmift Afkfigftn

솥에 넣으면 찐 요리를, 작은 방에 넣으면 찐 인간을———,

아니, 증기탕을 간단히 만들 수 있는 아티팩트. 이중적 의미로 다이어트와 건강 유지에 가장 적합합니다.

가격이 비싸기 때문에 요리에 사용하는 경우는 별로 없고, 이반적으로는 대중목욕탕에서 자주 볼 수 있습니다.

형태는 반면한 사람의 취향인 모양이며, 자매품으로 빙룡 《아이스 드래곤》, 화룡 《파이어 드래곤》 이

존재합니다만, 이름값은 하진 못합니다. 그 기능은 짐작이 되실 겁니다.

Episode 2
Gfting Afiffg Hftmffl

집에 가자

푸른 바다 위로 바람이 불어와, 햇빛에 뜨거워진 피부를 식혀주었다.

올려다보니 하얀 구름이 있었다. 높게 뻗은 그 모습에서 여름이 느껴졌다.

내려다보니 나무 바닥이 있었다. 하지만 항상 불안정하게 흔들리는 그 바닥은 익숙해지지 못한 자에게 시련을 강요했다.

───그렇다, 그로부터 며칠 뒤, 우리는 배 위에 있었다.

"설마 해로를 이용할 줄이야. 이거라면 동행자가 있어도 일찍 도착하긴 하겠어."

출항한 지 한나절. 다행히 날씨가 좋았기에 순조롭게 나아가고 있는 뱃머리에서 나는 바람을 느끼고 있었다.

미스티는 그 옆에 서서 쓴웃음을 지으며 내 얼굴을 들여다보았다.

"말씀은 그렇게 하셔도 사실 예상하지 않으셨나요? 전 허드슨 상회의 딸이거든요?"

"으음~, 생각해보긴 했는데, 친가하고 사이가 별로 안 좋은 것 같아서."

아버지는 돌아오라고 했고, 오빠와는 대립하고 있다.

그런 상황에서 허드슨 상회의 배를 이용할 수 있을 것 같진 않았는데⋯⋯.

"저를 지지해주는 파벌도 있다고 했잖아요? 이 배의 선장은 그중 한 명이거든요."

허드슨 상회는 여러 척의 배를 소유하고 있는데, 배들이 각각 나름대로 독립되어 있고, 선장을 우두머리로 삼은 하나의 그룹인 모양이었다.

전체적인 지시를 내리는 건 상회장이지만 선장에게도 어느 정도의 권한이 있고, 독자적으로 거래를 진행하는 것도 인정받고 있으며 선창이 빈 상황이라면 다른 화물을 함께 옮기는 것도 가능하다. 다시 말해 미스티가 부탁하고 선장이 인정해주면 우리가 함께 타는 것 정도는 아무런 문제가 없는 것 같았다.

"이봐, 이봐, 아가씨의 부탁인데 내가 거절할 리가 없잖아!"

뒤쪽에서 목소리가 들려서 돌아보니 아무리 봐도 평범하지 않은 남자가 있었다.

머리부터 얼굴까지는 칼에 베인 상처자국이 있었고, 가까이에서 올려다보면 목이 아파질 것 같을 정도로 덩치가 컸다.

척 보기에도 단련된 그 몸은 근육 갑옷으로 감싸여 있어 흉악한 해적 같지만, 이 사람이 이 배의 선장이다. 배를 탈 때 미스티가 소개해주었으니 틀림없다.

"선장님, 이번에는 정말 큰 도움이 되었어요. 피드 상회 사람도 있었으니까요."

내가 고맙다는 인사를 하자 선장님이 큰 입을 벌리고는 '크하핫', 웃었다.

"이 정도는 아무것도 아니야! 그런데 저 두 사람은 한심하던데!"

선장님이 돌아본 갑판 구석에서는 피드 상회에서 나를 따라온 사람들이 심한 배멀미로 인해 축 늘어져 있었다. 한 명은 영업 담당이고, 다른 한 명은 호위 전문이다.

호위로서 저 상태는 치명적이지만, 멀미는 어쩔 수 없다.

"배멀미는 체질과 적응이니까요. 피드 상회는 육로 운송 전문이고요. 하지만 오히려 저 사람들이 아무렇지도 않게 활동할 수 있다면 허드슨 상회의 이점이 줄어들 텐데요?"

"그렇긴 하지! 그러면 저 녀석들은 계속 멀미를 심하게 해 줘야겠어!"

배의 운항은 그렇게 만만하지 않겠지만, 내 농담을 들은 선장님이 씨익 웃었다.

"그런데 사라사 님은 멀쩡해 보이는데? 오늘은 바다도 평온하지만 그래도 꽤 흔들릴 텐데?"

"그러게요. 오히려 즐길 만큼 여유로워보이고요. 선배, 사실 익숙한 건가요?"

"그렇진 않은데……, 체질인가?"

참고로 사라사 님이라고 부르는 건 마음에 좀 안 들지만, 미스티가 '귀족이 되었으니까 포기하세요. 쓸데없이 겸손해 하면 주위 사람들에게 폐가 돼요'라고 했기에 어쩔 수 없이 받아들였다.

실제로 나도 전하가 '이름만 불러도 된다'라고 하면 곤란 할 테니까.

"그래도 다행이네요. 선배 같은 미소녀가 물고기들에게 먹이를 준다고 누가 이득을 보겠냐고요."

입가에 손을 대고 쿡쿡 웃은 미스티가 그렇게 말하자 나는 고개를 갸웃거렸다.

"저기, 미소녀라는 건 그렇다 치고, 먹이를 준다니?"

"하하, 저 녀석들이 하고 있는 거 말이야. 보라고, 지금도."

선장님이 손가락으로 가리킨 곳을 보니 피드 상회 소속 두 명이 배의 난간 밖으로 몸을 내밀고는······.

"그렇구나, 먹이를 주고 있네. 저건 피하고 싶긴 하네요."

"뭐, 며칠만 지나면 익숙해지겠지. 할 일은 별로 없겠지만, 사라사 님은 자유롭게 지내라고. 단, 선원의 지시에는 따라줘야겠어."

"그야 물론이죠. ──참고로 도착하는 데 얼마나 걸릴 예정인가요?"

"바람에 따라 다르긴 한데······, 순조롭게 가면 나흘, 바람이 잘 불지 않으면 열흘을 넘길지도 모르겠군."

"오래 걸리네요. 마법으로 바람을 불게 할 수도 있으니까 필요하시면 말씀하세요."

"하하하, 조금 도움이 될지도 모르겠는데? 그렇게 되면 부탁하지!"

손을 살짝 흔들며 다시 일하러 가는 선장님을 바라보던 미스티가 나를 돌아보고는 재미있다는 듯이 웃었다.

"보아하니 진심으로 받아들이진 않은 것 같네요. 선배라면 **조금 도움** 정도가 아니라 사상 최고 속도가 나올 텐데. 시험 삼아 해보실래요? 단숨에 시간을 단축시킬 수 있을 텐데요."

"안 할 거야. 만에 하나 배가 망가지면 미스티도 곤란해지잖아?"

"저희 배는 어지간한 폭풍 정도로는 망가지지 않을 만큼 튼튼한데요……, 선배라면 그럴지도 모르겠네요. 위험부담을 고려하면 평시 때는 써먹지 못하겠어요. 바람이 불지 않게 되기를 기대할게요."

"기대하지 마. 평온한 게 제일이니까."

나는 한숨을 쉬며 미스티의 머리를 꾹꾹 쓰다듬었다.

첫날은 바다의 경치를 즐겼고, 이튿날은 배 안을 탐험하고 미스티와 즐겁게 수다를 떨었다.

하지만, 사흘째가 되자 할 일이 없어졌다.

그런 내게 미스티가 제안한 심심풀이는 낚시였다.

하지만 이 배의 목적은 어디까지나 수송이다. 어선과는 달리 물고기 무리를 쫓아갈 수는 없고, 물고기가 있을 만한 곳에 정박할 수도 없다.

그렇기 때문에 나는 별로 성과를 기대하지 않으면서 미스티와 나란히 배 난간에서 낚싯대를 드리웠다.

다행히 피드 상회의 두 사람이 하던 '먹이 주기'는 어제로 끝난 모양이었기에 낚은 물고기를 먹는 것도 문제가 없었다.

"그런데, 전혀 안 낚이네."

"후후후, 역시 이 분야에서는 저도 선배를 이길 수 있는 것 같네요!"

그렇게 말한 미스티가 낚은 물고기는 세 마리. 결코 많지는 않았지만, 전혀 낚지 못한 나와 비교하면 천지차이다. 게다가 그 물고기는 내 두 손바닥을 펼친 것보다 커서 먹을 만할 것 같았다.

"나도 낚고 싶어……. 그렇게 큰 걸 낚으면 재미있을 것 같기도 하고."

"큰 물고기는 낚아 올릴 때도 요령이———, 어이쿠, 왔네요. 선배, 해보실래요?"

"끄으으……, 해볼래. 줘봐."

가능하면 내가 혼자서 낚고 싶지만……, 나는 나 자신을 믿을 수가 없다.

이대로 움직이지 않는 낚싯대를 보고 있기만 하는 것보다는 한때의 굴욕을 감수하겠다.

나는 내 낚싯대를 거두고 미스티에게서 낚싯대를 받았다.

"선배, 무리하시면 안 되거든요? 선배의 힘으로 억지로 잡아당기면 낚싯대가 부러지거나 실이 끊어질 거예요. 물고기를 헤엄치게 만들어서 힘을 빼는 거예요."

"아, 알겠어———! 엄청나게 끌어당기는데?!"

낚싯대가 휘어졌고, 실이 날뛰었다. 보아하니 힘으로 밀어붙이면 안 될 것 같긴 했다.

"실을 너무 느슨하지 않게, 그러면서도 너무 팽팽하지 않게. 가끔은 풀기도 하면서⋯⋯."

"생각했던 것보다 귀찮━━━, 섬세한 작업이구나?"

숲에서 사냥하는 거라면 마법으로 날려버리고 죽은 사냥감을 회수하기만 하면 되는데, 바다에서는 그럴 수도 없━━━지는 않지만, 적어도 지금은 그럴 수 없다.

"하하, 어부들이라면 그렇지도 않겠지만, 이건 밀고 당기는 것까지 즐기는 놀이니까요."

"그렇구나! 끄으으⋯⋯, 아, 약해진 것, 같은데? 지금⋯⋯, 영차!"

꽤 오랫동안 버티다가 당기는 힘이 약해지자 단숨에 낚아 올렸다.

첨벙, 그런 소리와 함께 올라온 것은 미스티가 낚은 것보다 더 큰 물고기였다.

그것이 투웅, 갑판에 떨어진 뒤에 파닥파닥 날뛰었다.

"오오, 해냈다!! 크다고, 미스티!"

"축하드려요, 선배. 이 물고기가 이렇게 크다니, 꽤 월척인데요?"

"고마워! ⋯⋯뭐, 미스티가 낚은 거나 마찬가지지만."

나는 손을 움직였을 뿐이다. 낚은 것도 미스티고, 낚아올릴 때 조언해준 것도 미스티다.

"아뇨, 아뇨, 그렇지 않아요. 그렇게 버틸 수 있었던 건 선배의 능력이죠."

"그래? 빈말이라고 해도 좀 기쁠지도. 그런데, 생각했던 것보다 크네?"

여전히 기운차게 날뛰고 있는 그 물고기는 통통하게 살이 쪄서 미스티가 준비해두었던 양동이에 들어가지 않을 것 같았다. 이제 와서 생각하는 건데, 용케도 실이 끊기지 않게 낚아올린 것 같다.

"그러게요. 뭐, 프로에게 맡기면 맛있게 요리해 주겠죠.
─────부탁할게?"

"예, 아가씨! 맡겨만 주십시오."

미스티가 말을 걸자 근처에서 상황을 지켜보고 있던 우락부락한 선원이 능숙한 솜씨로 물고기를 잡아서 들고는 '저녁 식사를 기대해 주십시오'라고 하며 배 안으로 들어갔다.

그리고 그 선원과 교대하는 듯이 갑판으로 피드 상회 소속의 두 사람이 나왔다.

안색이 별로 좋진 않지만, 어제 오후쯤부터 어느 정도는 움직일 수 있게 된 것 같았다.

"사라사 아가씨, 엄청난 물고기를 잡으신 모양이던데요."

"미스티가 낚게 해준 느낌이긴 하지만 말이지. 둘 다 몸 상태는 어때?"

"선원분께 받은 멀미약이 효과가 있는 것 같아서, 그나마 낫습니다."

"저도 약 덕분에……. 모건 씨보다는 좀 더 멀쩡한 것 같습니다만. 그래도 호위로서 움직일 수 있을지는 꽤 불안하긴 합니다. 죄송합니다."

약간 축 늘어진 듯한 느낌으로 처음에 대답한 사람이 모건.

예전부터 피드 상회에서 일하고 있는 40대 초반 남자이고, 내 기억에도 어렴풋이 남아있다.

다른 한 사람은 호위 쪽을 전문으로 맡고 있고 나보다 두 살 연상인 남자, 클라크다.

젊어서 그런지 모건보다는 더 멀쩡해보이지만, 흔들리는 배 위에서는 발걸음이 불안해 보였다.

"신경 쓰지 않아도 돼. 적어도 바다 위에서 호위해주는 건 기대하지 않으니까."

"죄송합니다! 큰 은혜를 베풀어주신 사라사 아가씨를 지켜드리지 못하다니."

육지에 도착하면 열심히 해, 라는 생각으로 한 말이었는데. 클라크는 그렇게 받아들이지 않았던 모양이다. 고개를 크게 숙여버린 그를 미스티가 조금 어이없다는 듯이 보았다.

"아니, 사라사 선배를 지켜줄 수 있는 사람은 정말이지 몇 명 안 될 것 같은데요……."

"이놈, 미스티. 그런 말은 하지 마. 나도 적의 숫자가 많으면 힘들거든?"

"네, 힘들기만 한 거죠? 마음만 먹으면 도적 정도는 수십 명이 있더라도 몰살이죠? 샐러맨더를 쉽사리 죽여버린 것처럼요."

"음해가 너무 심하네! 샐러맨더 때는 꽤 아슬아슬했거든?!"

그리고 아이리스와 케이트도 도와주었으니까.

하지만, '그렇게까지 무투파는 아니다'라는 내 주장은 쉽사리 기각되었다.

"선배, 평범한 사람들은 아무리 애를 써도 아슬아슬하게조차 쓰러뜨리지 못하는데요?"

"사라사 아가씨, 도적들이 수십 명이라면 저희도 피해를 각오합니다."

"저는 컨디션이 최고라도 몇 명을 상대하는 게 한계입니다."

"젠장, 할 말이 없네……. 그, 그래도, 클라크는 신경 쓸 필요 없거든? 큰 은혜라고 해도 말이지. 클라크의 부모님을 구해준 건 내가 아니니까."

우리 부모님은 종업원들도 소중히 여겨주었기에 그중에는 구원을 받았다는 사람도 많다.

클라크의 부모님도 그런 경우였던 모양이고, 그래서 피드 상회에 은혜를 입었다고 느끼는 모양이지만, 그의 아버지는 우리 부모님과 함께 도적에게 살해당했다.

아무리 은혜를 입었어도 죽어버렸다면 의미가 없다.

나는 오히려 미안하게 느끼고 있는데, 클라크는 고개를 저으며 강하게 부정했다.

"죄송한 건 오히려 저희 쪽입니다. 아버지는 호위였어요. 원래는 무슨 일이 생기더라도 상회장을 지켜야 하는 입장인데 실패해서……. 그럼에도 불구하고 피드 상회에서는 저희를 지원해주었습니다."

아버지가 살해당하고 남겨진 건 클라크와 그의 어머니.

원래는 별로 도움이 되지 않는 그 두 사람을 내쳤겠지만, 피드 상회는 두 사람을 보호해 주었다. 어머니는 상회의 사무 일을 도왔고, 클라크는 잡일을 하면서 피드 상회의 호위에게 가르침을 받아 성인이 되고 나서 호위로 취직한 모양이었다.

"그 은혜를 갚을 수 있게끔 노력했다고 생각했습니다만, 너무 어설픈 생각이었네요! 자수성가하신 사라사 아가씨와 비교하면……, 저는 자신이 한심합니다! 흑흑."

한 손으로 자기 얼굴을 감싸고는 갑자기 울음을 터뜨린 클라크. 어어…….

"그, 그렇게까지, 신경 쓸 필요는……, 안 그래? 모건."

"아뇨, 사라사 아가씨의 사정은 저도 들었습니다. 지금 생각해보니 한 끼를 굶어서라도 절약해서 돈을 보내드려야 했다고 후회할 뿐입니다. 엉엉엉……."

모건까지 울음을 터뜨렸다. 정서가 너무 불안정한 거 아니야? 피곤해서 그런가?

───피곤하겠지. 거의 이틀 내내 물고기들에게 먹이를 계속 주었으니까.

솔직히 내버려두고 싶긴 하지만, 주위에 있는 선원들의 시선이 신경 쓰인다.

이대로 내버려두면 피드 상회를 이상한 사람들의 모임이라고 생각할 것 같으니까…….

"미스티도 뭐라고 말 좀 해줘———, 아니, 어느새 다시 낚시를 시작했네?!"

"아니~, 외부인이 너무 참견하는 건 좀 그럴 것 같아서요."

이쪽으로 등을 돌린 채 배 난간에서 낚싯대를 드리우고 있던 미스티가 그대로 말했다.

"그래도 선배가 거기 있는 클라크 씨보다 노력했다는 건 틀림없겠죠. 명분상 연금술사 양성 학교는 문을 넓게 열어두고 있긴 하지만, 그래도 고아가 입학하는 건 매우 힘들 거예요. 게다가 가장 뛰어난 성적으로 졸업한 건 거의 기적 같은 일이니까요."

"그러게요……. 피드 상회의 지원을 받더라도 저는 그러지 못할 것 같습니다."

"역시 저희가 사라사 아가씨에게도 지원을———."

클라크가 고개를 숙였고, 모건이 그렇게 말하려 하자 미스티가 그 말을 가로막고는 이야기를 이어나갔다.

"그래도 지금 생각해보면 지원을 해주지 않았던 게 잘한 것 아닐까요? 선배하고 피드 상회가 이어져 있다는 게 알려지면 골치 아픈 일이 생겼을 테고, 오필리아 님과 연줄이 있는 연금술사 지망생은 정말 괜찮은 돈줄이 될 테니까요."

"아~, 그렇긴 하겠네. 스승님에게 폐를 끼칠 수는 없으니까 오히려 잘된 건지도 모르겠는데?"

애초에 나 같은 경우에는 정말로 돈 때문에 힘들었던 시기는 없었다.

고아원 시절에는 결코 편하게 살진 않았지만 그렇다고 해서 굶지도 않았고, 아마 그 무렵은 피드 상회도 가장 힘들었을 시기였을 것이다. 나를 지원해줄 상황도 아니었을 테고.

　학교에 입학한 뒤에는 첫 시험 때 보수금을 받을 수 있었기에 힘들었던 건 입학 직후 정도뿐이다. 그 이후로는 그냥 내가 열심히 저축했을 뿐이고.

　"그러니까 둘 다 과거에 대해서는 신경 쓰지 말았으면 하는데? 나도 열심히 했고, 다들 열심히 했어. 그 결과, 지금 우리가 있는 거지. 그걸로도 충분한 것 같아. 바라는 게 있다면 아버지와 모두의 이념이 숨쉬고 있는 피드 상회가 앞으로도 존속되는 것. 그것뿐이야."

　"'사라사 아가씨……!'"

　두 사람이 한 목소리로 말하며 나를 보았다. 그 시선에 담긴 열기에 쑥스러워져서 고개를 돌리자 미스티가 물고기를 낚아올리면서 이쪽을 향해 히죽대고 있었다.

　"카리스마네요, 사라사 선배~. 그게 피드 상회의 강점인가요?"

　"나도 몰라. 은근슬쩍 물고기나 낚고는! 이 녀석, 이 녀석!"

　"자, 잠깐만요, 선배! 간지럽다고요! 반격이에요."

　쑥스러운 마음을 감추려고 미스티의 옆구리를 공격하자, 미스티도 낚싯대를 내팽개치고는 반격했다.

　그런 우리를 보고 모건과 클라크도 눈물을 닦고는 웃었다.

　"하하하, 적어도 피드 상회가 새롭게 시작하는 데 성공한 것은 상회장———, 사라사 아가씨의 부모님께서 지닌 인간적인 매력 덕분이라는 건 틀림없을 겁니다. 그렇기에 곤란한 상황에서도 피드 상회를 지키기 위해 많은 사람들이 남은 거니까요."

"그래? 그래도……, 응, 그렇게 말해주니 기쁘네."

"하지만, 저희가 따르는 건 부모님뿐만이 아니라 사라사 아가씨도 마찬가지인데요? 고참 녀석들은 실례이긴 하지만, 자기 아이처럼 생각하고 있으니까요. 지금까지는 폐를 끼치지 않게끔 접촉하는 걸 피했습니다만……, 앞으로는 사우스 스트러그로 가고 싶어하는 사람들이 늘어날 겁니다."

"이번 건도 경쟁률이 높았으니까요. 지배인 씨가 두 명만이라고 했더니 따지는 사람도 나왔고요. 지배인 씨가 참가하지 않겠다고 해서 잠잠해졌지만요."

피드 상회의 장사는 순조롭고, 그래서 결코 한가하지 않다.

그런 와중에 갑자기 나온 이야기다. 게다가 출발할 때까지 며칠밖에 안 되니 조정하기도 힘들고, 다른 업무에 영향을 끼치지 않는 범위 이내에서 보낼 수 있는 숫자가 영업과 호위, 이렇게 한 명씩. 그 결과 쟁탈전이 벌어지게 된 모양이었다.

당연하게도 손을 든 지배인 씨. 강하게 반대하는 종업원들.

싸움으로 정하자는 이야기를 꺼낸 호위들. 업무에 지장이 생긴다며 반대하는 지배인 씨.

"최종적으로는 현재 업무를 맡고 있어서 움직이지 못하는 사람들을 제외하고 제비를 뽑게 되었죠. 그리고 승리한 게 저와 모건 씨입니다."

"그러니 만에 하나라도 실패하면 무슨 말을 듣게 될지……. 클라크, 잘 부탁한다?"

"맡겨만 주세요, 실수하면 저도 큰일이니까요! 선배에게 혼쭐이 날 거라고요!"

"저기, 그렇게까지 긴장할 필요는……."

도적에게 대처할 수 있는 상회로서 피드 상회에게 기대하고 있긴 하지만, 도적 대책을 맡은 건 나고, 만약에 피드 상회가 철수한다 하더라도 문제가 없게끔 진행시키는 게 내 책임이다.

그러니 마음 편히 해줬으면 좋겠다고 말한 내게 모건과 클라크가 동시에 고개를 저었다.

"아뇨! 애초에 전권 대리이신 사라사 아가씨의 지원을 받으면서 실패한다는 건 상인으로서 실격입니다. 이번 일을 제대로 해내지 못하면 피드 상회에 머무를 수도 없겠죠!"

"저도 아직 수행 중이긴 합니다만, 필사적인 각오로 열심히 하겠습니다!"

예상치 못하게 강한 열의와 거기에 담겨진 약간의 초조한 마음. 어째서 이렇게 되었지?

그런 의문을 품고 당황한 나를 미스티가 재미있다는 듯이 보고 있었다.

우리의 항해는 순조로웠다. 때로는 바람이 불지 않는 경우도 있었지만 다행히도 내 마법이 나설 차례는 없었고, 5일째 아침에는 목적지인 항구가 수평선 너머로 나타났다.

"오~, 사라사 선배, 커다란 항구네요."

"그러게. 나도 와본 건 이번이 처음인데, 생각보다 잘 정비되어 있어."

로호하르트의 바다 쪽 현관, 항만 도시 그렌제.

대형 선박이 입항 가능한 항구 중에서는 라프로시안 왕국의 가장 서쪽에 있고, 영지의 수도인 사우스 스트러그만큼 크진 않지만 영지 안에서는 두 번째로 큰 도시다.

우선 눈에 들어온 것은 대형 선박도 정박할 수 있을 만큼 훌륭한 부두 세 곳이었다. 그곳에 딸린 항만 설비도 잘 갖춰져 있어서 공들여 정비한 항구 도시라는 걸 척 보고도 알아볼 수 있었다.

"저희도 왕국 서부에 와본 건 처음이긴 한데……, 번창한 곳도 있군요."

"그런데, 모건 씨. 도시는 크지만, 경기는 별로 좋지 않은 것 같은데요?"

그렇다. 클라크가 지적한 대로 그만큼 훌륭한 항구인데도 불구하고 정박해 있는 대형 선박은 이유가 뭔지 한 척도 없었다. 우리 배가 들어와서인지 사람들이 모여들긴 했지만, 그래도 항구의 규모를 고려하면 사람들의 숫자가 꽤 적은 것 같다.

"아가씨! 사라사 님! 이제 곧 도착할 거야!"

"알겠어요! 사라사 선배, 피드 상회에서 오신 두 분도 하선할 준비를 하시죠."

미스티가 재촉하자 선실로 가서 하선할 준비를 마친 우리가 갑판으로 돌아오자 배는 이미 부두에 접안해 있었고, 사다리를 내리는 와중이었다.

"영차! 휴우. 배로 여행하는 것도 좋긴 하지만, 역시 육지 위가 안심이 되네."

사다리에서 폴짝 뛰어 오랜만에 땅바닥 위에 섰다. 모건과 다른 사람들도 나를 따라 왔지만, 미스티를 제외한 두 사람은 배에서 내린 뒤에도 다리를 후들거리며 머리를 누르고 있었다.

"우와……, 왠지 아직 흔들리고 있는 느낌이 드네요!"

"그렇겠죠. 사람마다 다르긴 하지만, 하루 정도는 그럴지도 모르거든요? 그래도 무사히 도착해서 다행입니다. 이번에는 해적들하고 마주치지도 않았고요."

"해적이 많아?"

"나름대로 많죠. 저희 배처럼 커다란 배는 잔챙이 해적들에게 습격당하는 경우가 없긴 하지만, 오히려 습격당하는 경우가 생기면 규모가 큰 해적단일 테니……. 지켜내는 것도 힘들거든요."

"해적은 대처하기가 힘든 모양이니까."

규모가 작은 해적은 우선 넓은 바다에서 찾아내기가 어려운 데다 평소에는 상선이나 어선 행세를 하고 다니기에 해적이라는 걸 알아보는 것 자체가 간단하지 않다.

반대로 당당하게 본거지를 지니고 있을만큼 규모가 큰 해적은 귀족이나 나라의 지원을 받고 있는 경우가 많기 때문에 단순한 범죄자 적발이 아니라 분쟁이나 전쟁에 가까운 형태가 된다.

"그렇게 생각하니 이번에 전하가 떠넘긴 일은 그나마 나은 건지도 모르겠는데?"

도적이 출몰하는 곳은 도로 근처다. 명확한 길이 없는 바다와 비교하면 찾아내기도 쉽고, 그 배후에 있을지도 모르는 귀족이나 나라의 존재를 신경 쓸 필요도 없다.

도로 주변을 탐색하고 찾아낸 도적을 섬멸하기만 하면 되니까 의외로———.

"……아뇨, 이제 막 성인이 된 선배에게 맡기는 것 자체가 꽤 말도 안 되는 것 같은데요? 저희는 일단 공부만 했지, 실무는 맡아본 적이 없잖아요."

"그런 부분은 지방관이나 장인어른———을 보좌해주는 사람에게 기대해야 하려나?"

아델버트 씨에게 기대하는 건 전투 쪽뿐이다. 이번에 의지해야 할 사람은 케이트의 아버지인 월터, 또는 장모님인 디아나 씨일 것이다. 실질적으로 영지를 지키고 있는 건 그 두 사람이니까.

———우리가 그런 이야기를 하고 있자니 갑자기 성난 목

소리가 들렸다.

"이봐! 화물을 내릴 수 없다는 게 무슨 소리야!!"

"그러니까, 하역 조합에게 일을 의뢰하려면 허가가 필요하다고요!"

돌아보니 그곳에는 얼굴을 시뻘겋게 물들인 선장님과 그렌제 사람으로 보이는 사무원 같은 남자가 있었다. 척 보기에는 완전히 '협박하는 선장과 피해자' 같지만, 사무원 쪽도 거친 사람들이 익숙한지 마찬가지로 소리를 지르고 있었다.

"뭔가 문제라도 생겼나?"

"그런가요? 좀 전에는 짐을 내리기 시작할 거라고 하시던데요?"

우리는 무슨 일인가 싶어서 서로 얼굴을 바라보다가 선장님에게 다가가서 말을 걸었다.

"라반 선장, 무슨 일이죠?"

"그 허가를———, 어이쿠, 아가씨…… 실은 이 녀석이 화물을 내릴 수가 없다고 해서 말이야."

곤란한 표정을 짓고 있는 선장님과 마찬가지로 곤란하다는 듯한 사무원이 말을 덧붙였다.

"내릴 수 없는 게 아니라 저희 하역 조합은 일을 받을 수 없다고 한 것뿐입니다. 허가만 받으면 기꺼이 일을 맡도록 하죠. 하지만, 허가가 없다면 항구의 창고도 빌려드릴 수 없습니다."

"까불지 마! 그러면 장사를 어떻게 하라는 거야!!"

터무니없는 말을 하는 사무원에게 선장님이 소리를 질렀다.

이게 어째서 말도 안 되는 소리냐 하면, 해운이라는 장사의 구조 때문이다.

일반적으로 배에 싣고 온 화물은 그 항구의 하역 조합을 통해 내리게 된다.

그런 다음에 계약한 거래처로 옮기거나, 일단 창고에 넣어두고 팔 곳을 찾아야 한다.

선원들이 짐을 내리거나 별도로 사람을 고용하는 것도 불가능한 것은 아니지만, 하역 조합에서 확실하게 방해할 테니 이렇게 거부당하면 입항한 뒤에도 '항구를 이용'할 수는 없는 것이다.

"규칙이라서요. 이걸 어기면 저희도 일을 할 수가 없게 되거든요."

"그래도 말이야! 이 항구를 보라고! 다른 배는 없잖아. 일이 없는 녀석들이 어슬렁거리고 있다고. 너희도 일이 없어서 곤란한 거 아니냐?"

"그렇죠. 허가를 받은 배가 온 건가 하고 기대했는데, 아쉽군요. 일시 계약으로 고용되는 하역 쪽은 그렇다 쳐도, 창고를 비워두는 건 조합으로서 손실이 크니까요."

"그럼 잘 된 거 아냐. 우리는 허드슨 상회니까, 돈은 제대로 쳐줄 텐데?"

선장님이 '너무 딱딱하게 굴지 말라고'라며 부탁했지만,

하역 조합 쪽 사람은 씁쓸한 표정으로 고개를 저었다.

"죄송합니다만, 규칙이라서요."

"빌어먹을. 이대로 가다가는 큰 손해를 보게 생겼는데?!"

선장님이 짜증 난다는 듯이 그렇게 말하자 주위에서 상황을 지켜보고 있던 항구 사람들———, 체격이 좋은 걸 보니 아마 일시 계약으로 하역 일을 하는 사람들인 것 같다———도 낙담한 듯이 한숨을 쉬었다.

그가 우리를 태워다준 것은 왕국 서부에서 상품을 팔 수 있을 거라 예상했기 때문이다.

그러지 못하게 되면 완전히 헛수고다. 머리를 감싸쥔 선장님에게 내가 물었다.

"음~, 선장님. 항구는 원래 그런 법인가요?"

"이용권이 필요한 항구가 있긴 하지. 정박할 수 있는 숫자 이상의 배가 오면 곤란하니까 관리를 하거든. 하지만 그런 항구에서도 부두가 빌 때까지 근처에서 대기하다 보면 이용할 수 있게 되는 게 보통이야. 항구로서는 항만 이용료와 하역 업무, 창고 이용료를 받을 수 있게 되니까."

"그러니까, 이용권이라는 건 우선권이군요———, 평범한 항구라면요. 이곳 같은 경우는 이용 허가를 받으려면 큰 돈이 필요하거나 그런 건가요? 음, 거기 계신……."

"아, 저는 하역 조합의 디켄즈입니다. 예전에는 그렇게 진행했습니다만, 안타깝게도 지금은 돈을 내더라도 힘들겠네요. 허가 자체를 받을 수 없게 되었으니까요."

"어째서 그렇게 되었죠? 항만 도시로서도 그런 상황이면 곤란할 텐데요."

"그렇다니까요! 얼른 해결이 되었으면 좋겠습니다만, 저 같은 사람이 어떻게 해볼 수는 없어서……. 확실한 원인은 잘 모르겠습니다만, 소문에 따르면 어떤 연금술사 때문이라던데요."

"연금술사, 요……?"

미스티가 조용히 그렇게 중얼거리자 몇 명 정도가 나를 힐끔 본 것 같은 느낌이 들었다.

―――잠깐만. 아직 확실한 게 아니라고! 어떤 악덕 연금술사 때문일지도 모르잖아!

"원래 이 항구의 이용권과 이용 허가는 바루 상회의 관할이었습니다만, 얼마 전에 자금을 융통하느라 급해진 바루 상회가 그 권리를 다른 상회에 팔아넘겼습니다."

―――으악, 확정인 모양인데?!

우리 가게에 오게 되었기에 상황을 자세히 설명해준 미스티는 당연하고, 상인으로서 정보를 수집했을 모건과 선장님의 시선도 따끔거린다.

"하지만, 권리를 취득한 그 상회도 얼마 전에 적발되어 망해버려서……."

"아, 그쪽은 상관이 없구나. 다행이야. ―――그럼 지금 그 권리는요?"

"네……? 음, 권리 쪽은 영주에게 귀속될 것 같네요. 지금은 지방관이려나요."

내가 그렇게 중얼거리자 디켄즈 씨가 한순간 고개를 갸웃 거리다가 금방 질문에 대답해 주었다.

"그러니까, 지방관이 태만해서 생긴 문제라고요?"

"제 입장으로는 뭐라 말씀을 드릴 수가……. 그런데 당신은 누구죠? 허드슨 상회의 관계자십니까?"

"그건 이 애고요. 저는……, 이건가?"

아무리 그래도 '원흉인 연금술사입니다'라고 말하긴 껄끄러웠기에 임명장을 꺼냈다.

"그건———, 앗, 왕가의 문장?! 게다가……, '전권 대리'신가요?! 그러니까———."

"저는 이곳 구 커크 준남작 영지, 지금은 왕실 직할령인 로호하르트의 최고 책임자예요."

내가 확실하게 선언하자 디켄즈 씨는 물론이고 주위에서 슬쩍 엿듣고 있던 항구 사람들도 깜짝 놀라며 금방 떠들썩해졌다.

"뭐라고?! 그럼, 설마———."

"이 항구의 상황도 어떻게 좀 해결해줄 수 있다는 건가?!"

"얼른 어떻게 좀 해줘! 이제 한계라고! 이 이상 일을 못하고 있으면."

항구 사람들이 나를 다그치려는 듯이 다가왔지만, 그들과 나를 가로막으려는 듯이 허드슨 상회의 선원들이 재빠르게 벽을 만들었다. 그중에는 클라크의 모습도 있는 걸 보니 일단은 호위로서 일을 제대로 하고 있는 것 같다———, 아직 미묘하게 비틀거리고 있긴 하지만.

"진정하세요! 디켄즈 씨, 펜하고 종이를 준비해 주세요."

"바로 가져오겠습니다아아아아———!"

전력질주였다. 권위에 무릎을 꿇은 걸까, 주위 사람들의 매서운 시선에 무릎을 꿇은 걸까.

곧바로 펜과 종이를 가지고 와서 내게 공손히 내민 디켄즈 씨.

"감사합니다. 음……, 보통, 이용권의 유효 기한은 얼마나 되죠?"

"보통은 1년마다 갱신합니다. 하지만 바루 상회는 가끔 실효니 뭐니 들먹이면서 항구 정비료 등의 명분으로 일반적인 경우 이상의 돈을 갈취하곤 했지만요."

"으음~, 그거 곤란하네. 항만 이용료의 의미는 아는 건지……. 우선, 영주 전권 대리의 이름으로 허드슨 상회에 그렌제 항구의 이용을 1년 동안 인정하겠습니다."

주위에 있던 마초들이 침을 꿀꺽 삼키며 내 일거수일투족을 지켜보았다.

내 키와 비교하면 거의 벽이나 마찬가지다. 압박이 심하긴 했지만, 나는 태연한 척하면서 사인했다.

그와 동시에 디켄즈 씨가 주먹을 꽉 쥐고는 소리쳤다.

"좋았어!! 얘들아, 사람들을 모아라! 창고 문을 열어! 짐을 내리자!"

"이미 모여 있다고!! 인원 수를 정해!"

"이번에는 제한이 없다! 하지만 보수는 저렴하지, 그걸 감안하고 참가해라!"

"""우오오오옷!"""

조금 전까지는 지식인처럼 보였던 디켄즈 씨가 갑자기 마초로 바뀌었고, 주위에 모여 있던 진짜 마초들이 마치 해일 같은 목소리로 소리쳤다.

"사라사 선배, 괜찮으시겠어요? 지방관하고 의논하지도 않고 결정해버리셨는데."

안심한 듯, 그러면서도 조금 걱정된다는 듯 나를 살펴본 미스티에게 고개를 살짝 끄덕였다.

"권한을 따지면 문제없어. 일단 내가 명확하게 상사니까. 하지만 지방관이 생각하기에는 마음에 들지 않을 테니 인사하러 갔을 때 제대로 설명할 필요는 있겠지. 그래도 문제가 생기면 전하에게 책임을 져달라고 할까?"

"이봐, 이봐, 전하라니, 사라사 님은……. 그래도 덕분에 살았어. 아무리 그래도 이대로 물러났다가는 상회장에게 무슨 소리를 듣게 되었을지 모르니까."

"아뇨, 갑자기 배를 출항시켜달라고 한 저에게 원인이 있는 거니까요……."

원래 허드슨 상회는 그렌제로 가는 항로를 지니고 있지 않았다. 하지만 선장님은 미스티가 부탁했고, '새로운 장사 기회가 있을지도 모르겠다'고 생각하며 배를 출항시켜준 것이다.

아마 사전조사를 할 시간만 있었다면 이번 같은 상황이 되진 않았을 것이다.

"그런데 선장님은 괜찮으신 건가요? 여기 계셔도."

"하역은 담당자가 따로 있어. 그런 것보다는 아가씨와 사라사 님을 배웅해야지. 갈 거잖아?"

나는 팔짱을 낀 채 씨익 웃은 선장님에게 고개를 끄덕였다.

"네. 아직 오전이잖아요. 배로 편하게 왔는데 이 마을에 머무를 수는 없죠."

"선배라면 그렇게 말씀하시겠죠. 저는 괜찮은데, 피드 상회 소속 두 분은요?"

"저도 여행은 익숙합니다. 흔들리는 느낌이 아직 남아있긴 합니다만, 충분히 걸어갈 수 있죠."

"체력은 괜찮습니다! 흔들리는 건……, 끈기로!"

"호위가 그래선———, 아니, 선배가 있으니까요. 별 상관이 없겠네요. 그러니까, 라반 선장. 저는 갈게요. 아버지에게 잘 전해주세요."

미스티가 쓴웃음을 지으며 그렇게 말하자 선장님이 아쉬운 듯이 그녀를 보았다.

"아가씨, 조심히 가고……. 사라사 님, 아가씨를 잘 부탁해. 안전한 여행이 되기를 기원하지."

"저희도 신세를 많이 졌습니다, 선장님."

"흥. 당신들은 아가씨와 사라사 님의 덕이야. 다음에는 정규 요금을 받을 거라고?"

선장님은 모건이 한 말을 듣고 코웃음쳤지만, 모건은 아랑곳하지 않고 고개를 끄덕였다.

"당연하죠. 기회가 생기면 다시 이용하겠습니다. 쾌적한 여행이었으니까요."

"말은 잘하는군. 반쯤 죽어가던 주제에. 뭐, 너희 안전도 하는 김에 기원해주마."

그렇게 말한 선장님이 씨익 웃고는 배 쪽을 돌아보며 숨을 크게 들이마셨다.

"―――얘들아! 아가씨께서 여행을 떠나신다! 소리쳐라!!"

""""오오!!""""

선장님이 호령하자 선원들이 한목소리를 내며 곧바로 배의 난간에 정렬한 다음, 갑자기 신나게 노래하기 시작했다.

높고, 낮고, 굵은 목소리가 억양을 주며 독특한 리듬을 만들었다.

가사는 없지만, 왠지 감정이 흔들릴 만큼 엄숙한 느낌이 드는 노래.

나는 반쯤 멍한 상태로 그 노래에 귀를 기울였고, 짐을 내리기 시작하고 있던 하역자들도 손을 멈췄다.

하지만 미스티가 껄끄럽다는 듯이 내 손을 잡고 끌고 가듯이 걸어가기 시작했다. 그 사실을 눈치챈 모건과 클라크도 급하게 따라왔다.

"저기, 미스티, 끝까지 듣지 않아도 괜찮겠어? 왠지 엄청 좋은 노래인데."

손을 잡힌 채 내가 묻자, 미스티가 곤란한 듯한 표정으로 고개를 저었다.

"저기 남아있는 게 더 껄끄럽다고요. ———애초에 저 노래는 **장송곡**이거든요?"

너무나도 뜻밖인 말이었기에 한순간 의식이 새하얘져버렸다.

"어? ———어어?! 여행을 축복해주는 노래가 아니라?"

"그것도 맞는 말이긴 해요. 장사 특성상, 병이나 사고, 해적과의 싸움으로 인해 죽는 선원들도 많은데, 그런 사람들을 보내주는 노래예요. 죽음은 한때의 이별이고, 다시 만나기 위해 떠나는 여행이다. 그때는 다시 함께 배를 타자, 그런 소원을 담아서 부르는 거죠."

"그래서 여행을 떠날 때도……. 근데 미묘하게 재수 없네……."

좋은 이야기이긴 하다. 좋은 이야기이긴 하지만, 그걸 평범한 여행에도 적용시키나?

노래 자체는 박력도 있어서 정말 좋은 것 같은데.

"그렇죠? 마음은 고맙지만요. 이해하시겠어요? 입학할 때, 왕도 한복판에서 방금보다 두 배 많은 사람들이 방금보다 더 박력있게 불러줬을 때의 제 심정!"

"""으아……."""

그건 좀 심하다. 나뿐만이 아니라 모건과 클라크도 한목소리로 말했다.

선원들은 기본적으로 마초다.

그런 사람들이 잔뜩 모여서 열 살 나이의 소녀를 배웅해준다.

그렇지 않아도 눈에 띄는 사람들인데, 박력있는 노래까지 불러준다면 역사에 남을 것이다.

"우리 상회 사람들은 싫진 않지만, 저하고는 잘 안 맞는단 말이죠……."

미스티는 그렇게 말하며 약간 우울한 듯이 한숨을 쉬었다.

그렌제에서 사우스 스트러그까지는 걸어서 사흘 정도. 요크 마을에서 사우스 스트러그까지는 멀지만, 열심히 가면 하루만에 도착할 수 있는 거리이다———, 나 혼자라면.

이번에는 모건과 클라크도 있고, 사우스 스트러그까지는 전체적으로 오르막길이다.

너무 무리하지 않고, '일반인이라면 약간 강행군' 정도 속도로 이동하다가 중간에 있던 페르고 마을에서 하루 머물렀다. 그리고 우리는 이틀 걸려서 사우스 스트러그에 도착했다.

"사라사 아가씨, 꽤 큰 도시로군요!"

"변경에서는 가장 큰 도시니까. 장사가 활발해서 어지간한 것들은 손에 넣을 수 있을걸?"

흥미로운 듯이 주위를 둘러보는 클라크에게 대답한 나는 '자'라고 하며 이야기를 계속해 나갔다.

"우선 지방관에게 도적에 대해 물어볼 필요가 있겠어. 모건하고 클라크는 어떻게 할래?"

여기까지 오던 도중에 도적은 보이지 않았고, 도시도 평온 그 자체였다. 문제가 일어난 것 같진 않지만, 전하에게까지 이야기가 들어간 이상 착각한 건 아닐 것이다.

"저희는 숙소를 확보하고 도시를 조사하겠습니다. 사라사 아가씨의 방도 잡을까요?"

"부탁할게. 그리고 도시를 조사할 거라면 내가 알고 지내는 사람을 찾아가 봐. 그러는 게 더 원활하게 진행될 테니까. 볼일을 마치면 도시의 중앙 광장에서 합류하자."

레오노라 씨는 뒷사정에 대해 잘 알고 있는 사람이다. 가장 먼저 인사해두면 쓸데없는 문제를 미연에 방지할 수 있을 테고, 정보도 어느 정도 얻을 수 있을 것이다.

그렇게 설명해주고 모건, 클라크와 헤어진 나와 미스티는 둘이서 영주의 저택으로 향했다.

사우스 스트러그에는 여러 번 왔던 나도 영주의 저택에 가는 건 이번이 처음이다.

도시의 크기로 보아 나름대로 훌륭한 건물일 거라 생각했는데, 실제로 가보니 그곳에 있었던 것은 상상했던 것 이상으로 호화로운 저택이었다.

로체 가문은 말할 필요도 없고, 왕도에 있는 프리시아 선배———, 커브레스 후작 가문의 저택보다 큰 건물. 선배 쪽은 본 저택이 아니기 때문에 단순히 비교할 순 없겠지만, 그렇다 하더라도 높은 담까지 갖추고 있는 그 저택은 도저히 준남작 가문의 저택 같지 않았다.

"오, 오……. 좀 주눅이 드는데?"

미스티에게 맞장구를 쳐달라고 해봤지만, 친가가 부자인 그녀는 어이가 없다는 듯이 나를 보았다.

"무슨 말씀을 하시는 거예요? 사라사 선배. 선배는 이 저택의 주인이신데요?"

"임시지만 말이지. ———그래도 이런 말을 하고 있을 때가 아닌가."

할 일이 잔뜩 있는데, 여기서 느긋하게 저택을 구경할 수는 없다.

네 명이나 있던 문지기에게 임명장을 보여주자, 그들은 우선 왕가의 문장을 보고 깜짝 놀랐다가 내용을 보고 다시 놀란 다음, 우리를 급하게 저택 안으로 안내해주었다———, 왠지 모르겠지만 문지기가 직접.

그렇게 안내를 받아 간 곳은 호화로운 응접실. 우리 가게의 유사 응접실과는 달리 가구 같은 것들도 척 보기에 비싸보였기에 그야말로 귀족 같은 느낌이었다.

———하지만, 차를 내오지 않는다는 건 감점 요소려나?

우리 가게에서는 로레아가 끓여주는 맛있는 차가 있으니까, 그 부분만큼은 더 낫다.

그렇게 쓸데없이 대항심을 불태우고 있자니 잠시 후에 문을 노크하는 소리가 들렸고, 나이가 꽤 많이 든 남자가 방으로 들어왔다———, 차를 담은 쟁반을 들고.

"기다리게 해드려 죄송합니다. 지금은 하인들을 최소한으로만 두고 있기에……."

그 사람은 그렇게 말하며 우리 앞에 차를 놓고는 '실례하겠습니다'라고 인사를 하고는 소파에 앉았다.

"제가 현재 이 영지를 맡고 있는 크렌시라고 합니다."

나이는 일흔이 넘었으려나? 짧게 깎은 머리카락은 새하얬고 표정에는 피로가 보였지만, 몸이 다부져서 허약해보이진 않았다.

"아뇨, 저야말로 갑작스럽게 방문해서 실례가 되었겠네요. 저는 전하로부터 이 영지의 전권 대리를 맡게 된 사라피드라고 합니다. 이 사람은 제 후배이고……."

"미스티 허드슨이라고 합니다. 이번 일로 인해 바빠지게 되실 사라사 님의 보좌도 해드릴 겸, 사라사 님 밑에서 수행을 하게 되었습니다. 잘 부탁드립니다."

"호오, 그러니까 당신도 연금술사 양성 학교의……. 요크 마을도 점점 더 번창하겠군요."

"그 일부를 맡게 될 수 있다면 다행이고요."

크렌시 씨가 미소를 짓자 미스티도 고개를 살짝 숙였다.

흐음. 약간 걱정하긴 했는데, 적의는 없는 느낌인가?

나쁘지 않은 느낌에 나는 살짝 안심했다. 마른 목을 축이기 위해 내온 차를 한 모금 마셨다.

───음. 맛있네. 정말 맛있어.

아니, 아니, 이건 분명히 찻잎의 가격 덕분일 거야. 그리고 같은 차를 내준다면 영감님보다는 귀여운 로레아가 내준 게 훨씬 낫지. 괜찮아, 종합적인 점수로는 밀리지 않았어!

나는 그렇게 바보 같은 생각을 하고 있다는 낌새를 전혀 풍기지 않고, 임명장을 내밀었다.

"임명장은 여기 있습니다. 확인해 주세요. 저 같은 애송이가 상사가 된다는 것에 불만도 있으시겠지만, 전하의 지시라서요……."

"사라사 님께서는 실력이 뛰어나신 연금술사시니 아무런 문제도 없습니다. 전하께 연락도 받았습니다. '믿음직한 도우미를 보낼 테니 기대해주세요'라고 하시더군요."

내가 내민 임명장을 훑어본 크렌시 씨가 쓴웃음을 지으며 고개를 끄덕였다.

"도우미라뇨……, 꽤나, 저기, 설명이 부족하다고 해야 하나……."

"페리크 전하시니까요. 그렇게 자유로우신 구석 또한 매력이라고 생각합니다만."

───이 어르신과는 약간 견해의 차이가 있는 것 같다.

하지만 세상 물정을 알고 있는 나는 그런 말을 꺼내지 않앉고, 신경이 쓰이던 다른 것에 대해 물었다.

"크렌시 씨는 전하와 예전부터 알고 지내셨나요? 전하께서 신뢰하고 계신 것 같은데요."

"저도 오랫동안 살았으니 말이지요. ———아, 저를 부르실 때는 크렌시라고 부르십시오. 사라사 님께서 상사가 되실 터이니 그런 부분은 확실하게 해두는 게 나을 것 같습니다."

"그런 거라면……, 알겠습니다."

상대방은 나보다 몇 배는 더 오래 살아온 사람이다. 이름만 부르기는 약간 껄끄럽지만, 일을 원활하게 진행시키기 위해서는 상하관계도 필요하다. 병사들에게 체면도 세워야 했기에, 나는 그 제안을 받아들였다.

"그런데, 사라사 님. 저는 문제가 없습니다만, 사라사 님께서는 불만이 없으십니까? 저는 키크 준남작 가문에서 집사를 맡고 있었습니다. 로체 가문과도 악연이 있습니다만."

———어? 그런 말은 처음 듣는데. 처음 들었다고요, 페리크 전하?!

이거, 꽤 중요한 정보 아닌가?!

가장 큰 피해자가 제 반려자인데요?

어디선가 전하의 의미심장한 웃음 소리가 들린 것 같았기에 나는 마음속으로 이를 악물었다.

"그렇다면, 로체 가문의 빚을 통해 가문을 가로채려는 흐름에 대해서도……."

"네, 제가 생각한 겁니다. 연금술사 양성 학교를 뛰어난

145

성적으로 졸업하신 사라사 님께서는 간단히 알아보실 만큼 조잡한 계획이긴 했습니다만."

"어지간한 귀족들에게는 충분히 통했을 것 같은데요? 칭찬하는 것도 이상하지만요."

"황송합니다. 허나, 폐를 끼쳐드린 것도 사실이지요. 지방관의 직책은 전하께서 임명하신 것이라 사퇴할 수는 없습니다만, 제가 눈에 거슬린다면———."

"아뇨. 전하께서 문제가 없다고 판단하신 이상, 저는 아무런 말도 하지 않겠습니다. 로체 가문의 문제도 이미 해결되었고, 실무에는 크렌시의 협력도 필요해요. 과거는 그냥 흘려보내시죠."

아마 예전에 레오노라 씨에게 들었던 '커크 준남작의 터무니없는 짓을 억제해주던 사람'이 크렌시일 것이다.

나 자신은 피해를 입었지만, 크렌시가 있었기에 도움을 받은 사람도 있을 것이다.

내가 말을 가로막고 고개를 젓자, 크렌시가 안심한 듯이 숨을 내쉬었다.

"그렇게 말씀해주시니 감사합니다. 솔직히 지금도 벅찬 상태였기에."

"그런 모양이네요. ———아, 그러고 보니까. 그렌제 항구가 반쯤 봉쇄 상태였기에 저희를 데려다 준 허드슨 상회에게 1년 동안 이용권을 주었어요."

"그렌제······. 알겠습니다. 어떻게든 해야겠다고 생각하고 있긴 했습니다만, 지금까지는 바루 상회에게 떠넘겼던 상태라 미처 손을 쓰지 못하고…….”

현재, 이 영지는 개혁 한복판에 있다.

항구의 이용권도 공정하게 취급하려면 신청을 한 상회를 조사할 필요가 있지만, 지금은 더욱 급한 쪽에 인원을 동원하고 있는 모양이었다.

“최소한의 개혁부터 손을 댈 생각이었습니다만, 왜곡된 부분이 너무 컸습니다.”

가장 먼저 진행한 것은 범죄에 손을 댄 관리와 병사들의 추방이었다고 하는데, 그로 인해 커크 준남작 밑에서 꿀을 빨던 범죄 조직이 꿈틀대기 시작했다.

그 범죄 조직을 박살 냈더니 악질적인 상회도 여러 군데 줄줄이 망하게 되었고.

그렌제의 이권을 사들였던 상회도 그때 망한 상회 중 한 군데였던 모양이다.

“관리, 병사들이 줄어들어버린 탓에 뭘 하려 해도 시간이 오래 걸리고 있습니다. 그렇다고 해서 범죄자를 이용해서 범죄를 단속할 수는 없으니까요.”

저택을 지키는 문지기가 많은 것, 그 문지기가 우리를 직접 안내해준 것, 지방관인 크렌시가 직접 차를 내준 것들도 그러한 영향 때문일 것이다.

“일손 부족도 심각한가요? 저는 도적들에게 대처하라는 명을 받았는데…….”

"그걸 로체 가문에서 담당해주신다면 크게 도움이 될 것 같습니다. 제가 다른 일을 맡을 여유가 생길 테니까요. 그리고 향후 일정에 대해 의논하고 싶습니다만, 사라사 님의 생각은 어떠신지?"

"가게도 있으니 저는 일단 요크 마을로 돌아가겠어요. 도적 토벌의 주력은 선대께 부탁드리게 될 테니 관계자들을 모아 검토할 생각입니다."

명목상으로는 내가 로체 가문의 당주이긴 하지만, 실제 권한은 아델버트 씨와 디아나 씨에게 있다. 전하에게서 내려온 거부할 수 없는 명령이라고는 하나, 그렇다고 해서 내가 멋대로 명령을 내리긴 힘들다.

아델버트 씨에게 요크 마을로 와달라고 하거나, 내가 로체 영지로 가야 한다.

어찌 됐든, 정보를 공유하고 방침에 대해 정할 필요는 있을 것이다.

내가 그렇게 설명하자 크렌시가 고개를 몇 번 끄덕이고는 약간 뜻밖인 말을 꺼냈다.

"그렇군요, 알겠습니다. 그럼 저도 조만간 요크 마을로 가도록 하지요."

"괜찮으시겠어요? 바쁘실 텐데 그럴 시간이 있으신가요?"

"요크 마을을 한번 봐두어야겠다고 생각하던 참이었고, 전 로체 기사작께 사죄를 드리지 않으면 앞으로 협력을 받

148 초보 연금술사의 점포경영 6

을 때도 지장이 생길 것 같습니다. 그러니 제가 찾아뵈어야겠지요."

"그건……, 부정할 수가 없네요. 그럼 구체적으로는——."

크렌시의 업무를 정리하거나 아델버트 씨에게 연락을 하기 위해서도 시간이 필요하다. 우리는 그러한 것들을 고려해서 요크 마을에 모이게 될 날짜를 정한 다음에 일어섰다.

"오늘은 정말 유익한 날이었습니다. 짊어지고 있던 짐을 조금 내려놓은 듯한 기분이 드는군요. 사라사 님, 그리고 미스티 양, 요크 마을에서 다시 만나게 될 날을 기대하고 있겠습니다."

"저야말로 유익한 시간이었습니다. 저는 요크 마을뿐만이 아니라 영주로서도 이웃이죠. 로호하르트의 전권 대리는 기간 한정입니다만, 앞으로도 좋은 관계를 이어나가시죠."

"이 영지의 지방관이 제대로 된 인물이라는 걸 알게 되어서 저도 안심이 되네요."

나와 미스티는 미소를 지으며 손을 내민 크렌시와 악수하며 미소로 답했다.

회담을 마친 뒤, 우리는 곧바로 영주의 저택을 나섰다. 크렌시는 영주의 저택에서 숙박하는 걸 제안해 주었지만, 모건에게 숙소를 잡아달라고 부탁해두었기에 그 제안을 거절했다.

그도 일손 부족 때문에 만족스럽게 대접해주지 못할 거라며 끈질기게 권하지는 않았다.

그리고 우리는 곧바로 만나기로 한 장소인 중앙 광장이 보이는 카페로 향했다.

저택에서 내준 차가 맛있긴 했지만, 안타깝게도 과자를 내주진 않았기에 출출하다는 미스티가 나를 끌고 간 것이다.

"아~, 사라사 선배, 피곤하네요~."

그렇게 말한 미스티가 카페 테이블에 몸을 축 늘어뜨린 것은 미소를 지으며 주문한 스콘을 마구 먹고는 차를 한 잔 다 마신 뒤였다.

말과 행동이 잘 일치하지 않는 모습에 나는 고개를 약간 갸웃거렸다.

"그래? 크렌시는 그냥 지방관이고 거만한 귀족도 아니고, 이번에는 구체적인 회의도 하지 않았잖아. 그렌제 건도 그냥 받아들여줬으니까———."

"그게 아니에요, 그게 아니라고요, 선배! 지방관이라는 것만으로도 충분하다고요!!"

미스티가 몸을 일으켜서 힘차게 주장한 다음, 다시 축 늘어졌다.

"선배는 이러쿵저러쿵해도 권력에 내성이 있단 말이죠."

"그렇진 않은 것, 같은데……?"

"있다고요~. 보통은 왕족이 불러내서 임무를 내린 직후에 저와 활기차게 이야기를 나눌 수 있을까요? 저라면 '내일 와!'라고 쫓아낸 다음에 그날은 하루 종일 회복하는 데만 신경 쓸 텐데요?"

"아니, 오랜만에 미스티가 와줬잖아? 그럴 수는 없지."

아무래도 상관없는 상대라면 모를까, 미스티는 내 몇 안 되는 친구니까.

"그렇게 배려해줄 수 있는 시점에서 강한 거라고요~. 저라면 그런 여유는 없었을 테니까요."

"나도 꽤 피곤했는데⋯⋯, 스승님은 하소연을 들어주지도 않았고."

내가 그렇게 말하자 미스티가 뭔가 말하려다가 포기한 듯이 한숨을 쉬었다.

"오필리아 님께 하소연을 할 수 있는 시점에서———, 아니, 제자니까요. 좋은 관계를 맺으신 것 같아 부러울 따름이네요. 그 오필리아 님하고요."

"내게 있어서 스승님은 스승님이니까. ———아, 모건하고 클라크도 온 모양이야."

광장에서 두리번거리고 있던 두 사람에게 내가 손을 흔들자, 그 두 사람도 금방 나를 알아보았다.

나는 그 모습을 확인하고 미스티에게 재촉하며 카페를 나섰다.

"사라사 아가씨, 미스티 양, 오래 기다리셨습니까?"

"아니, 그 정도는 아니야. 어땠어? 사우스 스트러그. 지점은 낼 수 있을 것 같아?"

"네, 문제는 없습니다. 다행히 적당히 빈 점포도 몇 군데 발견했습니다. 그런데 레오노라 공께 여쭤보니 지금은 치안이 조금 악화된 모양입니다."

"그래도 우리 상회는 괜찮습니다. 저도 있고요."

클라크가 당당하게 딱 잘라 말했다. 피드 상회가 활동하는 도시 중에는 치안이 좋지 않은 곳도 많고, 그런 곳과 비교하면 지금 사우스 스트러그는 전혀 문제가 되지 않을 수준인 모양이었다.

"사라사 아가씨 쪽은요? 지방관과 이야기를 문제없이 나누셨습니까?"

"응. 일단 얼굴만 알아두는 느낌으로. 내일이라도 요크 마을로 돌아가서 자세한 것들을 정할 예정이야. 모건네는? 이대로 여기에서 지점 개설 준비를 시작할 거야?"

"물론 사라사 아가씨와 동행하겠습니다. 상황에 따라서는 요크 마을 쪽에도 지점을 내는 게 나을지도 모를 테니까요. 어떻게 할지는 제대로 조사해서 결정해야겠지요."

"그렇긴 하겠네. 그런데 요크 마을에 지점을 낸단 말이지……. 편리해질 것 같긴 한데……."

요크 마을에 지점이 생기면 나도 연금 소재를 팔기 편해질 테고, 마을 사람들도, 채집자들도 물건을 사는 게 편리해질 것이다. 하지만, 문제는———.

"뭔가 걱정거리가 있으신지? 문제가 있다면 말씀해 주시죠."

내 표정이 어두워졌다는 걸 알아챘는지, 모건이 내 안색을 살폈다.

"아니, 그게. 마을에는 일단 잡화점이 있거든. 아무리 생각해도 피드 상회와는 맞설 수가 없을 정도로 작은 잡화점이."

원래 장사는 자유 경쟁이다. 정당하게 이루어진다면 라이벌이 망하는 것도 어쩔 수 없다.

하지만 그곳은 로레아네 친가다. 피드 상회가 그곳을 망하게 만드는 건 좀 곤란하다.

그런 내 표정을 읽어낸 건지, 모건이 고개를 크게 끄덕였다.

"그렇군요. 잘 알겠습니다. 그 잡화점은 사라사 아가씨의 소중한 분들이군요? 맡겨만 주십시오. 나쁜 결과가 나오게 하진 않을 테니까요."

"아니, 미묘하게 다르긴, 한데……, 뭐, 그런 느낌, 이려나?"

잘 아는 것 같진 않았지만, 틀린 말은 아니다.

"알겠습니다. 클라크, 세 번째 점포다. 내일까지 가계약을 마치자. 너는 본점에 연락해라. 상황을 설명하고 인원을 수배해달라고 해. 사라사 아가씨, 확보한 숙소는 남쪽에 있는 '숲의 바람'입니다. 그리고 레오노라 공께서 '시간이 있으면 들르도록'이라고 전해달라고 하셨습니다. 그럼 나중에 뵙죠! 서두르자!"

"네! 사라사 아가씨, 실례하겠습니다!"

모건은 곧바로 그렇게 말을 늘어놓고는 클라크와 함께 눈 깜짝할 새에 뛰어가버렸다.

"어어? 내일까지라니, 출발하기 전까지 지점 점포를 정하려고? 아무리 그래도 너무 급한 거 아닌가? 벌써 저녁이 다 되어가는데…….”

내가 참견할 새도 없이 벌어진 일이다.

어이없어하며 바라보던 내게 더 어이없어하는 미스티의 눈빛이 꽂혔다. 어째서?

“졸업한 날에 가게를 구입한 선배가 할 말인가요?”

“윽, 내가 내 무덤을 팠네?! 그, 그래도, 그건……, 스승님이 떠넘긴 거라.”

내가 산 게 아니라고 설명해주자, 미스티가 ‘아, 그렇군요’ 라며 고개를 끄덕였다.

“오필리아 님이라면 이해가 되네요. 구두쇠인 선배가 하루만에 정하다니, 좀 이상하긴 했단 말이죠. 무슨 일인가 싶어서 걱정했거든요?”

“그건……, 미안해. 그래도 편지는 제대로 보냈잖아?”

“받긴 했죠, 네. 시간이 꽤 지난 뒤였지만. 자세한 설명도 적혀 있지 않았고요.”

뭐, 스승님이 전송진을 설치해 준 뒤였으니까.

요크 마을에서 왕도까지는 돈이 없는 내가 아무렇지도 않게 편지를 보낼 만큼 가깝지 않다.

“사실은 저도 답장을 쓰고 싶었는데, 아무래도 좀…….”

프리시아 선배 같은 사람들은 졸업한 뒤에도 편지를 보내주었지만, 그건 선배들이 유복한 귀족이고 왕도 근처에 살고 있었기 때문이다. 친가가 큰 상회인 미스티도 변경은 너무 멀었을 것이다.

미스티가 미안하다는 듯이 힘없는 표정을 짓다가 갑자기 화가 난 듯이 허리에 손을 대고 나를 살짝 노려보았다.

"아니, 대체 그 비상식적인 전송진은 뭔데요! 연금술의 상식에 시비를 거는 거죠? 게다가 선배는 아무렇지도 않게 오필리아 님을 이용하고. 제 입장도 고려해 주세요!"

"스승님에게는 학교에 가져다 달라고 부탁한 것뿐인데……, 무슨 문제가 있었어?"

기숙사에 사는 사람에게 온 물건은 사무실에서 맡아두고 학생이 직접 받으러 가게 되어 있다.

미스티의 입장에 영향을 줄 만한 일은 아무것도 없잖아?

제대로 이해하지 못하고 고개를 갸웃거리고 있던 내 양쪽 어깨를 미스티가 정면에서 꽉 붙들었다.

"있죠! 오필리아 님께서 오시면 즉시 호출된다고요! 수업 중이었는데도 사무원분이 교실로 뛰어들어왔다고요! 갑자기 화제의 대상이 되었다고요!!"

"그, 그래……. 미안해."

그거 힘들겠네! 그 상황을 상상해보니 속이 쓰려!!

"……뭐, '가끔 가게에 들를 테니 맡아두세요'라고 부탁해서 넘어갈 수 있었지만요. 저도 오필리아 님하고 이야기를 나눌 기회가 늘어서 기쁘긴 했고요."

내가 사과하자 미스티가 약간 쑥스러운 듯이 눈을 피했다.

"후훗, 그랬구나. 그럼 우리는 숙소로 가———기 전에 들를 곳이 있었지."

"좀 전에 레오노라 씨, 라고 하셨나요? 그분은 누구죠?"

"이 도시의 연금술사야. 모처럼 기회가 생겼으니까 미스티에게도 소개해줄게. 요크 마을에서 일을 할 거라면 엮이게 될 테고, 표면적인 것들이나 뒷사정에도 밝은 사람이거든."

"뒷사정요? 왠지 불안해지는데요……."

"선장님 같은 사람들하고 비교하면 전혀 그렇지 않아! 평범한 언니라고!"

"비교 상대가 이상한데요! 그 사람들은 외모만 놓고 보면 암흑가 쪽 사람들하고 맞먹거든요?!"

───말이 너무 심하네. 하지만 부정할 순 없다.

나는 새어나오려 하는 미소를 꾹 참고는 껄끄러워하는 미스티의 등을 밀며 레오노라 씨의 가게로 향했다.

"다녀왔어!"

"""어서 와(오세요), 사라사(씨)!"""

이러쿵저러쿵 하면서도 결과적으로는 거의 예정했던 기간 만에 마을로 돌아온 나는 모건 씨와 클라크 씨를 마을의 여관에 데려다 준 다음, 사랑하는 나의 집의 문을 열었다.

맞이해준 사람은 로레아, 아이리스, 케이트, 그 세 사람이었다.

그리고 그 목소리를 들었는지, 가게 안쪽에서 마리스 씨
도 고개를 내밀었다.

"사라사 양, 일찍 오셨네요? 좀 더 느긋하게 오셔도 되는
데요?"

"너무 오랫동안 가게를 비워두면 마리스 씨에게 빼앗겨버
릴지도 모르니까."

"후후후, 이미 로레아 양은 제 수중에 들어왔답니다. 가
게 쪽도 이제 얼마 남지 않았고요."

그렇게 말하며 뒤쪽에서 로레아를 끌어안은 마리스 씨의
손을 로레아가 찰싹찰싹 때리며 볼을 부풀렸다.

"들어가지 않았어요! 정말, 마리스 씨, 너무 그렇게 이상
한 말씀을 하지 말아주세요."

거절하면서도 은근히 사이가 좋아 보인다.

뭐, 저번하고 합치면 한 달 넘게 같이 산 거니까.

"안타깝네요. 로레아 양은 귀여운데. 제가 가게를 재건하
면――, 아니, 어머? 사라사 양은 벌써 2호 양을 데리고
오신 건가요? 의외로 손이 빠르시네요?"

마리스 씨의 시선이 쏠린 곳은 우리 재회를 방해하지 않
으려는 생각 때문인지 내 뒤에 숨듯이 서 있던 미스티였
다――, 키가 거의 비슷해서 숨지 못했지만.

"아, 이 애는――."

"뭐라고?! 사라사, 이제 신혼인데 바람이냐? 바람이야?!
새로운 여자에게 손을 댄 건가?!"

내가 설명하기도 전에 아이리스가 그렇게 다그치며 다가왔다.

그 모습을 본 미스티가 장난기 어린 미소를 짓고는 뒤에서 앞으로 나와 내 팔을 끌어안았다.

"아뇨, 아뇨, 저는 선배의 옛 여자인데요?"

"없는 말을 지어내지 말아줄래?! 사귀었던 것처럼 말하지 마!"

"나이인가? 나이가 문제야?! 연상 언니는 안 되나?! 젊은 여자를 좋아하는 건가!"

"그건 더 말도 안 되는 소리인데?! 미스티는 내 후배야! 제자로서, 그리고 이 가게에서 고용하기 위해서 데리고 온 거야! 그리고 아이리스는 애초에 언니답지 않거든요!"

내가 딱 잘라 선언하자 아이리스가 충격을 받은 듯이 몇 발짝 물러섰고, 게다가 왠지 모르겠지만 로레아까지 깜짝 놀란 듯이 눈을 크게 떴다.

"네에?! 저, 저는 이제 쓸모가 없는 건가요?!"

"어? 앗! 그, 그게 아니라?! 로레아! 그런 일은 절대——."

"아하하, 사라사 선배, 큰일이네요?"

두 손을 마구 흔드는 나를 보고 신이 난 듯이 웃고 있는 미스티.

———이 상황, 불에 기름을 부은 건 너거든?!

그리고 그런 우리를 중재해준 건 방화범인 마리스 씨였다.

"우선 진정하시죠? 이제 가게 문을 닫을 시간이니 느긋하게 이야기를 나누면 될 거랍니다."

"으, 응. 그러게요. 왠지 탐탁지 않지만……. 그런 구석은 역시 언니답네요, 마리스 씨도."

"저는 언제나 믿음직스러운 언니인데요?"

──그 말에는 곧바로 이의를 제기하고 싶은데?

하지만 지금은 용서해주어야겠다. 태클을 걸면 골치가 아파지니까.

우리는 이야기를 일단 끊고 재빠르게 가게 문을 닫을 준비를 마치고는 응접실로 이동했다.

모두 함께 로레아가 끓여준 차를 마시며 숨을 돌렸다.

직접 브렌딩한 차이지만, 익숙해진 맛이 역시 안심된다.

"휴우. 그러면 다시 이야기를 해볼까요. 해야 할 이야기가 이것저것 있긴 한데……."

왕도에는 불과 며칠만 머물렀는데, 그냥 선물로 해줄 만한 이야기가 아니라고 할 만큼 내용이 많다.

대체 무엇부터 이야기를 해야 할까, 그렇게 생각하던 내게 미스티가 참견했다.

"선배, 우선 선물을 주시는 건 어떨까요? 기분도 전환될 테고요."

"아, 그렇긴 하겠네. 음, 우선 로레아. 리본 같은 걸 이것저것 사봤어."

직접 만드는 것도 즐거울 것 같았기에 의상이나 장식 쪽 소재도 많이.

이 근처에서는 찾아보기 힘든 물건들을 보고 로레아의 눈이 빛났다.

"감사합니다! 와아, 뭘 만들까⋯⋯!"

"후후, 마음대로 만들어도 돼. 다음은 아이리스. 나름대로 큰맘 먹고 산 거거든?"

결국, 아이리스의 선물은 검으로 했다.

미스티의 소개를 받아 기성품 중에서는 질이 좋은 것을 약간 싸게 구입했다.

아이리스가 지금 쓰고 있는 것과 비교하면 랭크가 두 단계 정도는 높은 물건일 것이다.

"⋯⋯받아도 되는 건가? 선물치고는 너무 비싼 것 같다만."

"아이리스는 내 반려자니까. 그걸로 열심히 돈을 벌어와야 해?"

"사라사⋯⋯! 고맙다, 소중히 여기마! 열심히 돈을 벌어오겠어!!"

감동한 듯이 촉촉해진 눈으로 검을 끌어안은 아이리스를 보고 고개를 끄덕인 다음, 나는 다음 선물을 꺼냈다.

"케이트 선물은 고민을 좀 했는데⋯⋯, 이걸로 했어요. 귀엽죠?"

케이트의 선물은 인형으로 했는데, 막상 종목을 결정한 뒤에도 어떤 인형을 살지 한참 고민했었다.

미스티가 가게를 이곳저곳 소개해 주었고, 한참을 돌아다닌 끝에 발견한 것이———.

"이거, 쿠루미와 색만 다른 것 같지 않나요? 본 순간에 곧바로 결정해버렸어요."

애초에 쿠루미가 인형처럼 생기기도 한 데다 실루엣이 매우 닮았다.

전체적인 색이 갈색과 검은색으로 다르긴 하지만, 가슴팍의 포인트인 하얀 털은 똑같다.

케이트도 쿠루미를 귀여워해주고 있으니 분명 마음에 들 것이다.

그렇게 자신감을 가지고 내밀었는데, 왠지 모르겠지만 케이트가 복잡한 듯한 표정으로 나를 보았다.

"저기……, 사라사? 선물은 기쁘긴 한데, 난 이제 인형은 졸업해서……."

"어라? 그래도 케이트의 방에 있는 인형의 숫자는———."

졸업한 것치고는 숫자가 늘지 않았나, 라고 하려던 나를 가로막으려는 듯이 케이트가 내 손에서 인형을 낚아챘다. 그리고 끌어안으며 자포자기 같은 환호성을 질렀다.

"고마워! 사라사! 정말 기뻐!!"

"그러시군요. 기뻐해주셔서 다행이에요. 아, 그러고 보니 쿠루미는……."

지금 어디에 있지? 문득 생각나서 쿠루미와 시야를 공유해 보니 보인 것은 인형을 끌어안고 있는 케이트의 모습———, 으응? 이 각도는…….

돌아보니 문 틈새로 왠지 슬픈 듯이 이쪽을 들여다보고

있던 쿠루미가 있었다.

"가우가우~?"

마치 '나는?'이라는 듯이 울음소리를 낸 쿠루미에게 손짓하자 기쁜 듯이 뛰어와서 내 무릎 위로 점프했다. 드러누워서 배를 보여주었기에 꾹꾹 쓰다듬으며 마력을 공급해주었다.

그 모습을 본 미스티가 감탄과 정색이 뒤섞인 듯한 목소리를 냈다.

"호오~, 이게 선배가 만든 호문쿨루스(연금 생물)……. 역시 선배네요. 이상하다는 말밖에 안 나와요."

"정말 그렇답니다. 기쁘네요, 제 감각을 이해해주시는 분이 계셔서요. 여기 있는 사람들은 기준이 이상하다고요. 같은 연금술사라고 해서 똑같은 걸 기대해도 곤란하답니다."

미스티가 한 말을 듣고 고개를 연달아 끄덕이는 마리스 씨.

쿠루미가 좀 특수하긴 하지만……, 가게를 맡긴 동안에 무슨 일이라도 있었나?

"마지막으로, 고생하신 마리스 씨에게는 과자예요. 왕도에서 인기가 많은 가게에서 사왔어요."

"……어머? 저한테도 선물을 주시는 건가요? 감사히 받겠답니다."

가격을 따지면 제일 싼 거지만, 마리스 씨는 기쁜 듯한 미소를 지으며 받아주었다.

"이어서 왕도에서 있었던 일을―――, 이야기하기 전에,

미스티를 소개할까?"

"그럼, 자기소개를 할게요. 미스티 허드슨입니다. 사라사 선배의 1년 후배인 연금술사예요."

내가 말하기도 전에 미스티가 나서서 고개를 꾸벅 숙였다.

그걸 들은 로레아가 왠지 경쟁하려는 듯이 미스티를 힘껏 바라보았다.

"저는 로레아예요. 사라사 씨께서 가게를 내셨을 때부터 가게를 맡아보고 있죠. 그리고 요리도 제 담당이에요. 이런 선물을 받을 정도로 기대해주고 계세요!"

"그러시군요. 그럼 선배로서 잘 부탁드릴게요."

"네? 아, 네, 저야말로……."

하지만 사교적인 미스티는 콧김을 세게 내뿜은 로레아에게 미소를 지으며 손을 내밀었고, 로레아도 맥이 빠진 듯이 눈을 깜빡이며 그 손을 맞잡았다.

"나는 아이리스 로체. 사라사의 남편, 또는 부인이다!"

"케이트 스타벤. 지금은 사라사의 첩이야."

"저는 마리스 슈로트. 당신에게 역할을 빼앗길, 가엾은 연금술사랍니다."

―――미묘하게 힘빠지는 자기소개인데?! 부정하기 힘들긴 하지만!

그렇게 자기소개를 들은 미스티는 '그렇군요, 그렇군요……'라며 고개를 몇 번 끄덕였다.

"안심하세요. 저는 선배의 **몇 안 되는** 친구 중 한 명이지

163

만, 그냥 친구니까요."

"사실이긴 한데, 오늘 미스티는 왠지 심술이 많네?!"

"딱히, 사라사 선배의 친구가 늘어난 거하고는 상관없거든요?"

――그거, 무조건 상관 있는 거잖아!

"아니, 미스티는 나와는 비교도 안 될 정도로 친구가 많잖아?!"

"네? 사라사 선배하고 별 차이 없는데요? 그냥 아는 사이인 사람은 많지만요."

――그거, 상대방은 친구라고 생각하는 거잖아!

후배의 예상치 못한 일면. 하지만 나는 건드리지 않을 것이다. 어둠이 뿜어져 나와 버릴 것 같으니까!

"하하하, 뭐야, 미스티도 친구가 별로 없나? 나는, 나는――, 어라?"

웃고 있던 아이리스가 뭔가 불편한 진실을 깨달은 것처럼 진지한 표정을 지었다.

그런 아이리스의 어깨에 케이트가 손을 툭, 얹었다.

"아이리스, 깨달아버렸구나. 당신에게 친구가 거의 없다는 걸."

"마, 말도 안 돼……. 나도 친구 정도는……."

"그러게, 얼마 전까지는 두 명이나 있었지. 하지만, 그중 한 명은 당신하고 결혼했으니까 이제 한 명만 남았어."

"내 친구는 사라사와 로레아뿐이었나……?! 영지의 주민은 안 되나?! 케이트는?!"

"영지의 주민들은 아무래도 대등하지 못하니까. 나는 친구라기보다는 가족이잖아?"

"그렇답니다, 아이리스 씨. 지방 귀족의 딸에게 친구 같은 건 쉽사리 생기지 않는답니다."

"마리스! 마리스는 친구 맞지?!"

달관한 듯한 마리스 씨를 아이리스가 붙들고 늘어졌지만, 그녀는 잠시 생각한 다음에 고개를 갸웃거렸다.

"……그런가요? 굳이 말하자면, 직장 동료———."

"그래도 좀 봐줘서 친구로 삼아다오!"

"네, 네에. 그럼, 친구랍니다. 그래도 친구 같은 건 별로 좋은 것도 아닌데요? 제가 곤란한 상황에 처했을 땐, 아무도 도와주지 않았답니다."

아이리스의 기세를 보고 마리스 씨가 고개를 끄덕이다가 이내 약간 쓸쓸한 듯이 시선을 내리깔았다.

"그, 그런가? 괜찮아, 마리스. 나는 친구를 배신하지———."

아이리스가 속아 넘어가려 하고 있었지만, 나는 레오노라 씨에게 정보를 이미 들었다.

"이야기를 들어보니 이미 몇 번이나 도움을 받았고, 그러다가 상대가 정이 떨어졌다고 하던데요?"

"……그렇게 볼 수도 없지만은 않을지도 모르겠네요?"

껄끄러운 듯이 눈을 피하는 마리스. 미스티가 어깨를 으쓱였다.

"보시면 아시겠지만, 아이리스 씨, 친구 같은 걸 억지로 늘릴 필요는 없어요. 저는 아는 사이 정도로만 해두는 게 현명한 방식이라고 생각하는데요."

"흐에~, 역시 지위나 돈이 있는 분들은 힘드신 모양이네요. 저는 마을의 아이들을 모두 친구라고 느끼는데요."

"아니, 로레아, 반드시 그런 건 아닌 것 같은데……."

내 처지를 생각하니 강하게 반론할 수가 없다.

참고로 말하자면 미스티는 친구를 고르는 편이고, 나는 고를 필요가 없는 편이다.

"후후, 친구라는 관계도 사람마다 다르니까. 그건 그렇고, 사라사, 할 이야기가 있었던 것 아니었어?"

"아, 그랬죠. 참. 음, 일단……, 세무 신고부터. 여러분께서 협력해주신 덕분에 아무런 문제도 없이 끝낼 수가 있었어요. 감사합니다."

"어머! 수정도 없이 말인가요? 그렇게 골치 아픈 것을……, 역시 사라사 양이네요."

"스승님께 확인해달라고 부탁했으니까. 학교에서도 제대로 배웠고."

"축하드려요. 고생하셨네요."

"축하한다, 사라사. 이제 당분간은 느긋하게 지낼 수 있는 건가?"

"──그렇다면 좋겠는데 말이죠. 돌아오려고 하다가 보니 페리크 전하께 불려가서요."

내가 그렇게 말한 순간, 미묘하게 인상을 찌푸린 아이리스와 케이트.

로라에는 쓴웃음을 지었고, 마리스 씨는 놀란 듯이 눈을 크게 떴다.

"일단, 먼저 이걸 드릴게요. 노르드 씨가 준 증정본이라고 하네요."

내가 내민 책을 팔랑팔랑 넘겨보던 아이리스의 표정이 약간 부드러워졌다.

"이건……, 샐러맨더의 책인가? 무사히 완성시킨 모양이군. 다행이야."

"고생했으니까. 그런 일을 겪었는데 성과를 내지 못했다면 울어버렸을 거야. ──그런데, 일단이라고 말한 걸 보니 이걸로 끝난 건 아니지? 사라사."

"네. 제가 구 커크 준남작 영지, 현재는 로호하르트의 영주 전권 대리로 임명되었어요."

"""──어?"""

"그리고 현재 로호하르트를 어지럽히고 있는 도적들에게 대처하라는 명령도 받았고요."

"""응?"""

"그리고 저희 부모님께서 만드셨던 피드 상회에서 접촉해 와서 화해했고요. 뭔가 도움을 주고 싶다고 하길래 이 지방에 지점을 만들어달라고 하는 방향으로 움직이게 되었어요. 사실 그 선발대인 두 사람이 이미 이 마을에 와 있고요. 그리고, 현재 로호하르트의 지방관은 커크 준남작 밑에서 집사로 일하며 로체 가문을 함정에 빠뜨린 사람이었어요. 하지만, 제가 상사가 될 테니 걱정하실 필요는 없어요. 또, 여러 가지 사정상 제 제자가 되고 싶다고 하는 미스티를 데리고 왔고요. ———이건 이미 말씀드린 것 같기도 하지만요."

"잠깐, 잠깐, 잠깐!! 사라사, 단숨에 너무 많이 말했잖아! 성난 파도 같은 전개라고?!"

아이리스가 당황한 듯이 끼어들었지만———, 응, 해야 할 말은 다 했지.

"괜찮아요. 그게 전부니까요. 아, 도적 퇴치는 로체 가문이 받은 명령이에요. 죄송하지만 아델버트 씨와 아이리스 등등도 협력해줘야겠어요."

"그건 당연히, 문제없다만———, 아니, 그게 아니라! 너무 많다고!"

"그래, 그러게. 우선……, 영주와 동등한 권한을 사라사가 받았다는 뜻이야?"

가슴에 손을 얹고 심호흡을 한 케이트가 내게 확인했다.

"기간 한정이지만 말이죠. 도적을 퇴치하느라 로체 가문에 부담을 주게 될 테니 그 보수 같은 거라 생각하면 될 것 같네요. 너무 터무니없는 짓을 하면 혼나겠지만, 어느 정도는 로체 가문에 유리한 정책을 펼치더라도 용납될 것 같네요."

"어머, 그거 대단하네요! 사라사 씨, 친구로서 제 가게를———."

"혼낼 사람이 페리크 전하신데, 마리스 씨, 나서서 혼나
실래요?"

"———이라고 생각했는데, 저는 스스로 노력하겠답니다."

쉽사리 발언을 취소한 마리스 씨.

농담이긴 하겠지만, 이런 친구라면 나도 필요없다.

"그래도 권한은 중요하지. 토벌하는 과정에서 도적이 주
변 영지로 도망치기라도 하면……."

"네. 로체 가문만으로는 분쟁이 벌어질지도 몰라요. 왕의
명령이라는 배경은 필요하죠."

로호하르트와 인접해 있는 귀족의 영지는 로체 가문까지
포함해서 여섯 군데다.

역학 관계는 전부 비슷한 정도니 로체 가문엔 불평을 할
수 있겠지만, 로호하르트의 영주가 상대라면 입을 다물 수
밖에 없다———, 물론 최대한 우호적으로 진행시킬 생각
이지만.

"지방관에 대해서는……, 아무래도 상관없지. 이미 끝난
일이야."

그건 나도 마음에 조금 걸렸던 일이다. 그럼에도 불구하
고 아이리스가 아무렇지도 않게 받아들이자 미스티가 의아
하다는 듯이 고개를 갸웃거렸다.

"어라? 꽤 쉽사리 받아들이시네요? 제가 들은 이야기로
는 꽤 고생하셨다고……."

"빚으로 인해 영지들의 주민들이 도움을 받은 것도 사실이지. 갚느라 고생하긴 했지만 결과적으로 우리 가문에는 피해가 없었고, 사라사라는 멋진 반려자도 얻을 수 있었다. 오히려 이익이었다는 생각조차 드는군."

그 솔직한 말과 이쪽을 보며 미소를 지은 아이리스의 표정을 보니 내 볼이 뜨거워졌다.

———젠장, 아이리스. 얼굴도 예쁘게 생겼고, 가끔 멋진 모습도 보인단 말이지.

"호오. 생각보다 사라사 선배를 높게 평가하시네요."

"이 나라에 사라사보다 나은 상대가 얼마나 있을까? 내게는 더할 나위 없는 반려자다."

아이리스가 그렇게 딱 잘라 말하자 미스티가 손으로 얼굴을 부채질하며 어이없다는 듯이 웃었다.

"아~, 보기 좋네요, 잘 먹었습니다. 선배의 지위와 돈이 목적인 줄 알았는데, 기우였네요."

"아니, 그것도 목적인데? 로체 가문으로서는."

"으엑?! 딱 잘라 말하시네요! 괜찮으신 건가요? 사라사 선배……?"

미스티가 걱정스러운 듯이 바라보았지만, 나는 아이리스와 서로 마주 보고 나서 고개를 끄덕였다.

"귀족이니까 원래 그런 법 아닐까? 나도 이익을 생각해서 결혼하기로 결심했고."

"으음, 이익과 마음, 양쪽을 겸비하고 있기에 사라사가 좋은 거지."

"네에, 그런가요. 선배가 납득한다면……. 그래도 아이리스 씨, 선배를 불행하게 만들면 제가 용서하지 않을 거거든요? 구체적으로는 후작 가문과 백작 가문에 있는 친구에게 이를 거예요. 아니, 이르지 않더라도 그 두 사람이 복수하러 나설 것 같네요."

반쯤 웃으면서도 눈은 진지한 미스티.

그런 그녀에게 아이리스가 진지한 표정으로 고개를 크게 끄덕였고, 케이트도 뒤따라 입을 열었다.

"으음, 그거 무섭군. 하지만 사라사가 불행해진 상황이라면 그때 나는 살아있지 못할 거야. 그 정도 각오는 하고 있다만? 결혼했으니 말이야."

"내 역할은 로체 가문을 지탱하는 것. 좀 전에는 첩이라고 말했지만, 사라사와 아이리스를 소중하게 여기고 있다는 건 사실이야. 그러니까 두 사람을 위해 온 힘을 다하겠어."

──저기, 눈앞에서 그런 말을 하면 쑥스러운데?

내가 약간 곤란해하며 '어흠', 헛기침을 하자 세 사람이 서로 얼굴을 마주 보며 동시에 웃었다.

"생각해보니 사라사 선배를 걱정해봤자 아무런 의미도 없겠네요."

"그렇군. 곤경에 처한 로체 가문을 쉽사리 구해낸 것도 사라사였으니까."

"그래, 정말이지. ──그렇다면 남은 화제는 피드 상회구나. 화해한 거야?"

"아, 저도 그게 신경 쓰였어요. 피드 상회라면 사라사 씨를 쫓아내고 고아원에 보낸 사람들이죠? 응어리는 없었나요?"

"없어. 지금은 그 이유를 이해하고 있으니까. 오히려 지켜준 거라는 사실을 알고 있고."

진심으로 걱정스러워 보이는 로레아에게 내가 고아원에 들어가게 된 사실을 설명해주자, 약간 탐탁지 않아하면서도 '사라사 씨께서 납득하신다면'이라며 고개를 끄덕였다.

"응, 납득하고 있어. 그런데 지배인 씨 같은 사람들은 나를 혼자 내버려둔 걸 신경 쓰고 있는 것 같거든. 그래서 서로에게 이익이 될 제안을 한 거야. 그 왜, 요크 마을에도 채집자가 늘었잖아? 소재 매각을 레오노라 씨에게만 의존하는 것도 힘들어졌으니까. 나는 매각할 곳이 늘어서 기쁘고, 피드 상회는 연금 소재를 다룰 수 있게 되어서 기쁜 거야. 안 그래?"

"아, 그건 도움이 되겠네요. 최근 한 달 동안 사들인 소재조차 전부 가지고 가면 스승님께서 저에게 한 소리 하실 거랍니다."

마리스 씨가 진심으로 안심이라는 듯이 숨을 크게 내쉬었다.

"역시 레오노라 씨도 처리하느라 곤란해 하시던가요?"

"봄까지는 문제가 없었답니다. 하지만 지금 상황은 좀 힘들겠지요. 채집자들은 많고, 요즘은 유통이 정체된 모양이라———, 아, 도적이 있다고 하셨죠?"

"네. 조만간, 관계자들———, 로체 가문, 피드 상회, 지방관을 모아서 도적 대책에 대해 이야기를 나눌 예정이에요. 아이리스, 아델버트 씨 일행을 부르면 시간이 얼마나 걸릴까요?"

"여기로 말인가? 그냥 연락하자면 꽤 걸리겠지. 나와 케이트가 부르러 가마. 저번에 갔던 길을 이용하면 최소 사흘, 여유롭게 잡더라도 닷새면 충분해."

"그러면 지방관이 도착하기 전에 오실 수 있겠네요. 그리고, 마리스 씨는 오늘까지 고생 많으셨어요. 이번에도 정말 도움이 많이 되었고요."

"별것 아니랍니다~. 여러모로 마음대로 연성할 수가 있어서 즐거웠답니다?"

미묘하게 불안해지는 발언이다. 하지만 나는 로레아를 믿고 있다.

나는 '그거 잘됐네요'라고 고개를 끄덕이고는 계속 말했다.

"그래서, 언제 돌아가실 건가요? 딱히 지금 돌아가셔도 상관없긴 한데요……."

마리스 씨도 분명 얼른 돌아가고 싶을 것이다.

그렇게 생각하고 한 말이었는데, 왠지 모르겠지만 그녀가 깜짝 놀란 듯이 나를 바라보았다.

"도적이 있는 지금 같은 상황에서 혼자 돌아가라니, 사라사 양은 악귀인가요?!"

"그래도 그렌제에서 여기까지는 도적과 마주치지 않았는데요?"

"연약한 여자 혼자 여행하는 것하고 호위까지 포함해서 네 명이 여행하는 걸 똑같다고 생각하지 말아주세요!"

"그런가요? 마리스 씨는 연금술사죠? 도적 정도라면———."

"그러니까! 로레아 양, 이 규격에서 벗어난 존재와 똑같을 거라 생각하지 마세요. 전 싸움을 잘하지 못한답니다. 몇 명이라면 모를까, 그 이상일 경우에는 연약한 제가 미성년자 관람불가가 되어버릴 거라고요!"

'몇 명이라면 괜찮은 모양이네요'라고 중얼거린 로레아와 '흐음' 하며 고개를 끄덕인 아이리스.

"사라사라면 수십 명을 상대하더라도 다른 의미로 아이들에게 보여줄 수 없는 광경이 될 거란 말이군."

"말투가 좀?! 정 뭐하면 샐러맨더를 쓰러뜨린 마법을 다시 보여드릴까요?"

"얼어붙은 인간도 나름대로 비극이랍니다? ———아니, 그게 아니라, 안전하게 이동할 수 있게 될 때까지는 여기 있게 해주셨으면 해요. 이야기가 나온 김에 스승님께도 연락해주시면 좋겠네요."

"알겠어요. 지방관이 돌아갈 때 함께 가실래요?"

크렌시라면 호위를 데리고 올 테고, 거기에 마리스 씨가 함께 가면 문제가 없을 것 같아 그렇게 제안했다. 마리스 씨는 '그렇게 할게요'라며 고개를 끄덕였다.

　다음 날부터 나는 마을 사람들에게 인사를 하거나, 자잘한 일을 처리하거나, 미스터에게 가게 일을 가르쳐 주거나, 모건과 클라크에게 마을을 안내해주는 등, 정신없이 시간을 보냈다.

　그리고, 눈 깜짝할 새에 찾아온 회의날.

　우리 가게의 응접실에 모인 사람은 지방관인 크렌시와 피드 상회의 모건.

　로체 가문에서는 아델버트 씨를 필두로 월터, 아이리스, 케이트, 이렇게 네 명.

　거기에———.

　"……저기, 제가 왜 여기? 차를 내드리기만 하면 되는 거 아닌가요?"

　모두가 마실 차를 내주고 나가려던 참에 붙잡혀서 앉게 된 로레아가 당황한 듯이 옆자리에 있던 나를, 그리고 약간 겁먹은 듯이 주위를 둘러보았다.

　———무슨 심정인지 알겠어. 우락부락한 사람이 많으니까. 그래도 말이지?

　"에린 씨에게 연락했더니 '나는 그런 자리랑 어울리지 않으니까'라면서 참가를 거부했거든."

　"아, 역시 촌장님에게 연락하진 않으셨나 보네요———, 아니, 오히려 제가 더 안 어울리죠!"

"그래도 필요해. 로레아는 요크 마을의 대표 겸 내 치유 담당이니까."

"말도 안 돼요~. 일단 치유 담당이란 건 지금 필요 없고 요⋯⋯."

그렇게 말하면서도 자리에서 일어서려 하지 않는 게 로레아의 장점이다.

분위기가 조금 누그러지자 나는 주위를 둘러보며 입을 열었다.

"그러면 회의를 시작하죠. 조금 좁긴 하지만, 장소가 여기밖에 없으니 너그럽게 봐주시고요."

모두 합쳐서 여덟 명, 그중 네 명이 체격이 큰 남자이기 때문에 왠지 답답하다.

아이리스, 케이트, 월터, 이 세 사람은 서 있다.

그런 점에 대해 사과하자 왠지 모르겠지만 모건과 크렌시가 반응을 보였다.

"조금 좁긴 한 것 같군요. 사라사 아가씨, 가게를 확장하시겠다면 저희가."

"향후를 고려하면 많은 사람들이 들어갈 수 있는 회의실 같은 곳이 있어도 괜찮을 것 같습니다. 영지의 예산으로 증축하거나 새로운 건물을 지으시겠습니까? 사라사 님."

"사라사 아가씨 같은 분이시라면 가게가 좀 더 커도 괜찮을 것 같습니다만."

"지금은 일이 별로 없으니 사우스 스트러그에서 기술자들을 불러올 수도 있습니다. 이 가게를 두 배로 확장하더라도 영지의 예산으로 따지면 그리 큰 부담은 아닙니다."

"어, 어어? 이 가게를? 확장하려면 촌장님 집부터 해야 하지 않나……?"

마치 기다리고 있었다는 듯이 번갈아가며 이야기하는 두 사람을 보고 당황한 내가 그렇게 지적했다.

촌장님 집은 주위 경치에 완전히 녹아들었으니까 말이지.

가르쳐주지 않으면 알아볼 수 없을 만큼.

"그건……, 그대로 두어도 될 것 같습니다. 업무량을 고려하면 적당하니까요."

크렌시, 매섭네. 부정할 순 없지만!

"그래도 향후를 고려한다면, 저는 기간 한정이니까……."

"그럴까요? 전하의 성격을 감안하면 앞으로도 뭔가 떠맡게 되실 것 같습니다만?"

지독한 플래그를 세우지 말았으면 좋겠다. 나도 부정할 수가 없다고!

"하지만 적어도 당장은 힘들어요. 이 집에는 각인이 새겨져 있어서 바꾸려면 시간이 필요하고, 부탁하게 되면 마을의 목수분께 부탁드릴 거예요. 그건 그렇고, 본론으로 들어가시죠."

어찌 됐든, 이번 회의에는 도움이 되지 않는 이야기다.

내가 그렇게 생각하며 재촉하자 크렌시가 '그러면 처음은 제가'라고 하며 손을 들고는 차림새를 가다듬었다. 그는 아델버트 씨를 똑바로 바라본 다음, 고개를 크게 숙였다.

"아델버트 님과 로체 가문 여러분, 우선 사죄를 드리겠습니다. 입장도 있기에 조정하는 자리에서는 사과도 드리지 못했습니다만, 이미 커크 준남작 가문은 몰락하였습니다. 빚 건으로 인해 폐를 끼쳐드려 진심으로 죄송합니다."

"사죄를 받아들이지. 빚을 지지 않았다면 영지의 주민들이 굶었을 거라는 것도, 우리에게 부족한 부분이 있었던 것도 사실이니. 조정으로 결판이 난 이상, 더 이상 끄집어낼 필요도 없고."

"감사합니다. ———그러면 구체적인 이야기로 들어가도록 하겠습니다."

크렌시는 다시 고개를 크게 숙이고는 로호하르트의 현재 상황에 대해 설명하기 시작했다.

그 설명은 매우 명확하게 정리되어 있었기에 그가 얼마나 유능한지 짐작할 수 있었다.

역시 그 커크 준남작 밑에서조차 영지를 지켜낸 건 사실인가 보다.

"———그래서, 이런 식으로. 현재 까다로운 문제는 도적들에게 대처할 방법입니다."

"페리크 전하께서 그 대책을 맡기신 게 저예요. 로체 가문에 내린 명령이기도 하기 때문에 아델버트 씨 같은 분들께서도 협력해주셨으면 하는데요……."

내가 조심스럽게 말하자 아델버트 씨가 곧바로 고개를 끄덕였다.

"당주는 사라사 공이지. 그저 명령하기만 해도 되네. 그리고 왕의 명령이라면 거부할 리도 없지."

"네. 이미 병사들의 준비도 진행시키고 있습니다. 그런데 사라사 님, 로체 가문의 당주로서는 가문의 이익도 고려하셔야 할 것 같습니다만, 어떠신지?"

역시 월터다. 아델버트 씨 대신 영지를 운영했던 사람이라 그런지 동의하면서도 해야 할 말은 확실하게 한다.

나도 고개를 끄덕이며 크렌시를 돌아보았다.

"크렌시, 사우스 스트러그와 요크 마을을 잇는 도로의 확장, 요크 마을에서 로체 영지로 이어지는 직통 도로의 신설, 그와 더불어 요크 마을의 정비 확장에 예산을 쓰려고 합니다."

우선 가장 큰 희망사항을 말해보았는데, 그가 놀란 듯이 '네?'라고 말했다.

———아, 아무리 그래도 직통 도로는 너무 욕심을 많이 부린 건가?

하지만, 곧바로 이어진 크렌시의 말은 뜻밖이었다.

"그것만으로 충분하시겠습니까? 사라사 님께 별다른 이익이 되진 않을 것 같습니다만……, 아, 그래서 피드 상회인 겁니까. 개발의 이권을 주시려는 거군요. 그렇다면———."

"아, 아뇨, 딱히 그런 생각은 하지 않았는데요……."

혼자서 납득하려던 크렌시의 말을 가로막자, 그가 의아하다는 듯이 나를 보았다. 어째서?

"무, 물론, 이번 군사 행동 때 사용할 식량이나 자금은 내 주셔야겠지만요?"

"그건 당연하지요. 하지만 도로의 정비는 로호하르트 전체의 이익이기도 합니다. 평범한 귀족이라면 좀 더 자신의 이익을 추구하는 법일 텐데요?"

그런가? 나는 그렇게 생각하며 이리저리 돌아보았지만, 안타깝게도 이곳에 있는 귀족은 권모술수와는 거리가 먼 아델버트 씨뿐이다.

큭, 이왕이면 마리스 씨에게도 같이 있어달라고 할 걸 그랬어!

"……하지만, 국왕의 명령에 따라 병사들을 움직이는 건 귀족으로서의 의무잖아요?"

"명분은 그렇습니다만, 대부분은 어떻게든 자신의 이익을 끼워넣습니다. 친분이 있는 상인을 끌어들여서 보답을 요구하거나, 이유를 지어내서 자신을 위해 예산을 쓰거나. 이번 같은 경우에는 지휘를 맡는 데 필요하다면서 저택을 짓게 할 수도 있을 겁니다. ──물론, 전권 대리이신 사라사 님께서는 그런 잔재주를 부리지 않으시더라도 예산을 마음대로 쓰실 수 있겠습니다만."

그렇구나. 제일 먼저 가게의 확장을 제안한 건 내가 터무니없는 소리를 하기 전에 선수를 친 다는 의미였나?

"……고생, 하셨나 보네요?"

그렇게 묻자, 크렌시가 놀란 듯이 나를 보고는 피로가 드러난 미소를 흘렸다.

"하하하……, 네, 그렇지요. 요크오 님———, 아니, 전 커크 준남작을 내버려두면 재정이 확실하게 끝장났을 테니까요. 제가 할 수 있었던 건 어떻게든 무난하게 해결하는 것뿐이었습니다."

크렌시는 마치 한숨처럼 그렇게 말했지만, 곧바로 '하지만, 지금은 그렇지 않습니다'라면서 힘차게 단언하고는 활기가 돌아온 표정으로 나를 보았다.

"도적을 맡아주신다면 공사 쪽은 제가 확실하게 살피겠습니다. 단순히 힘만 쓰는 일이라면 써먹을 만한 일손이 많습니다. 우선 로체 영지까지의 최적 경로를 조사해야겠군요."

"아, 그건 이미 되어 있어요. 이번에도 이용했으니까요. 그렇죠? 아델버트 씨."

"으음. 사라사 공이 오간 덕분에 예전보다 더 다니기 편해졌지."

길을 낸 건 아델버트 씨 일행이지만, 그곳을 다니기 편하게 만든 건 내 마법이다.

그곳을 확장하면 제대로 도로로 이용할 수 있게 될 것이다.

그 사실을 설명하자 크렌시가 약간 맥이 빠진다는 듯이 고개를 끄덕였다.

"가장 골치 아픈 부분이 이미 해결된 상태였습니까. 그렇다면 곧바로 착수하도록 하겠습니다."

"네, 부탁드릴게요. 다음은 피드 상회인데요. 그들에게는 영지 안에서 유통을 맡아달라고 할 예정입니다. 지역의 불안정화를 피하기 위해서라도 물류 유지는 중요하니까요."

"사라사 님, 필요성은 이해합니다만, 그걸 어째서 피드 상회에게 맡기시려는 건지?"

월터를 비롯해서 '일부러 피드 상회를 이용할 이유를 잘 모르겠다'며 의문을 드러내고 있던 사람들에게 모건이 뽐내는 듯이 당당하게 미소지었다.

"위험한 도로에서도 확실하게 화물을 가져다줄 수 있다, 그것이 저희 강점입니다. 기대에 부응해드릴 수 있을 겁니다. 물론, 원하신다면 도적 토벌에 인원을 투입할 수도 있습니다만……."

"아뇨, 마주친 도적은 쓰러뜨렸으면 하지만, 일부러 찾아다닐 필요는 없어요."

"알겠습니다. 수송과 지점 개설에 온 힘을 다하겠습니다. 이미 사우스 스트러그의 점포는 구입했고, 인원도 도착한 모양입니다. 이 마을에도 지점을 낼 생각이었습니다만———."

"아, 아버지의 가게가 망해버리겠어요?!"

지금까지 긴장한 듯이 입을 다물고 있던 로레아가 큰 목소리로 외쳤다.

하지만 모건은 불안해하는 로레아를 안심시키려는 듯이 부드러운 미소를 지었다.

"우려하신다는 건 이미 알고 있습니다. 다르나 씨께는 피드 상회의 산하로 들어오시게끔 말씀드렸습니다."

"저, 저기……, 그러면, 어떻게 되는 건가요? 아버지가 곤란해지거나 그러진 않나요?"

"오히려 지금보다 편해지실 겁니다. 상품을 들여오는 과정 및 수송을 피드 상회에서 맡게 될 테니까요. 다르나 씨께서 직접 화물을 옮기실 필요가 없어지게 되고, 이 마을에서 판매하는 데만 전념하실 수 있게 되는 겁니다."

"그러니까, 도적에게 습격당할 걱정이 없어진다는 거죠……?"

"그렇습니다. 아직 대답을 해주시진 않으셨습니다만, 어떤 대답을 하시든 사라사 아가씨의 소중한 분께 상처를 입히는 짓은 하지 않을 테니 안심하십시오."

우리 부모님과 마찬가지로 로레아의 조부모님도 도적에게 살해당했다.

그런 이유인지, 그녀는 안심한 듯이 숨을 내쉰 다음 고개를 번쩍 들고 주위를 둘러보았다.

"———앗, 죄송합니다. 갑자기 끼어들어서."

"상관없어. 마을에도 영향이 큰 일이니까. 하지만 지금까지보다 많은 상품들을 보다 저렴하게 손에 넣을 수 있게 될 테니까, 마을 사람들도 그렇고, 채집자들도 기뻐해줄 것 같은데?"

피드 상회로서도 올 때는 요크 마을에서 팔 물건을, 갈 때는 연금 소재를 운반하면 되기 때문에 낭비가 줄어들고, 충분히 장사로서 성립될 것이다.

"이어서 구체적인 도적 대책으로 넘어가시죠. 이게 이 주변의 지도입니다만…….."

테이블 위에 펼쳐진 것은 로호하르트를 중심으로 한 지도였다.

남서쪽에 있는 로체 가문을 제외하면 다섯 군데의 영지가 로호하르트와 인접해 있다.

북쪽이 하이네 준남작, 남쪽이 키프라스 기사작, 동쪽에는 아르하드 기사작과 버켈 기사작, 남동쪽은 베이커 사작의 영지가 있고, 로호하르트를 남북으로 관통하듯이 커다란 도로가 지나고 있다.

"크렌시, 도적의 피해 상황이나 거점, 위험한 지역 같은 정보가 있나요?"

"죄송합니다. 조사에 인원을 할당할 수가 없었기에…….."

"그렇군요. 제가 레오노라 씨를 통해 얻은 정보에 따르면 북쪽으로 이어지는 도로의 피해가 심각한 모양이에요. 그렌제 방면과 남쪽으로 이어지는 도로가 그 절반 정도, 나머지 도로는 피해가 적은 것 같네요."

"그분 말씀이십니까. 그렇다면 신빙성이 높겠군요. 연금술사가 아니었다면 빼내오고 싶을 정도로 **지나치게 실력이 뛰어난** 분이시니까요. 도시를 정화할 때는 협력도 해주셨습니다."

"레오노라 공이니까 말이지……. 그런데 그렇게 되면 도적의 거점은 사우스 스트러그의 북쪽, 또는 하이네 준남작 영지에 있다는 건가?"

아이리스가 그렇게 말하며 지도 위를 손가락으로 긋자, 월터가 말렸다.

"꼭 그렇다고 할 순 없을 겁니다. 거점 근처에서 일을 하다 보면 들킬 가능성이 커지니까요. 그런 걸 경계해서 일부러 멀리 떨어진 곳에서 습격하고 있을지도 모르겠습니다."

"그렇군. 그럼 큰 도로가 없는 서쪽, 이 마을 근처가 수상한가?"

월터의 지적을 듣고 아이리스가 순순히 고개를 끄덕인 다음, 이번에는 손가락을 요크 마을과 사우스 스트러그 사이로 움직였다. 로레아가 불안한 듯한 표정을 지었다.

"하지만 일을 할 때마다 움직이면 목격당할 확률도 올라가겠죠. 근처에서 습격하고, 모두 죽여서 은폐하는 방법도 있긴 합니다만……, 완전히 막기는 힘들 겁니다."

습격 지점을 알아내지 못한다 하더라도 화물이 도착하지 않으면 대충 짐작을 할 수 있게 된다.

레오노라 씨가 내게 가르쳐준 것도 그러한 주변 정보까지 포함해서 한 예측인 것 같았다.

"……월터, 그러니까 무슨 말을 하고 싶은 거지?"

약간 불만인 듯한 아이리스에게 월터가 미소를 지었다.

"습격이 잦은 장소를 경계할 필요는 있겠습니다만, 거점을 찾아내려면 정보를 더 수집해서 광범위하게 찾아볼 수밖에 없을 것 같습니다. 사라사 님, 그렇게 하면 되겠습니까?"

"그러게요⋯⋯, 그러면 월터는 정보 수집 쪽으로 힘써주세요. 영지의 정무는 저도 협력하죠. 서류 업무라면 여기서도 할 수 있고, 필요하다면 로체 영지로도 갈게요."

"알겠습니다. 서류 업무만으로도 큰 도움이 됩니다. 안타깝게도 로체 가문은 그런 쪽으로 약해서 사모님———, 아니, 디아나 님과 함께 고생하던 참이었습니다. 사라사 님께서 당주가 되셔서 그런 고민을 할 필요가 없게 된 것이 그나마 다행이로군요."

"으음, 잘 되었구나, 월터! 하하하!"

"아델버트 님께서 그런 말씀을 하실 수 있습니까———?!"

마치 남일인 것처럼 껄껄 웃는 아델버트 씨를 보고 월터 씨의 눈이 뒤집어졌지만, 금방 포기한 듯이 '이제 와서 따질 필요도 없겠죠'라며 한숨을 크게 쉬었다.

"음~, 고생하셨네요?"

"황송합니다. ———아, 하지만 특기 분야에서는 아델버트 님도 믿을 수 있으니 안심하십시오. 그리고 정무 쪽으로는 케이트에게도 어느 정도 가르쳐두었습니다."

"그런 쪽으로는 믿고 있어요. 저도 실무는 처음이니까 잘 좀 부탁할게요?"

그렇게 아이리스와 케이트를 보자 눈이 마주친 건 쓴웃음을 지은 케이트뿐이었다.

아이리스는 왠지 모르겠지만 고개를 돌리고 있는데⋯⋯,

응, 이해가 되네.

"그리고……, 영지 경계 근처에서 군대를 움직이는 걸 고려하면 주변 영주들에게는 이야기를 해두어야겠네요. 크렌시, 이 영지와의 관계는 어떤가요?"

"커크 준남작 영지였을 무렵 이야기이긴 합니다만, 좋진 않습니다. 개선해야겠지만, 저는 커크 준남작 밑에서 일하던 사람이기도 하기에……."

이유는 빚이나 이권 같은 것들이었다. 크렌시는 그 무렵부터 나서서 교섭한 적도 있었기에 인상이 최악에 가깝다. 커크 준남작 가문이 몰락했다는 건 알고 있겠지만, 그가 나서더라도 관계 계선은 힘들 거라 생각했기에 나중으로 미뤄두었던 모양이다.

"그러면 제가 인사를 하러 가죠. 저희 가문은 원래 그들과 마찬가지로 피해자니까요. 그리고 페리크 전하의 이름이 있다면 무시하진 못할 거예요. 이권에 대해서는 자세히 조사할 필요가 있겠지만, 빚은 조건을 변경하는 것으로 대처하죠. 꽤 많은 이자를 받았던 거죠?"

"네. 본전만 찾으면 문제는 없습니다. 그런데, 괜찮으시겠습니까?"

크렌시가 미안하다는 마음과 걱정하는 마음이 뒤섞인 듯한 눈빛으로 나를 보았다.

이미 왕실 직할령이 되었다고는 해도 원래는 증오하는 커크 준남닥 영지였던 곳에서 온 사자.

습격당하진 않겠지만, 비꼬는 말 정도는 할지도 모른다.

"이것도 일이니까요. 외모를 보고 얕볼지도 모르겠지만, 이렇게 된 이상, 이용할 수 있는 직책은 이용해야죠. 스승님을 적으로 만들 만큼 어리석은 사람은……, 별로 없을 테니까요."

로체 기사작이자 마스터 클래스 연금술사 오필리아 미리스의 제자이며, 국왕이 임명한 로호하르트의 영주 전권 대리. 보통은 그런 내게 정면으로 시비를 걸지 않을 것이다. 반대로 말하자면, 보통이 아닐 경우에는 그럴 수 있다.

아무리 그래도 요크오 커크만큼 어리석은 사람은 없을 거라 믿고 싶긴 한데…….

"그러면 키프라스 기사작에게는 내가 인사를 하러 가마. 그와는 예전부터 알고 지냈던 사이야. 베이커 기사작도 키프라스 기사작에게 중개를 부탁할 수 있을 테고. 사라사 공은 다른 세 군데에 전념해 다오."

"감사합니다. 그러면 그쪽은 아델버트 씨에게 맡기기로 하고……. 저 혼자서 방문하는 건 입장상 문제가 되겠네요. 어떻게 할까요?"

"사라사 아가씨, 저희가 동행할까요? 그럴싸하게 생긴 자들도 모을 수 있고, 상업적인 이익도 제시할 수 있을 것 같습니다만."

아마 '그럴싸하게 생긴 자'라는 건 압력에 관한 의미일 것이다.

하지만 이번 목적은 화해다. 가능하다면 소프트 노선으로 가고 싶다.

"피드 상회는 그쪽 장사에만 전념해 주세요. 그게 로호하르트의 이익이 될 테니까요. 저는……, 아이리스, 케이트, 부탁해도 될까요?"

"―――윽! 그, 그래! 내게 맡겨라! 내가 확실하게 지켜주마!"

내가 부탁하자 아이리스가 기쁜 듯이 밝은 표정을 지었고, 케이트도 고개를 크게 끄덕였다.

"그러면 여러분. 잘 부탁드립니다. 무슨 일이 생기면 곧바로 보고하시고요. 레오노라 씨의 가게와 이곳은 즉시 연락이 가능합니다. 안전을 최우선으로 행동에 나서주세요."

""""네(오오)!""""

귀족 상대로 교섭하는 것은 완력으로 밀어붙일 수 있는 도적과는 다르다.

이것도 일이라며 받아들이긴 했지만, 솔직히 어쩔 수 없이 나선 주변 영주들에게 인사하러 가는 길.

하지만, 실제로 해보니 약간 맥이 빠질 정도로 간단했다.

아르하드 기사작, 버켈 기사작에게는 직책이 충분한 효과를 발휘했는지, 처음부터 상대방이 공손하게 나온 데다 이자를 낮춰주겠다고 제시하며 이해해달라고 부탁하니 쉽사리 받아들여주었고, 로호하르트와 앞으로도 좋은 관계로 지냅시다라는 형태로 결판이 났다.

물론, 협박 같은 건 하지 않았다. 지극히 평화로웠다. 정말이야, 정말이라고.

———나를 보는 눈 안쪽에 왠지 겁을 내는 듯한 느낌이 있었던 것 같지만, 아마 착각일 것이다.

커크 준남작의 목을 물리적으로 날린 것은 내가 아니다. 이상한 소문이 돌고 있다면 단호하게 항의하고 싶다.

우려되는 곳은 하이네 준남작.

이곳은 빚을 지지도 않았고, 작위를 따져도 내가 더 밑이다.

영주 전권 대리라는 입장도 로호하르트가 준남작 영지였다는 걸 고려하면 조금 약하다.

이번에야말로———. 내가 그렇게 각오를 다졌지만, 이쪽은 예상하지 못한 방법으로 해결했다.

그 방법을 내놓은 사람은 다름아닌 마리스 씨였다.

레오노라 씨가 '데리고 가면 편히 끝낼 수 있을걸?'이라고 조언해주길래 부탁해서 데리고 왔는데, 처음에는 거만하게 굴던 하이네 준남작이 그녀를 보자마자 고개를 꾸벅꾸벅 숙였다.

마리스 씨가 발끈하는 모습을 보이기만 해도 하이네 준남작의 안색이 점점 안 좋아졌다. 그렇게 우리 요구를 전부 받아들이겠다며 매우 협력적인 태도를 보여주었다.

아마 뭔가 악연이 있는 것 같다———, 마리스 씨는 백작 가문 사람이니까.

그리고, 키프라스 기사작과 베이커 기사작은 아델버트 씨와 월터가 교섭을 마무리해주었기에 주변 영주들과의 사전 교섭은 무사히 끝났다.

그리고 본격적으로 도적 대책이 시작되었는데———, 내 일상엔 놀랄 만큼 변화가 없었다.

'도적 퇴치!'라며 각오를 다진 내게 월터가 '당주가 전선에 나가면 어떻게 합니까. 사라사 님께서만 하실 수 있는 일을 해주십시오'라고 했고, 아델버트 씨는 '모처럼 마음껏 움직일 수 있게 되었으니 내 일을 뺏지 말아다오'라고 했고, 로레아에게 '점장이면서 가게를 너무 오래 비우는 건 좀⋯⋯'이라는 말까지 들어버렸다.

으음. 전혀 반론할 수가 없는데.

도적을 용서할 수 없다는 마음이 강하긴 하지만, 지금 나는 연금술사다.

맡길 수 있다면 맡기고 내 본분으로 돌아가야 할 것이다.

그렇게 된 관계로 나는 도적 대책을 세우면서도 가게에서 의자에 앉아있기만 했다.

no 0.16

연금술 대사전 : 제6권 등재
제작 난이도 : 베리하드
표준 가격 : 200,000 레어~

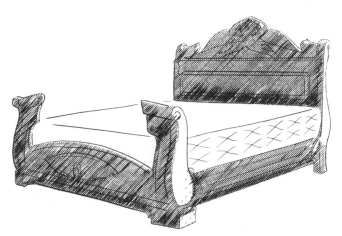

⟨긁어먹은 인간 제조 장치⟩

Lfiyaftofff Mfiofffk

나이가 들면 자는 것조차 피곤하다. 그런 경험이 있지 않나요? 그 말도 이제는 과거가 되었습니다.

척 보기에는 평범한 침대지만, 이것의 진수는 매트리스에 있습니다.

어떠한 자세로 자더라도 완벽하게 몸을 보조해주며, 요통, 어깨 결림에 작별 인사를 할 수 있게 됩니다.

참고로 이름을 지은 사람은 박면한 사람의 제자입니다. 계속 침대 밖으로 나오지 않는 스승님을 보다 못해 침대까지 통째로 집어지고 등록하려 왔다는 일화는 유명합니다.

Episode 3

Affiliing

aith Qalliutian

공해 대책을 세우자

왕도에서 돌아와서 시간이 좀 지나자, 계절이 빠르게 한 여름으로 돌입했다.

"요즘, 마을에 사람들이 정말 많이 늘었네."

"그러게요. 올해 봄과 비교해도 훨씬 많이 늘었어요. ———지나치게 많다고 느껴질 만큼요."

손님이 별로 없는 오전 시간대, 가게를 들여다본 나에게 로레아가 그렇게 대답하며 한숨을 쉬었다.

미스티도 우리 가게에 익숙해져서, 3인 체제가 된 점포 경영도 궤도에 올라선 시점이다.

요즘 우리는 어떤 문제 때문에 고민하고 있었다.

그것은 더위.

가게 안에는 공조 장치가 있기 때문에 우리는 문제가 없지만, 달라진 건 가게에 오는 채집자들이다.

뭐라고 해야 하나, 그게……, 솔직하게 말하자면, 냄새가 매우 심하다.

한여름에 대수해에 들어가서 채집 활동을 열심히 하다 보면 땀도 흘리고, 지저분해지기도 한다. 상황에 따라서는 며칠에 걸쳐서 채집을 하다가 그대로 소재를 팔러 오기에 당연하게도 체취가 지독하다.

빙아 박쥐 송곳니가 유행했을 때도 질색했지만, 이번 원인은 별개다.

단순히 가게의 인구 밀도가 높아서 그렇다. 요크 마을에 사람이 늘어나는 건 사실 기뻐해야 할 일이겠지만, 내 멋진 가게가 더러워지는 것 같아서……, 으으. 딜레마다.

그 때문에 점포 공간에 놓아두었던 테이블과 의자도 철거할 수밖에 없었고, 요즘은 느긋하게 티타임을 즐기지도 못하게 되어버렸다.

"선배, 작년에도 이랬나요? 마법으로 자주 환기하고 있긴 한데요, 솔직히 힘드네요."

"작년에는 좀 더 나았는데……. 환기는 정말 도움이 많이 되고 있어. 고마워."

항상 창문과 문을 열어두면 덥고, 바람이 불지 않으면 환기도 잘 되지 않는다.

그런 점에서 마법을 사용하면 순식간이다. 기숙사의 방을 청소할 때 쓰는 '브리즈(미풍)'은 미스티도 당연히 쓸 수 있었고, 가게의 물건이 날아가지 않을 정도로만 절묘하게 조절해서 환기하는 게 협력해주고 있다.

"사라사 씨, 사실 안드레 씨를 비롯해서 고참 채집자분들은 신경을 써주고 계세요. 모처럼 젊은 여자 연금술사가 와줬는데 불쾌하게 만들고 싶지 않다고요."

먼저 샤워를 해서 때를 빼고 나서 가게에 오거나, 대표로 한 명만 오거나.

빙아 박쥐 때 팔기 시작했던 소취약을 상비해주는 사람도 있는 것 같았다.

"하지만, 새로 온 사람들은 그런 부분을 의식하지 않는 모양이라……."

"……그러고 보니 채집자들은 불결함에 익숙하다고 했었지. 안드레 씨가."

"그런 모양이에요. 우리가 보기에는 전혀 기쁘지 않지만요. 점포를 경영할 때는 이런 문제도 생기는군요. 선배, 공기청정기라도 만드시죠? 만드실 수 있잖아요?"

"아, 그거 좋네. 강력한 걸 만들자. 비용하고 필요한 소재를 얻기가 힘들어서 미루어두고 있었는데, 다음에 피드 상회가 오면 재료를 주문할게."

시원해지기 전에 만들 수 있을지는 모르겠지만, 슬슬 연금술 대사전 5권도 끝나간다. 타이밍으로 봐도 딱 좋으니 이번 기회에 만들어버려야겠다.

"사실은 채집자분들께서 깨끗하게 하고 다녀주시는 게 제일 좋지만요. 디랄 씨네 여관에 목욕탕이라도 있으면 좀 달라지려나요?"

"별로 달라지진 않을 거야, 로레아. 배려해주는 사람이라면 샤워를 하고 가게에 올 거라고."

겨울이라면 모를까, 지금 시기에는 샤워를 하더라도 춥진 않다.

이 마을에서는 우물을 마음대로 쓸 수 있으니 그럴 마음만 있었다면 이미 그랬을 것이다.

"제대로 목욕을 해준다면 대중목욕탕을 정비해도 되겠지만. 산에서 온천을 끌어오면……, 그건 좀 힘들려나. 너무 멀어."

걸어가면 하루 넘게 걸리는 거리, 여기까지 끌어온다 하더라도 중간에 식어버릴 것이다.

"어, 사라사 선배, 여기에 온천이 있나요? 가보고 싶어요!"

"있지, 내가 만든 게. ——그러게, 시원해지면 가볼까."

일반인이 가기에는 좀 힘든 곳이지만, **탈(脫)일반인**인 미스티라면 문제가 없을 것이다.

"네, 꼭 가요! 역시 대단하시네요, 선배. 온천까지 만들어버리시다니……."

"응, 우연히 말이지. 마을에서는 쓸 수 없다는 게 문제이긴 한데."

미스티의 존경 어린 시선이 조금 따갑게 느껴진다.

그건 아이리스 일행을 구출하다가 생겨난 부산물이다. 온천을 파내는 게 목적이 아니었으니까.

"그런데, 선배. 문제가 목욕이라면 마열로를 만들어도 되잖아요? 이 근처에는 물이 풍부하고, 그거라면 물을 끓이는 것 정도는 간단하겠죠?"

마열로란 소량의 마력으로 대량의 열을 발생시키는 초 고효율 열원이다.

매우 편리하기 때문에 연금술사와 관련이 있는 곳———, 연금술사 양성 학교라든가 규모가 큰 공공시설이라든가, 스승님의 가게 같은 곳에는 반드시 있다고 해도 될 만한 물건이지만…….

"미안. 아무리 그래도 마열로는 못 만들어. 그건 7권에 나와 있는 물건일 텐데? 아마도."

"어, 그런가요? 자주 보이길래, 선배라면 만들 수 있을 줄 알고⋯⋯."

───후배의 기대가 무겁다.

그야 누가 레시피를 가르쳐준다면 만들 수 있을지도 모르겠지만⋯⋯.

"볼 기회가 많긴 하지만, 기본적으로는 중급 이상인 연금술사가 만드는 물건이거든?"

뜻밖이라고 생각한 미스티에게 그렇게 말하자 로레아까지 깜짝 놀란 듯이 나를 보았다.

"저기, 사라사 씨는 아직 중급 연금술사가 아니었나요? 이렇게 대단한데⋯⋯."

"이제 조금만 더 하면 연금술 대사전 6권으로 들어갈 수 있을 것 같긴 하지만, 중급은 7권부터니까."

"실력만 보면 충분히 중급 연금술사 같지만요."

"아니야. 실력을 따지더라도 아직 부족한 게 많으니 한참 멀었어. 난 졸업한 지 이제 2년차인 초보거든?"

사실대로 말했을 뿐인데 로레아가 눈을 몇 번 깜빡이고는 손을 탁 쳤다.

"⋯⋯아, 그랬죠. 왠지 훨씬 예전부터 마을에 계셨던 것 같은 느낌이 들었어요. 이제 1년 정도밖에 지나지 않았죠, 사라사 씨가 온 뒤로."

"그렇다니까? 그래도 그렇게 말해주니 기쁘네. 마을에 처음 왔을 때는 나를 받아들여 주려나 걱정했으니까……, 로레아 덕분에 도움이 많이 되었어."

촌장님 댁에 인사하러 갈 때 조마조마했던 것도 지금은 좋은 추억이지.

그런 이야기를 하고 있자니 안드레 씨가 시원스러운 인사를 하며 가게로 들어왔다.

"안녕~. 오, 사라사, 오늘은 여기 있네?"

"네, 잠깐 쉬고 있어요. 예전처럼 느긋하게 차를 마실 수는 없게 되어버렸지만요."

내가 어깨를 으쓱이며 눈으로 테이블 세트를 치운 곳을 가리키자 안드레 씨도 마찬가지로 어깨를 으쓱이며 웃었다.

"하하하, 그럴 여유가 없긴 하겠지. 요즘은 시원한 물도 안 내주니까 작년처럼 가게에서 느긋하게 몸을 식히지도 못하게 되어버렸고――."

"아, 역시 몸을 식히다 가셨던 거군요, 안드레 씨."

"어이쿠, 말실수를 해버렸군. ――그런데 무슨 이야기를 하고 있었어? 즐거워보이던데."

눈을 흘리는 로레아에게 안드레 씨가 씨익 웃고는 호들갑스럽게 입을 막은 다음, 화제를 돌리려는 듯이 그렇게 물었다.

하지만 화제의 중심은 말하자면 채집자들에 대한 불만이다. 있는 그대로 말하기는――.

"말하기 좀 껄끄럽긴 한데요, 요즘 채집자분들의 악취가

지독하다는 이야기였어요."

말하기 껄끄러운 거 맞지?

완곡한 표현조차 쓰지 않고, 있는 그대로 말한 미스티는 정말 낯짝이 두꺼운 것 같다.

미스티보다 오랫동안 알고 지낸 나도 좀 더 생각해서 말하거든?!

하지만 안드레 씨는 불쾌해하지도 않고 오히려 미안하다는 듯이 고개를 숙였다.

"아, 그거 미안하게 됐군. 신경 쓰고 있긴 한데, 요즘 같은 시기에는 땀이 나서 어쩔 수가 없거든."

"아, 아뇨, 안드레 씨 같은 고참분들은 문제 없어요! 신경이 쓰이지 않는 건 아니지만, 문제가 없는 범위니까요! 그런데, 최근에 온 사람들이 좀……."

로레아가 갑자기 말을 빠르게 늘어놓으며 변명해주듯이 그렇게 말하자, 안드레 씨가 곤란하다는 듯이 눈살을 찌푸리고는 피곤한 기색을 보이며 어깨를 늘어뜨렸다.

"그 녀석들인가……. 채집자들뿐이라면 어느 정도 세계 나갈 수도 있긴 한데, 그게 아닌 녀석들도 있어서 말이야. 그 녀석들이 꽤 지독해서 철저하게 단속할 수가 없단 말이지……."

안드레 씨가 말한 '그게 아닌 녀석들'이란 도로를 정비하고 있는 사람들이다.

기본적으로는 현장에 만든 가설 숙소에서 머무르고 있다

고 하지만, 휴가를 받으면 요크 마을로 기분을 전환하러 오는 모양이었다.

하지만 어차피 요크 마을이다. 놀 만한 곳이 있을 리가 없었고, 할 수 있는 것이라고 해봐야 맛있는 요리를 먹고 술을 마시거나, 최근에 종류가 늘어난 잡화점에서 물건을 사는 것 정도다.

그런 생활이기에 도저히 청결하다고는 할 수가 없었고, 지금 디랄 씨네 식당은 꽤 지독한 상황이 되었다고 한다.

"그러니까 '너희는 깨끗하게 하고 다녀라'라고 하긴 좀······. 요즘은 마을 녀석들도 술을 마시러 오지도 않아서, 우리도 집을 장만할까 의논하고 있을 정도야."

안드레 씨는 곤란한 듯한 표정을 지었지만, 그 이야기를 들은 로레아가 기쁜 듯이 소리쳤다.

"와, 안드레 씨 같은 사람들이 이 마을에 살게 되면 안심이 되겠어요!"

"오, 그래? 받아들여줄까? 우리를."

"물론이죠! 헬 플레임 그리즐리의 광란 사건 때 여러분께서 열심히 마을을 지켜주셨다는 걸 저희는 잊지 않았다고요!"

그렇게 말하며 밝은 미소를 보이던 로레아가 갑자기 '후후후', 어두운 미소를 드리웠다.

"———물론, 도망친 사람들도 잊지 않았지만요."

나는 얼굴도 기억나지 않지만, 아무래도 그때 도망쳤던 채집자들 중 일부가 최근에 대폭 늘어난 채집자들 사이에

끼어서 돌아온 모양이었다.

누구든 자기 목숨이 제일 중요하다. 마을 사람들도 대놓고 빈정대지는 않았지만, 그때 남아준 안드레 씨 일행과는 선을 긋고 다른 방식으로 대한다고 한다.

"그, 그래. 그래도, 로레아가 그렇게 말해주니 본격적으로 검토해봐야겠어!"

안드레 씨는 로레아의 미소를 보고 약간 정색하면서도 쑥스러운 듯이 웃었다.

"저희도 유능한 채집자들이 머물러준다면 기쁘죠. 안 그래요? 사라사 선배?"

"응. 단골이라는 존재는 경영의 안정에 기여해주니까. 그래도 악취로부터 도망칠 수 없는 디랄 씨는 가엾네요. 대중목욕탕을 진짜로 만들어야 할까요……?"

우리는 채집자들이 몇 파티만 들어와도 힘든데, 그보다 더 많은 사람들이 하루 종일 머무른다니, 상상하고 싶지도 않다. 일이니까 거절할 수도 없을 테고.

"오, 뭐야? 그런 이야기가 나왔어? 만약에 그렇게 좋은 게 있다면 우리도 기쁘긴 하지. 도로를 만들고 있는 녀석들도 목욕탕이 생기면 기꺼이 이용하지 않을까?"

"사라사 씨, 저도 가능하면 부탁드리고 싶어요. 친구도 일하고 있는 곳이니까……."

"아, 그렇구나. 사람들이 늘어나서 고용했다고 했지."

미안한 마음과 걱정되는 마음이 뒤섞인 로레아의 눈빛을

보고 내가 손을 탁 쳤다.

　요즘은 거의 가지 않게 되어서 잊고 있었지만, 여관을 확장하고 채집자들이 늘어난 것에 맞춰 디랄 씨네 여관에서 종업원을 늘렸다. 그 종업원은 당연히 마을 사람이었고, 또 당연히 로레아의 친구였다. 걱정이 될 만도 할 것이다.

　"으음…… . 미스티, 대중목욕탕을 만들까 하는데 뭘 신경 써야 할까?"

　"그러게요, 새로 우물을 팔 필요는 있겠지만, 물 자체는 확보할 수 있을 거예요. 물을 끓이는 것도 마열로는 힘들겠지만 사라사 선배라면 다른 아티팩트로 때울 수 있겠죠. 그렇다면 물을 정화시키는 방법하고 채산성만 신경 쓰면 되지 않을까요?"

　시험 삼아 물어보자 자연스럽게 대답이 나왔다. 그런 부분은 역시 연금술사다. 안타깝게도 로레아나 아이리스 같은 사람들은 대처하지 못하는 부분이다.

　"응, 나도 대충 비슷한 의견이야. 적어도 운용 비용 정도는 벌어야겠지. 안드레 씨, 얼마 정도면 대중목욕탕을 이용하실 건가요?"

　"나라면 50 레어까지는 날마다 이용할 것 같은데? 하지만 신입들은 힘들 거야. 10…… , 아니, 20 레어까지라면 어느 정도 억지로 이용하라고 교육시킬 수도 있을 것 같은데."

　"흐음, 꽤 아슬아슬하긴 한데…… , 알겠어요. 실현이 가능할지 검토해 볼게요."

"그래! 기대할게. 협력이 필요한 게 있으면 말하고!"

그렇게 말하고는 평소처럼 포션을 보충해서 돌아간 안드레 씨를 배웅한 다음, 남은 우리는 재빨리 금액을 계산하며 검토하기 시작했다.

"필요한 건 공기청정기하고 정수기, 그리고 급탕기네요."

"급탕기는 여기 목욕탕에 있는 걸 써도 되나요?"

"대형화와 효율화가 필요하긴 하겠지만, 맞아. 공기청정기하고 정수기는 비슷한 부분이 있으니까 문제는 필요한 소재를 입수할 수 있을지인데."

중요한 소재는 아스테로어라는 해양 생물로부터 얻을 수 있다.

대수해에서 얻을 수 있는 소재로도 대신할 수 있긴 하지만, 효율을 고려하면 최대한 피하고 싶다.

"건물 쪽은 어떻게 하실 건가요? 평범한 집이라면 게베르크 영감님에게 부탁해도 되겠지만, 욕조도 만들 수 있을까요? 이 집 말고 다른 집에는 없잖아요?"

"이 집은 게베르크 씨가 지었다고 했는데……, 목욕탕도 같이 만들었을까? 힘들 것 같으면 사우스 스트러그에서 기술자를 부르게 될 테니까 추가 비용이 들 거야."

"그냥 생각하기에는 일단 채산성이 안 맞네요. 아티팩트를 만드는 수고비를 선배가 부담한다 하더라도 건축 비용만으로도 부족해요. 로호하르트의 예산에서 지출하실 건가요?"

"만약에 그렇게 한다 하더라도 최소한으로 줄이고 싶은

데? 요크 마을에 만든다면 다른 마을에도 만들어야지, 안
그러면 불만이 나올 테고. 일단 영주 대리로서 그런 건 피
하고 싶어."

로호하르트에 있는 도시와 마을은 일곱 군데.

그중 네 곳은 이곳과 비슷한 마을이기 때문에 적어도 그
곳에는 대중목욕탕이 없을 것이다.

"그렇다면 기부를 받으시죠! 돈을 내기 힘든 사람도 일을
도울 순 있을 테고, 사라사 씨가 수고비를 받지 않고 일을
한다면 마을 사람들도 비슷한 정도로는 도와야 한다고 생각
해요!"

두 손을 가슴 앞에 들어올리고는 주먹을 꽉 쥐며 콧김을
거세게 내뿜은 로레아.

채집자가 늘어나서 이익을 얻은 건 마을 사람들도 마찬가
지고, 피해를 입고 있는 것 또한 마찬가지다. 그렇다면 마
을 사람들이 아무것도 하지 않는 건 이상하다는 논리인 모
양이다.

"그래도 대중목욕탕은 마을에서 들어온 요청이 아니
고……, 항상 그랬듯이 에린 씨하고 의논을 해야 하려나?"

"알겠어요! 그럼 바로 다녀올게요!"

하루 종일 가게를 보고 있었으니, 사실 꽤 힘들었던 모양
이다.

로레아가 곧바로 뛰어갔고———, 그 이후의 움직임은 빨
랐다.

제안을 받은 에린 씨가 마을 사람들을 모아서 이야기를 들어보니, 생각했던 것보다 채집자와 노동자들의 악취 때문에 질색하던 사람들이 많았던 모양이었다. 대부분 손을 들고 찬성했고, 그러지 않은 사람들도 금전적, 노동력 쪽으로 협력할 여유가 없었을 뿐, 반대하는 사람은 없었다.

　그렇게 불공평한 느낌을 조정하는 역할은 촌장인 에린 씨———, 아니, 촌장의 딸인 에린 씨에게 맡기기로 했고, 그 결과, 대중목욕탕의 설치 자체는 쉽사리 결정되었다.

　그런 이야기를 나누고 며칠이 지난 뒤, 로체 영지에 가 있었던 아이리스와 케이트가 돌아왔다.

　"대중목욕탕이라. 요즘 냄새가 신경 쓰이긴 하지……. 아, 이게 이번 서류다."

　"고마워요, 아이리스. 로체 마을은 어떻던가요?"

　나는 그렇게 물으며 받아든 서류를 펼쳤다———, 부엌 테이블 위에.

　으음~, 역시 집무실을 만들어야 하나?

　"딱히 달라진 구석은 없———, 아니, 예전보다 나아졌어. 무리하게 절약할 필요도 없고, 마법을 이용한 개간을 통해 농지도 늘어났으니까. 사람들의 표정도 밝아졌고……, 전부 사라사 덕분이야."

　"그건 모두가 열심히 노력하고 있기 때문이죠. 개간을 하더라도 그 땅을 비옥하게 만들고 좋은 작물을 키울 수 있을

지는 마을 사람들이 하기 나름이니까요."

"아니, 우선 농지로 만드는 것 자체가 힘들어. 개간하는 데 들어가는 수고는 정말 엄청나거든? 여자나 아이들은 돌을 줍고, 남자들은 풀을 베고 나무를 벌채하지. 특히 뿌리를 뽑을 때는 울고 싶어질 정도다."

"맞아. 열 명이 달라붙어서 하루 종일 씨름해도 하나만 겨우 뽑을 정도니까. 그런데 사라사의 마법으로는 단숨에……, 정말 대단하단 말이지. 나도 열심히 하고 있긴 한데……."

"후후후, 아직 당분간은 케이트에게 질 생각이 없거든요?"

마법의 스승님이니까요. 내가 그렇게 말하며 웃자 케이트가 어이없다는 듯이 어깨를 으쓱였다.

"절대로 못 이겨. 나는 단단한 지면을 부드럽게 하는 것만으로도 벅차니까. 그것만으로도 충분히 편리하긴 하지만……, 사실 사람이 늘어서 농지가 또 부족해졌거든."

"……어? 그런가요? 어느 정도 여유가 있을 줄 알았는데요."

로체 가문의 영지도 지금은 내 영지다. 자중하지 않고 개간했는데……, 이상하네?

도로를 정비하긴 했지만, 그건 요크 마을과 로체 마을의 사이다.

교통편이 눈에 띄게 좋아진 것도 아니고, 인구가 늘어날 이유가———.

"이유는 너다, 사라사. 네가 새 영주가 되었다는 이야기를 듣고 돌아온 젊은이들이 많아."

"저, 말인가요? 어째서요?"

"사라사는 자신의 지명도를 자각해야만 해. 사라사 피드라는 이름이 알려지지 않았더라도, 횡포를 부리는 영주를 쫓아낸 연금술사로서는 유명하니까. 그 연금술사가 단숨에 농지를 넓혔다고 하니 마을에서 떠났던 젊은이들도 돌아올 만도 하지."

젊은이가 마을을 떠나는 이유 중 대부분은 일이 없기 때문이다. 농가라면 물려받을 농지가 없고, 상인이라 해도 후계자는 한 명뿐이다. 이야기를 듣고 보니 이해가 되긴 하는데……

"움직임이 꽤 빠르네요? 어째서 그렇게 금방?"

"그야 간단하지. 우리 군대가 로호하르트 전체를 돌아다니고 있잖아? 당연하게도 도시에 들를 테고, 깃발을 보고 로체 영지 출신 사람이 다가와서 이야기를 하기 마련이야."

군대라고는 해도 거기 소속되어 있는 건 예전부터 잘 알고 지내던 이웃 아저씨들이다.

'잠깐 근황 이야기라도 할까'라고 생각하는 것도 당연하려나. 그리고 마을이 좋아졌다는 이야기를 들으면 도시에서 고생하던 사람들은 고향으로 돌아가 볼까 하는 생각을 필연적으로 하게 되겠지.

"알겠어요. 또 개간하러 갈게요. ──도적 토벌 이야기는 들었나요?"

"아버지의 정보 수집 진도가 잘 나가지 않는다면서? 미안해, 사라사."

"어느 정도는 토벌된 상태고, 피해도 줄어들긴 한 것 같지만요."

현재 알아낸 건, 도적들은 세 집단을 이루고 있다는 것.

첫 번째 집단은 커크 준남작 가문이 몰락했을 때 쫓겨난 군인 출신. 못된 짓을 하고 다녔다고 해도 일단은 군인 출신이기에 나름대로 싸울 수 있는 자들이 모여 있다.

두 번째 집단은 사우스 스트러그를 정화했을 때 박살 난 범죄 조직 출신 도적. 단순한 전투력으로는 첫 번째 집단을 당해내지 못하지만, 비열한 수법은 더 잘 쓰기 때문에 애를 먹고 있다.

세 번째 집단은 바루 상회처럼 범죄를 저지르던 악덕 상인들. 일부는 붙잡혔지만, 재산을 챙겨서 도망친 자들도 많고, 자금력 쪽으로 골치가 아프다.

"다행히 이 세 집단은 서로 연계하진 않는 것 같아요. 영지의 안정이라는 면으로는 지금 상태로도 어느 정도 성공을 거두긴 했지만, 도적의 거점을 발견하지 못했으니 근본적으로 해결된 건 아니죠."

"흐음~, 가능하다면 우리도 돕고 싶은데, 아버님께서 반대하셔서 말이지."

"전력은 충분하다면서 말이야. 어머니까지 신이 나셨고……."

"사실이죠. 애초에 전력이 부족했다면 제가 나섰을 거예

209

요. 미스티도 있으니까요."

"아니, 그것도 좀 그럴 것 같다만……, 미스티는 공방에 있나?"

아이리스와 케이트가 곤란하다는 듯이 쓴웃음을 짓고는 연금 공방 쪽을 돌아보았다.

"네. 지금은 포션을 만들어달라고 했어요. 역시 기본이니까요."

"흐음~, 사라사도 제대로 스승님 노릇을 하고 있구나. 나는 또———."

케이트가 그렇게 뭔가 말하려던 순간, 복도로 이어지는 문 너머로 로레아가 고개를 내밀었다.

"사라사 씨, 피드 상회의———, 아, 아이리스 씨, 케이트 씨, 돌아오셨군요."

"그래, 다녀왔어. 손님에게 방해가 될 테니까 뒷문으로 왔지."

"흠~. ……사실은 냄새가 신경 쓰이니까 가게로 들어오고 싶지 않았던 거 아닌가요?"

"으음, 그런 이유도 있지!"

로레아가 의심하는 듯이 바라보자 아이리스가 당당하게 선언했다.

"당당하게?! 저도 열심히 참고 있는데요!"

"아니, 우리 냄새도 말이야. 한동안 목욕을 하지 않았으니까———, 그러니까, 사라사, 목욕탕을 좀 빌리마. 때를 좀 빼고 와야겠어. 케이트, 가자."

볼을 부풀리고 눈살을 찌푸리며 따지는 로레아에게 아이리스가 손을 저으며 케이트에게 목욕하러 가자고 제안했지만, 케이트는 조금 놀란 듯이 눈을 깜빡였다.

"어, 같이 하자고? ……뭐, 상관없지만."

"아, 같이 하시는 거군요. 뭐, 저도 로레아하고 같이 했지만요……."

"후후, 그립네요. 그 이후로 벌써 1년 넘게———, 아, 피드 상회 사람이 와 있어요. 일단 응접실로 안내해 드렸는데요……."

"고마워, 금방 갈게. 그럼, 아이리스하고 케이트는 느긋하게 즐기세요."

"그래, 정처하고 첩은 사이좋게 지내야 하잖아?"

"뭐?! 그, 그런 생각으로 같이 목욕하자고 한 게 아니다! 사라사, 오해하지 말아다오!"

"아무런 오해도 안 하거든요~? 괜찮아요, 아마 한 시간 정도는 돌아오지 않을 테니까요. 목욕탕에서 어느 정도 시끄럽게 하더라도 응접실까지는 소리가 안 들릴 테고요~."

나는 쿡쿡 웃는 케이트와 당황한 듯이 이쪽을 보는 아이리스에게 등을 돌린 채 손을 흔들고 나서, 로레아의 등을 밀며 부엌으로 간 다음 쾅당, 문을 닫았다.

———응, 역시 방음이 제대로 되어 있단 말이지, 이 집.

아마 공방에서 큰 소리를 내도 괜찮게끔 그렇게 만들었을 것이다.

"뭐, 아무리 그 두 사람이라 해도 날이 밝은데 그런 짓을 하진 않겠지만."

"아하하……. ──어? 농담이죠? 밤이라면……, 그런 걸 한다는 건 아니죠?"

미소를 거두고 뒤쪽 문을 다시 돌아본 로레아에게 내가 미소를 지었다.

"글쎄~? 밤에 감시하고 있는 건 아니니까, 가능성이 전혀 없진 않을걸?"

"어어……. 제 방이 옆방인데요. 신경 쓰여서 잠을 못 자게 될 것 같아요."

"괜찮아, 내 방도 옆방이니까! 똑같이 못 자겠네?"

"전혀 괜찮지 않아요……. 으으, 만약에 소리가 들리면 다음 날 아침에 얼굴을 대하기가 껄끄러울 거라고요."

나는 쿡쿡 웃은 다음, 볼을 붉히고 있던 로레아의 등을 툭툭 두드려서 가게로 보내고 나서 응접실로 갔다. 그곳에서 기다리고 있던 사람은 두 남자였다.

한 명이 모건이라는 건 예상대로였고, 다른 한 사람이──.

"지배인 씨……? 여긴 어쩐 일로?"

예상치 못한 존재에 눈을 깜빡이는 나를 보고 지배인 씨가 활짝 웃었다.

"이 사업은 피드 상회의 기둥이 될 수도 있을 만큼 중요한 일이니 내가 오는 것도 당연하지. 그쪽 일도 겨우 정리가 되었기에 서둘러 달려온 거란다."

상회가 망하면 곤란하니까 무리하지 않는 범위로만 해도 되는데……, 지배인 씨라면 괜찮으려나.

"그래서, 어떤가요? 잘 되고 있나요?"

내가 그렇게 대충 던진 질문에 대답한 사람은 모건 쪽이었다.

"장사 쪽으로는 매우 순조롭습니다. 이 마을에서 얻을 수 있는 연금 소재를 저희가 모두 맡게 되고, 들어온 소재의 품질은 사라사 아가씨께서 보증해주고 계시죠. 이런 상황에서 손해를 입는 건 신입 상인도 힘들 겁니다. 사우스 스트러그의 점포도 매우 저렴하게 손에 넣었고요."

장사를 할 때 물건을 들여오는 게 얼마나 어려운 일인지는 굳이 말할 필요가 없을 것이다. 눈썰미가 부족하다면 가짜나 질이 안 좋은 물건을 사게 되고, 필요 이상으로 들이면 쓸데 없는 재고를 떠안게 된다.

특히 연금 소재는 품질을 판정하기가 힘들기에 초보가 함부로 손을 댔다가는 큰 화상을 입게 된다.

그런 점에서 피드 상회는 적어도 품질 쪽으로는 프로인 내가 판정을 내려주고 있으니까.

크게 실패할 우려는 거의 없다.

"그것도 도적들로부터 화물을 지켜내야만 하는 거지만요. 그쪽은요?"

"어떤 의미로는 그쪽도 순조롭습니다. 여러 번 습격당했습니다만, 전부 물리쳤습니다. 추격하진 않았기에 제거한 숫자가 많진 않습니다만."

"사라사, 로체 가문 사람들은 어때? 움직이고 있는 거지?"

"꽤 난항을 겪고 있는 것 같아요. 상대방이 먼저 습격하진 않고, 거점도 아직 찾아내지 못해서……. 정보도 어느 정도는 모인 것 같지만요."

내가 그렇게 말하며 알고 있는 정보를 공유해주자 지배인 씨와 모건이 고개를 연달아 끄덕였다.

"정보 수집 쪽으로는 우리도 협력해줄 수 있을 것 같구나. 보고서로 정리해주마."

"감사합니다. 찾아내기만 하면 그 이후는 간단하니까요."

실제로 아델버트 씨는 '남의 돈으로 훈련을 할 수 있다! 게다가 일을 하지 않아도 된다!'라고 기뻐하는 모양인데, 일단 로체 가문의 당주인 나로서는 슬슬 마무리를 짓고 병사들을 어서 집으로 돌려보내주고 싶다.

"적어도 가을이 지나갈 때까지는 어떻게든 하고 싶은데요……. 그런데, 모건, 다른 이야기긴 한데, 다른 연금 소재를 손에 넣을 수도 있을까?"

"사라사 아가씨께서 원하신다면, 그렇게 말씀드리고 싶긴 합니다만……."

"힘든가 보네. 그런 연줄이 있었다면 예전부터 취급했겠지."

좀 전에 말한 것처럼, 피드 상회가 연금 소재를 들여오는 대상은 나다.

이 마을 말고도 채집자나 연금술사가 있긴 하지만, 단기간에 파고들 수 있을 만큼 어설프진 않다.

"왕도 같은 곳에서 들여오는 건 가능하긴 합니다만…… 무슨 문제가 생긴 건지요?"

"사실 대중목욕탕을 만들자고 하는 이야기가 나와서. 뭐라고 해야 하나……, 악취 피해?"

구체적으로 말하진 않았지만, 정기적으로 마을에 오고 있는 모건은 이해한 모양이었다. 그는 곤란하다는 듯이 쓴웃음을 지으며 고개를 몇 번 끄덕였다.

"그거 참. 뭔가 협력해드릴 게 있다면 말씀해 주십시오."

"그럼, 연금 소재 말고 다른 걸 부탁할 수 있을까? 자재가 대량으로 필요하거든. 연금 소재는 내가 구해볼게. ——왕도에서 들여올 거라면 전송진도 있으니까."

내가 별생각 없이 한 말을 듣고 지배인 씨가 놀란 듯이 눈썹을 움찔거렸다.

"전송진? 사라사, 그게 뭐지? 물건을 보낼 수도 있는 건가?"

"네. ——아, 미리 말씀드리지만, 일반적인 장사에는 못 써먹거든요? 전송에 대량의 마력이 필요해서요. 애초에 설치할 수 있는 사람도 별로 없고요."

"그래? 그게 당연하긴 하겠군. 편리하게 써먹을 수 있는 거라면 이미 널리 보급되었을 테니……."

지배인 씨가 안타까워했다. 같은 상인으로서 그 생각도 이해가 되고, 나도 전송진이 없었다면 경영이 끝장났을 테니 대놓고 말하긴 힘들지만, 써먹긴 힘들다.

상회 규모의 유통을 맡는 건 마력이 많은 나도 불가능하니까.

"그건 그렇고, 지배인 씨. 실제로 와보시니 어떤가요? 뭔가 눈치챈 거 있으세요?"

그럼에도 불구하고 완전히 포기하진 못했는지 고개를 숙인 채 중얼거리고 있던 지배인 씨에게 묻자, 그가 정신이 번쩍 든 듯이 고개를 들고는 곧바로 미소를 보였다.

"어……, 아, 그래, 그렇지. 왕도에 있었을 때는 '변경 지역'이라는 인상이었는데, 실제로는 생각보다 활기가 넘쳐서 놀랐단다. 마을 사람들도 다들 사라사를 칭찬했고, 솔직히 안심이 되었어."

"그, 그런가요? 왠지 쑥스럽네요."

지배인 씨의 부드러운 시선이 조금 간지럽다.

입을 우물거리는 나를 보고 모건과 지배인 씨가 서로 마주 보며 입을 열었다.

"자신감을 가지십시오. 사라사 아가씨께서 노력하신 결과가 지금 이 상황이니까요."

"상인은 자선사업가가 아니니까, 당연히 이익은 필요하겠지만, 손님이 기뻐하지 않으면 아무런 의미도 없지. 그걸 양립할 수 있어야 좋은 상인이고."

"그렇죠. 대선배의 명언, 마음속에 새기겠습니다."

"하하하, 나도 아직 멀었어. 날마다 정진해야지. 피드 상회의 이념을 지키기 위해서 말이야."

고개를 크게 끄덕인 나를 보고 지배인 씨가 크게 웃고는 품속을 뒤지며 계속 말했다.

"그런데 사라사는 요즘 허드슨 상회가 그렌제에 지점을 냈다는 걸 알고 있니? 모건하고 클라크가 신세를 졌길래 인사를 하러 들렀더니 편지를 맡기더구나."

지배인 씨가 테이블 위에 올려놓은 편지는 당연히 미스티에게 온 편지였다.

그냥 비위를 맞추는 정도라면 상관이 없지만, 그녀의 사정을 감안하면……

"지배인 씨, 피드 상회와 허드슨 상회의 관계는 어떤 느낌인가요?"

"그렇군, 나쁘진 않은 것 같은데……, 모건, 어떤가?"

"거래량은 늘고 있습니다. 예전에는 그렌제에 허드슨 상회의 배가 들어왔을 때만 거래를 했었는데, 지점이 생긴 이후로는 지속적으로 매매를 하고 있고요."

피드 상회가 취급하는 상품은 연금 소재와 로호하르트 각지의 작물 같은 것들이다.

전자는 그렇다 치더라도 후자는 딱히 새로운 상품이 아니지만, 도적이 있더라도 확실하게 수송할 수 있기에 안정적으로 팔 수가 있고, 반대로 피드 상회 쪽은 이 근처에서는 손에 넣을 수 없는 물건들을 허드슨 상회로부터 들여와서 로호하르트 각지로 옮겨주고 있는 것 같았다.

"그러니까, 지금까지는 적대시하지 않고 있다는 거군요."

"지금은 말이지. 허드슨 상회가 사우스 스트러그로 진출하면 모르겠지만……, 육지와 바다로 잘 나누어서 살 수 있다면 좋겠어. 사라사의 후배네 친가라고 하니."

"그러게요, 가능하다면요. ———미스티도 이런저런 사정이 있는 것 같지만요."

우리를 태워다 준 선장님은 좋은 사람이었지만, 나는 미스티의 오빠와 직접 아는 사이가 아니고, 미스티를 후계자로 옹립하려는 선장님 같은 사람들도 상인이다. 피드 상회와 사이좋게 지내는 것보다 적대시하는 게 더 이익이 크다고 생각하면 그쪽을 선택할 것이다.

"전부 상대방에게 달렸네요. 감사합니다. 전해줄게요."

나는 그렇게 말하고 편지를 챙겼는데———.

"———흐읍!"

내가 전해준 편지를 읽자마자 꾸깃꾸깃 뭉쳐서 바닥에 내팽개쳤다.

그것이 미스티가 보인 반응이었다.

게다가 몇 번 짓밟은 다음, 그녀는 속이 시원하다는 듯이 '휴우!'라며 이마에 난 땀을 닦았다.

"선배, 불쏘시개가 생겼네요."

"불쏘시개라니……, 그런 말은 적어도 짓밟기 전에 하지. 그리고 우리 집에서는 마도 풍로를 쓰니까 불쏘시개는 필요

없거든? 불을 붙일 때도 마법을 쓰잖아."

"그러게요. 그럼 그냥 쓰레기네요. 정말, 쓰레기를 일부러 보내다니!"

부글부글, 하는 의태어까지 들릴 정도로 화가 머리 끝까지 난 미스티.

"……혹시 해서 물어보는 건데, 무슨 내용이 적혀 있었어?"

"들으실 필요도 없어요. 선배의 귀가 더러워질 거라고요!"

"아니, 그럴 수는 없잖아. 미스티는 내 제자니까."

미스티의 발을 치운 다음, 마구 짓밟힌 편지를 주워서 편 다음, 읽어보았다.

어디 보자……? 흐음……, 이건 화를 내더라도 어쩔 수 없으려나?

우선, '사라사를 제대로 농락한 모양이구나. 잘했다'라는 내용이 적혀 있었고, '그렌제 항구의 이용권도 손에 넣다니, 의외로 실력이 좋은데'라는 흐름으로부터 '피드 상회가 다루고 있는 연금 소재를 이쪽으로도 유통시켜라'라는 말까지. 이 부분은 읽는 방식에 따라서는 내 눈을 피해서 소재를 횡령하라는 뜻으로도 받아들일 수 있을 것 같은데. 일단 구색 맞추기 정도로 인사말도 있긴 하지만, 먼 곳에서 열심히 살고 있는 미스티를 배려해주는 듯한 내용은 없다.

"이거, 누가 보낸 편지야? 아버지? 오빠?"

"직필 서명은 없지만, 아마 오빠가 보냈을 거예요. 오빠의 비서가 쓴 거니까요."

"그렇구나⋯⋯. 그래서, 어떻게 할 거야?"

"그러게요, 옆집에 사시는 엘즈 씨라면 불쏘시개로 써주실————."

"그게 아니라! 허드슨 상회를 배려해주는 게 나을까?"

수송은 피드 상회에게 맡기고 있지만, 지금도 레오노라 씨에게는 소재를 팔고 있고, 당연히 스승님에게도 팔고 있다. 피드 상회와 독점 계약을 맺은 건 아니기에 허드슨 상회에게 파는 걸 거부할 생각은 없는데⋯⋯.

"그러시지 않으셔도 괜찮아요! 이렇게 실례가 되는 편지를 보내는 사람에게 무슨!"

미스티는 짜증 난다는 듯이 내가 펼친 편지를 낚아채서는 다시 구겼다.

"선장도 선장이죠! 항구 이용권을 상회에 넘기다니! 제 공적으로 삼으려고 한 거겠지만, 저는 오빠 같은 사람들이나 저를 상회의 후계자로 옹립하려는 사람들에게 협력할 생각은 없다고요! 선배, 무슨 일이 생기면 권리를 회수하셔도 괜찮거든요?"

"으음~, 아무리 그래도 그런 짓은 안 할 것 같은데? 선장님에게 이용권을 넘긴 건 보답하는 의미도 있었지만, 그렌제 사람들에게 일을 주려는 이유도 있었으니까."

그렌제 항구 쪽은 솔직히 별로 순조롭지 못하다.

악덕 상인이 대량으로 처분당한 영향으로 인해 '우리도 뭔가 이유를 대면서 처벌하지 않을까'라고 겁을 먹은 사람들이 많아서 신규 사업 제안이 정체되어 있는데다, 제안이 들어와도 문제가 없는 상회인지 확인하는 데 시간이 오래 걸려서 입항하는 배가 거의 늘지 않았던 것이다.

그런 와중에 허드슨 상회의 배는 정기적으로 입항해서 일 거리를 만들고 있다.

피드 상회와 거래를 하고 있기도 하고, 갑자기 권리를 회수해버리면 악영향이 큰 데다 권력자의 입장으로서도 한번 인정한 것을 쉽사리 취소하는 건 문제가 있을 것이다.

"으음~, 그런가요? 영주로서 내린 판단이라면 제가 뭐라고 따질 수는 없겠네요. 그래도! 허드슨 상회가 저를 구실로 내세워서 뭔가 요구하더라도 딱 잘라 거절해버리세요!"

"응, 알겠어. 평범하게 대응할게."

나는 콧김을 거세게 내뿜고 있는 미스티에게 미소를 지은 다음, 구겨진 편지를 살며시 주머니에 집어넣었다.

◇ ◇ ◇

피드 상회가 자재를 가져다 주자, 대중목욕탕 건설이 본격적으로 시작되었다.

자금은 마을 사람들이 기부한 돈과 도로 정비비 일부.

노동자들도 목욕탕을 이용한다는 이유로 끌어들였다.

거기에, 나도 내가 보유한 자금 중에서 디랄 씨가 갖고 있는 여관 건축비용을 내놓았다.

총지휘는 게베르크 씨가 맡았고, 보조로 도시에서 돌아온 그의 손자 두 명———이라고 해도 게베르크 씨의 나이가 꽤 많기 때문에 손자도 나보다 꽤 연상이지만.

예전에 게베르크 씨는 '끈기가 있는 녀석이 없다'면서 제자를 받지 않는다고 했는데, 정말로 제자로 들어오고 싶다고 한 두 사람을 거절했던 모양이다.

'요크 마을에 와봤자 미래가 없다. 도시에서 지반을 다지는 게 장래를 생각하면 더 낫다'라면서.

하지만 요크 마을은 예전과는 달라졌다. 지금은 채집자용 임대 건물의 건축이 활발하게 이루어지고 있고, 안드레 씨 일행처럼 자기 집을 지으려는 사람도 생기고 있다.

게베르크 씨도 '이 정도면'이라고 생각하며 최근에 그 두 사람을 불러들인 모양이었다.

그리고 돈을 낼 여유가 없는 마을 사람들이나 채집자들 중 지원자가 힘을 쓰는 일로 보조해주었다.

우려했던 욕조는 손자 중 한 명이 관을 만드는 전문가였기에 해결되었다.

남은 문제는 대중목욕탕에 필요한 아티팩트뿐이다.

"그렇게 되었으니까, 미스티. 급탕기를 부탁할게. 소재는 준비해두었어."

필요한 건 화염석. 대중목욕탕 정도면 효율을 중시해야 한다.

같은 급탕기라 하더라도 주전자나 우리 집 목욕탕처럼 물을 조금만 끓여도 되는 경우에는 필수가 아니지만, 요크 마을이라면 비교적 근처에서 얻을 수 있으니 써먹어야 할 것이다.

──그렇게 설명을 해주자 미스티가 당황한 듯이 나를 보았다.

"네에……? 아니, 선배는요? 선배는 안 만드시나요?"

"나는 만들어본 적이 있거든. 미스티도 경험을 쌓고 싶지? 연금술 대사전을 읽기 위해서."

쓰지도 않고 팔리지도 않을 아티팩트를 만들게 해줄 여유는 없지만, 이번은 그렇지 않다.

이미 설치할 곳은 정해져 있고, 비용 부담도 일부만 해도 되니까 만들지 않을 이유가 없다.

"그래도 저는 아직 레벨이 2인데요. 3권에 나와 있는 급탕기 레시피는 못 읽거든요? 게다가 처음부터 대중목욕탕에 쓸 물건을요? 보통은 물을 끓이는 주전자부터 시작하지 않나요?"

"괜찮아, 레시피는 따로 적어두었어. 그리고 크기가 좀 큰 것뿐이지, 코어 부분의 난이도는 별 차이가 없거든. 오히려 철공 부분이 힘들지도 모르겠는데?"

아티팩트에는 연금솥으로 연성하는 부분과 그 이외의 부분이 있다.

예를 들어 냉장고라면, 목제 상자가 그 이외의 부분이고,

그건 다른 기술자에게 맡기는 사람도 있다.

하지만 나는 특별한 사정(마을의 경제를 활성화하고 싶다거나)이 없는 한 내가 직접 만들고, 제자에게도 직접 만들게 하는 스타일―――로 나갈 생각이다. 나도 그렇게 배웠으니까.

"뭐든지 경험이야. 해보는 게 중요하거든?"

"그렇군요……. 역시 사라사 선배는 오필리아 님의 제자네요."

"그래? 그렇게 말해주니 기쁘네. 아, 공기청정기하고 정수기, 이것도 둘 중 하나만 만들면 되는 것 같으니까 한쪽은 미스티에게 맡길게. 난 좋은 스승님을 목표로 삼고 있거든."

"의미가 미묘하게 다른 것 같은데―――, 아니, 그거, 레벨 5 아티팩트잖아요?!"

"괜찮아, 괜찮아. 확실하게 가르쳐줄 테니까. 그러니까 급탕기는 혼자서 열심히 해봐!"

내가 어깨를 툭툭 두드리자, 미스티가 조금 불안한 듯이 내 눈을 보았다.

"저기, 지도는 안 해주시나요?"

"소재가 여유로우니까 문제없어. 나는 아이리스네랑 바다에 다녀올게."

"그런 건 이유가 안 되잖아요! 선배는 제자를 내버려 두고 신혼여행 가시는 건가요?! 덥긴 하지만!"

"안타깝게도 제자는 부려먹히는 운명이거든? ———뭐, 그건 농담이고. 목적은 공기청정기에 필요한 소재를 얻는 거야. 사도 되긴 하지만, 가능하면 품질이 좋은 걸 쓰고 싶으니까."

정화에 필요한 아스테로어의 처리는 까다롭다.

채집자는 일단 불가능하고, 가게로 가지고 오더라도 신선도가 떨어지면 효과가 약해진다.

뛰어난 정화능력을 추구하려면 직접 채집하러 가는 게 제일 좋단 말이지.

"음~, 그런 이유라면 반대할 수도 없겠네요. 알겠어요. 가게는 로레아랑 둘이서 볼게요. 선배는 열심히 소재를 모아다 주세요———. 최대한 많이요."

"알겠어. 몇 번 실패하더라도 괜찮을 만큼 열심히 채집해 올게!"

나는 어쩔 수 없다는 듯이 고개를 끄덕인 미스티에게 자신 있게 말했다.

"여름이다! 바다다! 해수욕이다!"

맑은 하늘 아래, 수영복으로 갈아입은 나는 푸른 바다를 보며 넓은 모래사장에 서서 크게 심호흡을 했다.

강한 바다 향기가 코에 들어와서 자칫하면 숨이 막힐 것 같지만, 오히려 그게 마음이 편했다.

요즘은 은근히 땀냄새가 풍기는 마을에서 온 나로서는 더 더욱!

그리고 내 옆에는 마찬가지로 수영복을 입은 아이리스와 케이트가 있어서 더욱 화려한 분위기였다.

이곳은 버켈 사작 영지의 어촌, 베이잔 근처에 있는 모래 사장.

아스테로어를 채집하기 위해 온 곳이다.

"기분 좋은 날씨이긴 하지. 그런데 괜찮은 건가? 도적 문제도 해결되지 않았는데."

"아이리스, 사람은 도적 토벌만으로 살아갈 수는 없다고 하잖아요? 그리고 이번에는 소재 채집, 일을 하러 온 거라고요. 도적 토벌 핑계를 대면서 원래 일을 소홀히 할 수는 없죠."

"그러게. 열심히 도로의 안전을 유지하고 있는데 일에 지장이 생기면 주객전도지."

"네. 이번에는 다른 목적도 있고……, 디아나 씨 같은 사람들은 뜻밖이었지만요."

뒤쪽 모래사장을 돌아보니 그곳에는 덮개 밑에서 느긋하게 지내고 있는 디아나 씨, 그리고 카테리나가 보였다. 우리가 돌아본 것을 눈치채고 미소를 지으며 손을 흔들고 있다.

아이리스와 케이트보다는 얌전한 수영복이긴 하지만, 아직 젊은 두 사람의 요염한 모습은 아이리스와 케이트 이상이다. 당연히도 나와는 비교도 되지 않고, 정말 눈이 호강하는 것 같다. 흥!

"어머님은 말이지……. 아버님이 계셔서 눈에 띄지 않지만, 사실 꽤 활동적이시거든."

"나도 말리긴 했는데, '내가 있는 게 더 습격당하기 쉽다'라고 하셔서……."

그렇다, 우리가 지닌 또 하나의 목적은 도적들을 끌어들이는 것.

지금 로체 가문의 군대는 로호하르트 각지를 오랫동안에 걸쳐서 돌아다니고 있다. 다시 말해 도적들이 보기에는 동료들을 해치우고 일을 방해하는 자들이 돌아다니는 상황이다.

그런 와중에 로체 가문의 여자들이 호위도 없이 몇 명 모여있다.

일발역전의 기회를 노리는 자들이 생기더라도 결코 이상할 게 없을 것이다.

혹시나 내 소문 정도는 들었을지도 모르겠지만, 그런 사람들은 자신들에게 형편좋은 생각만 하는 법이다. 잘만 납치할 수 있다면 억지스러운 요구도 할 수 있다, 나라면 그럴 수 있다, 그런 안이한 생각을 하며 행동에 나서는 경우도 충분히 있을 수 있다───, 그렇겠지?

뭐, 주요 목적은 소재 채집이고 미끼는 성공하면 좋은 거다. 그 정도 느낌이다.

"사실 리아하고 레아도 오고 싶어했는데, 어머님께서 말리셨지."

"다, 당연하죠! 그 두 사람이 다치기라도 하면 어떻게 할 건데요!! 확실하게 안전해지면 데리고 올 테니까, 그렇게 전해주세요."

"그건 상관이 없다만……, 사라사는 그 두 사람을 과보호하는군? 약간 질투가 나는데?"

"소중한 여동생이니까요. 아이리스는 오히려 저를 지켜주는 쪽이잖아요?"

"으음! 사라사에게 받은 이 검에 걸고———, 어이쿠, 지금은 가지고 있지 않지만."

내가 아이리스를 올려다보자 그녀가 고개를 크게 끄덕이고는 허리춤에 손을 가져다 댔다. 하지만 그 손은 허공을 갈랐다.

아이리스가 약간 쑥스러운 듯이 웃었고, 그 모습을 본 케이트가 어깨를 으쓱였다.

"미묘하게 허당이구나, 아이리스."

"어쩔 수 없잖아?! 소중한 검을 바닷가에 가지고 올 수 있겠나!"

"애초에 수영복 차림이니까, 우리. 일단 작살은 가지고 왔지만."

그리고 싸구려 검과 활은 디아나 씨 일행이 있는 덮개 밑에 놓아두었다.

도적이 오면 기본적으로는 마법으로 대처할 생각이니 아

마 문제가 없을 것이다.

"그래도 우선은 올지 안 올지 모르는 도적보다 확실하게 얻을 수 있는 소재를 챙겨야죠. 그걸 잊으면 로레아에게 혼날 거라고요. 찾아야 할 건 바닷속에 있는 이런 형태의 생물이에요."

나는 그렇게 말하며 모래사장에 아스테로어의 그림을 그렸다.

매우 단순하지만 매우 특이한 그 그림을 보고 아이리스가 눈살을 찌푸렸다.

"……사라사, 아스테로어가 혹시 불가사리의 일종인가?"

"어라? 아이리스, 불가사리를 아시나요? 바다하고는 인연이 없는 줄 알았는데."

숲의 생물이나 식물이라면 채집자로서 조사했더라도 이상할 게 없지만…….

"으음. 어렸을 때 읽은 책에는 하늘에 떠 있던 별이 바다에———, 으음! 실물은 본 적이 없지만, 형태는 알고 있지! 그런 특징이 있다면 금방 찾아낼 수 있겠어."

왠지 메르헨틱한 말을 들은 것 같은데……, 그냥 넘어가 주는 게 도리일지도 모르겠네.

아이리스의 볼이 약간 빨갛게 물들었고, 눈을 피하고 있으니까———, 그렇게 생각하고 있자니.

"어머, 잘됐네요, 아이리스. 어렸을 적 꿈을 이룰 수 있겠어요."

목소리를 듣고 돌아보니 거기에는 즐거운 듯이 방긋방긋 웃고 있는 디아나 씨가 있었다.

아이리스의 결혼 이야기를 하면서 만났을 때와 비교해서 분위기가 부드러운 건 이런저런 것들이 정리되고 영주의 책임과 업무도 어느 정도는 내게 넘어와서 무거운 짐을 내려놓았기 때문인가?

"어, 어머님?! 무, 무슨――."

"어머, 벌써 잊어버렸나요? 그림책을 읽고, '바다로 별님을 주우러 갈래~!'라고――."

"어머님! 쓰, 쓸데 없는 말씀은 하지 말아주세요!"

얼굴이 새빨개진 아이리스가 디아나 씨의 입을 막으려고 달려들었지만――.

"어설프네요! 에잇."

슬쩍 피한 디아나 씨가 아이리스의 다리를 후렸고, 비틀거리던 아이리스의 등을 밀었다.

"으앗, 어, 모, 모래가――! 어푸!"

땅바닥은 익숙하지 않은 모래. 발을 잘못 디딘 아이리스가 버둥거리다가 파도치는 물가로 다가갔다.

그리고 크게 균형을 잃고는 '첨버엉~!' 물거품을 튀기며 바다로 쓰러졌다.

와, 몸놀림이 꽤 대단한데. '꽤 활동적'이라는 게 거짓말은 아닌 모양이다.

"아이리스, 부부 사이에 비밀을 두지 않는 게 원만한 부부

관계의 비결이랍니다?"

"콜록, 그런 문제가, 콜록! 아닙니다! 제 위엄이…….."

디아나 씨가 손가락을 척, 펴들면서 타이르는 듯이 말했지만, 곧바로 일어선 아이리스가 기침하면서도 따지자, 디아나 씨가 어이가 없다는 듯이 한숨을 쉬었다.

"위엄 같은 걸 지니고 있는 타입이 아니잖요? 당신은 척 보기에 착실한 것 같으면서도 약간 멍한 구석이 있는 게 귀여우니까요. 그렇죠? 사라사 양?"

"음~, 제 입으로는 뭐라고 말씀드리기 힘들죠. 그래도, 아이리스는 있는 그대로도 좋다고 생각하는데요?"

내가 애매한 미소를 짓자 디아나 씨도 미소를 지으며 아이리스의 머리를 쓰다듬었다.

"잘 됐네요, 아이리스. 사라사 양이 좋은 사람이라."

"으~~~!"

약간 어린애처럼 볼을 부풀린 아이리스를 보고 디아나 씨가 다시 한번 웃고는 내 쪽을 돌아보며 입을 열었다.

"사라사 양, 아스테로어는 저도 채집할 수 있나요? 모처럼 왔으니 함께 해보고 싶어요."

"네? 해보시려고요? 직접 닿지만 않으면 괜찮긴 한데요…….."

아스테로어는 사실 독이 있기 때문에 좀 위험하다. 죽을 만한 독은 아니지만.

눈치를 살피는 듯이 아이리스를 보자 그녀가 포기한 듯이 어깨를 으쓱였다.

"하게 해드려. 어머님께서는 내가 태어난 이후로 영지 밖으로 나오실 기회가 별로 없으셨거든."

"알겠어요. 다행히 유연 글러브도 여유롭게 가지고 왔거든요. 반드시 껴주셔야 해요?"

"감사합니다. 카테리나, 당신도 같이 할 거죠?"

기쁜 듯이 웃은 디아나 씨가 그렇게 말을 걸자, 조금 떨어진 곳에서 앉은 채 방긋방긋 웃으며 이쪽을 보고 있던 카테리나 씨가 놀란 듯이 눈을 동그랗게 떴다.

"어, 저도요? 저는 호위도 겸하고 있으니까……."

"이렇게 탁 트인 모래사장이니 수상쩍은 사람이 나타나면 금방 눈치챌 수 있을 거예요. 너무 경계를 심하게 하다가는 도적들을 끌어들인다는 목적도 달성할 수가 없을 텐데요?"

"……그렇군요. 사라사 님께서 계시니 걱정할 필요도 없겠어요."

책임이 막중하다. 나는 마음을 다잡으며 일어서서 다가온 카테리나까지 포함해서 모두에게 유연 글러브와 소재를 담을 그물을 나눠주고는 아스테로어에 대한 설명을 다시 시작했다.

"생김새는 이 그림처럼 생겼고, 색깔은 푸른색이나 보라색. 더욱 선명한 푸른색에 가까운 쪽이 품질이 좋은 소재예요. 독이 있으니까 장갑을 낀 손 말고 팔이나 다리에 닿지 않게끔 주의하세요. 움직임은 느리고, 바닷속 밑바닥의 바위 같은 곳에 달라붙어 있을 거예요."

"알겠습니다. 그럼, 카테리나, 가요! 아이리스, 경쟁이에요!"

들뜬 듯한 발걸음으로 바다에 들어가는 두 어머니와 그 모습을 바라보고 있는 두 딸.

나는 쓴웃음을 지으며 약간 표현하기 곤란한 표정을 짓고 있던 아이리스와 케이트의 등을 살짝 밀었다.

"우리도 갈까요. 아이리스, 케이트."

"……그러게. 아무리 그래도 채집자의 영역에서 어머니에게 패배하는 건 굴욕이니까."

"이번에 채집자로서 쌓은 경험을 살릴 수 있을지는 잘 모르겠지만, 나도 그렇게 생각한다. 가자!"

약간 차가운 바닷물도 여름 햇살로 인해 달아오른 피부에는 기분 좋게 느껴졌다.

천천히 발이 닿지 않는 곳까지 나아가서 조용히 헤엄을 치기 시작하자, 아이리스와 케이트도 뒤에서 따라왔다. 디아나 씨와 카테리나 씨를 살펴보니 그 두 사람도 헤엄을 잘 치는 모양인지, 위태로워 보이지는 않았다.

"다들 문제없이 헤엄을 잘 치시네요."

"우리 영지에는 바다가 없지만, 강은 있으니까. 그리고 어머님 세대는 젊었을 때 다양한 곳에 많이 다니셨던 모양이야. 바다에 온 것도 이번이 처음은 아니실걸?"

"이런저런 무용담도 들었으니까……. 우리가 채집자가

된 원인 중 절반 이상은 그런 이야기를 들으며 자랐기 때문이고."

왠지 먼 산을 바라보던 케이트가 곧바로 마음을 다잡고 바닷속을 돌아보았다.

"그럼, 바로 찾아볼까요. 어머님들 쪽은 이미 잠수하신 모양이니."

"으음! 어머님들께 질 순 없지! 스읍, 하아, 스읍……."

크게 숨을 들이마신 아이리스가 첨벙, 물속으로 들어갔고, 케이트와 나도 따라갔다.

아스테로어가 있는 곳은 바닷속 밑바닥. 머리를 아래로 향하고 단숨에 바닥까지 잠수해서 바위를 잡고, 손을 짚으며 걸어가는 식으로 바위 그늘이나 해초 아래쪽 같은 곳을 찾아보았다.

———음~, 간단히 발견하진 못하는 건가? 나름대로 귀중한 연금 소재니까.

그 대신, 맛있을 것 같은 해산물은 많다. 물론 그것들도 회수해서 그물에 넣었다.

아, 당연하지만, 이곳을 다스리는 버켈 사작에게 허가를 받았으니 문제는 없다.

저번에 왔을 때도 맛있는 요리로 대접해주었으니 관계는 양호할 것이다———, 아마도.

결코 내 비위를 맞추기 위해서 신경 써준 건 아닐, 테고?

숨을 쉬기 위해 몇 번 올라가서 주위 상황을 살펴보았지만, 찾아낸 사람은 아직 없는 것 같았다.

참고로 마법을 쓰면 숨을 쉬기 위해 올라올 필요는 없지만……, 그러면 너무 멋이 없잖아?

그리고 다섯 번째 잠수했을 때———, 아, 발견. 바위 그늘 밖으로 빠져나와 있는 선명한 푸른색.

다가가보니 역시 아스테로어였다.

크기는 손바닥 정도로 일반적이지만, 색깔은 좋은 편이다.

다른 사람들에게 주의를 준 체면이 있으니 잘못하다가 이상한 곳에 닿지 않게끔 신중하게 그물 안에 넣었다.

그리고 바다 위로 고개를 내밀자 마찬가지로 올라온 아이리스와 눈이 마주쳤다.

"오, 사라사, 나는 벌써 두 마리나 잡았다만? 어때!"

그녀가 미소를 지으며 들어올린 그물 안에는 불가사리가 두 마리 들어 있었다.

양쪽 다 내가 잡은 것보다 크긴 하지만…….

"아쉽네요. 한쪽은 아스테로어가 아니에요. 색이 푸른색보다는 녹색 같죠?"

"뭐라고? ……그러고 보니. 에잇, 헷갈리잖아! 이 녀석!"

눈썹을 찡그리며 불가사리를 빤히 바라보던 아이리스는 그것을 꺼내서 휙, 던졌다.

"그래도 하나는 확보했군. 사라사는……, 오오, 정말 예쁜 색인데!"

"네. 꽤 좋은 소재가 될 것 같아요. 목표에는 전혀 못 미치지만요."

이것만으로는 대중목욕탕의 정수기는커녕, 가게의 공기 청정기도 만들지 못한다.

"그렇군. 하지만 이 페이스로 발견하다 보면 며칠 정도만 에———."

아이리스가 그렇게 말하던 와중에 케이트의 머리가 수면 밖으로 튀어나왔다.

"———푸핫! 사라사, 월척을 잡았어!"

그물 안에 넣을 수가 없었는지, 케이트가 들어올린 손에는 양쪽 손바닥을 힘껏 펼친 것보다 더 큰 아스테로어가 있었다. 매우 두꺼웠고, 내가 잡은 것보다는 덜하지만 색도 푸른색에 가까웠다.

"후후홋, 이 정도면 마마보다———."

"아니, 케이트, 그렇진 않은 것 같은데?"

케이트가 기쁜 듯이 웃었지만, 아이리스가 슬쩍 웃으며 모래사장 쪽을 손가락으로 가리켰다.

그쪽을 돌아보니 협력해서 아스테로어를 옮기고 있는 디아나 씨와 카테리나가 보였다.

둘이서 옮겨야 할 정도이기에 당연히 그 크기가 꽤 컸고, 거의 한아름 정도였다.

색도 척 보기에 선명한 푸른색인 걸 보니 품질은 굳이 말할 필요도 없을 것이다.

"……어? 저게 뭐야? 저런 것도, 있어?"

"저도 처음 봤어요. 일반적으로는 케이트가 잡은 게 가장 큰 크기일 텐데……."

"적어도 두 배는 더 크겠어, 저거. 뭐라고 해야 하나……, 역시 어머님들이야."

"큭! 아이리스! 질 순 없잖아!! 사라사, 이것 좀 부탁할게!"

케이트는 내게 아스테로어를 떠넘기고 다시 바다로 잠수했다.

"사라사, 미안하다. 케이트만 보내는 건 걱정이 되니까. 나도 다녀오마."

"아, 네. 무리하진 마세요. 바다에서는 방심하면 위험하니까요."

고개를 끄덕이고 잠수한 아이리스를 보낸 다음, 나는 소재를 가져다 두러 모래사장으로 향했다.

디아나 씨와 카테리나는 이미 다시 바다로 돌아갔는데, 모래사장에 두고 간 통에는 커다란 아스테로어가 덩그러니 들어 있었다. 아슬아슬하게 들어가긴 했는데, 정말로 아슬아슬하다. 여기에 우리가 잡아온 걸 넣으면 분명히 삐져나올 것이다.

"……먼저 처리할 수밖에 없겠는데? 승부라면 내가 빠지는 것도 딱 좋을 테고."

나는 소형 연금솥을 꺼내 아스테로어를 처리하기 시작했다.

자르고, 연금솥에 넣고, 마력을 주입하고. 매우 좋은 서식

지였는지, 내가 작업하는 동안에도 아스테로어를 추가로 가져다 주었다. 그리고 저녁이 다가와———.

"오늘 승부, 디아나 씨와 카테리나 페어의 승리입니다!"

내가 그렇게 선언하자 아이리스와 케이트가 어깨를 늘어뜨렸고, 디아나 씨와 카테리나가 둘이서 손을 맞잡고는 기뻐하며 소리쳤다.

""해냈어(요)!""

"큭, 졌다…….""

"숫자로는 이겼는데……. 마마, 운이 너무 좋아."

실제로 숫자로 따지면 아이리스와 케이트가 더 많이 잡았지만, 안타깝게도 가치를 따지면 대폭 뒤처지는 결과였다.

역시 처음에 잡았던 거대 아스테로어의 존재가 컸다.

그 이후로는 평범한 크기였던 걸 보니 케이트가 말한 대로 운이 좋았던 모양이다.

"그래도 먹을 수 있는 해산물 쪽은 아이리스와 케이트의 승리인데요? 용케도 알고 있었네요?"

아이리스와 케이트가 모아온 것들 중에는 척 보기에 먹을 수 있을 것 같지 않은 것들도 많았다.

나는 당연히 알고 있었지만, 그 두 사람이 알고 있었고, 제대로 잡아 왔다는 게 뜻밖이었다.

"으음. 사실 바다에 가기로 결정된 뒤에 미스티에게 이것저것 물어보았지!"

"보기에는 미묘하더라도 맛있는 게 많다고 가르쳐줘

서……. 아스테로어를 찾아다니다가 한눈을 팔았다는 건 부정할 수 없겠네."

케이트가 쓴웃음을 짓자 디아나 씨와 카테리나가 통 안을 들여다보며 고개를 끄덕였다.

"이것저것 잡아오긴 했네요. 희귀한 것들도 있고요."

"케이트, 큰 공을 세웠네요. 이거, 맛있거든요."

"그러면 오늘 저녁에는 이걸 먹을까요. 모처럼 신선한 해산물을 잡았으니까요."

내가 그렇게 제안하자 네 사람 모두가 동시에 고개를 끄덕였고———.

그날 이후로는 아스테로어 말고도 새우, 게를 잡거나, 물고기를 낚거나, 그것들을 구워서 맛보거나. 일을 하면서 바다를 만끽하던 나흘째.

드디어 우리는 목표였던 것을 낚아올렸다.

"———앗! '에어 월(풍벽)'!!"

갑자기 날아온 화살을 내 마법이 튕겨냈다.

그리고 화살과 동시에 검을 들어올리며 뛰어오는 불량배들이 열 명 정도.

그에 비해 우리는 오늘도 무방비한 수영복 차림이었다.

보통은 위험했을 상황이다. 하지만…….

"어머~, 손님이 오셨군요. 사라사 님, 도와드릴 필요가 있을까요?"

"필요 없어요. 모처럼 이런 곳을 선택했으니까요. ——'퀵 샌드(유사)'!"

우리가 있는 곳까지 스무 걸음 정도 거리. 그들이 그곳에 도달한 순간, 마법을 발동시켰다.

모래사장의 모래가 소용돌이치며 남자들을 발치부터 집어삼키기 시작했다.

"앗!" "이게 뭐야!" "사, 살려줘!" "숨이, 크헉———."

남자들은 곧바로 도망치려고 발버둥쳤지만, 그 정도로 도망칠 수 있을 만큼 어설프진 않다.

그냥 메마른 모래조차 발이 빠진다. 거기에 마법이 더해지면 어떻게 될지는 굳이 말할 필요도 없었고, 남자들은 불과 몇 초만에 모래에 파묻혀서 옴짝달싹하지도 못하게 되었다.

"음……, 설명을 듣긴 했는데, 상상 이상이군. 역시 사라 사야."

"그러게. 샐러맨더에게 날렸던 마법을 봤으니 뜻밖인 건 아니지만……, 대단하네."

"무력화시킬 때는 편리하죠? 보신 대로 써먹을 수 있는 곳이 한정적인 마법이지만요."

이곳이 모래사장이 아니었다면 죽이지 않고 사로잡는 데 애를 좀 먹었을 것이다.

하지만 그중 일부는 머리까지 파묻혔으니 심문할 수 있는 건 절반 정도뿐일 것 같은데……?

"전부 연행하는 건———, 어머, 한 명이 도망치네요. ———에잇!"

마법의 설정 범위가 제대로 잡히지 않았는지, 제일 뒤쪽에서 활을 들고 있던 남자 한 명이 모래에서 기어나왔다.

하지만 내가 뭔가 하기도 전에 디아나 씨가 움직였다.

모래사장에 흘러와 굴러다니고 있던 나무를 재빠르게 집어서 던진 것이다. 가벼운 목소리와는 달리 날아간 그 나무는 콰직, 남자의 뒤통수에 격돌했다. 그리고 의식을———, 아니, 아마 목숨을 빼앗은 것 같다.

와아. 역시 아델버트 씨의 부인, 그리고 아이리스의 어머니구나.

디아나 씨는 그런 일을 해냈는데도 불구하고 마치 아무 일도 없었다는 듯이 말을 이었다.

"연행하는 건 힘들 테니, 이 정도면 충분하겠죠."

"앗! 서, 설마, 함정이었나?! 호위가 없던 것도———!"

당황한 듯이 소리친 그 리더 같은 남자에게 나는 당연하다는 듯이 고개를 끄덕였다.

"그런데요? 와 주셔서 다행이에요. 일부러 로체 가문의 군대를 멀리 보내면서까지 기다리고 있었으니까요. 오늘 오지 않는다면 포기할까 생각했는데요."

실제로 아델버트 씨는 우리가 다섯 명만 가는 것에 대해 난색을 표했다.

하지만 디아나 씨가 일갈하자 어쩔 수 없이 받아들였고,

지금은 요크 마을 근처를 순찰 중이다.

"너희는 쓸데없이 조심성이 강하니까. 어떠냐, 맛있을 것 같은 먹잇감으로 보였겠지?"

"까불지 마!" "쳐죽여주마!" "그쪽은 별로인데."

뽐내는 듯이 내려다보는 아이리스를 모래속에 파묻힌 남자들이 매도했다.

"응? 나의 사라사에게 실례되는 말을 하지 마라!"

아이리스가 '별로인데'라고 말한 남자에게 발로 모래를 끼얹었다——, 그런데.

"잠깐만요, 아이리스. 방금 '누가 별로인지'는 확실하게 말하지 않았잖아요?"

"음……? 어이쿠, 더 이상 지저분한 말을 들을 가치는 없겠지. 묶어버리자."

내가 지적하자 그렇게 둘러댄 아이리스는 은근슬쩍 아까 그런 말을 한 남자의 머리를 모래사장에 찍어누르고 입을 막은 다음, 케이트가 자연스럽게 건네준 밧줄로 재갈을 물려버렸다. 으음.

"아이리스 님, 이럴 때는 눈도 가리고, 목에 밧줄을 걸어서 질식하지 않을 만큼만 아슬아슬하게 조르는 게 요령이에요. 밧줄을 꽉 잡아당기기만 해도 조용해지니까요."

"그렇군, 한 가지 배웠어. 역시 카테리나야."

카테리나가 아이리스에게 지도를 해주며 솜씨 좋게 밧줄을 걸었다.

도적들은 약간 괴로워하는 것 같았지만, 어차피 도적이다. 동정할 여지는 없다.

"팔다리를 묶어야만 하는데……, 사라사 님, 마법으로 모래 밖으로 끄집어낼 수 있나요? 그게 힘들면 이 밧줄로 끄집어낼 건데요."

———아니, 카테리나, 그 밧줄, 도적의 목에 묶었잖아?

끄집어내면 어떻게 될지는 뻔했기에, 도적들의 얼굴에서 핏기가 가셨다.

"문제없어요. 한 명씩 모래 밖으로 꺼낼게요."

불쌍하다는 생각이 들진 않지만, 아직 죽으면 곤란하다.

아이리스가 검을 들이대고, 내가 마법으로 끄집어내고, 케이트와 카테리나가 밧줄로 묶었다.

그렇게 역할을 분담해서 묶어둔 도적의 숫자는 다섯 명, 묶을 필요가 없었던 건 아홉 명.

말을 하지 못하게 된 그 녀석들과 검, 활 같은 무기. 그런 것들을 예쁜 모래사장에 묻어둘 순 없었기에 전부 끄집어낸 다음, 일단 한쪽에 쌓아두었다.

"휴우……, 대충 끝났네요. 정말, 와주셔서 다행이에요."

내가 손을 탁탁 털며 한숨을 쉬자 아이리스도 마찬가지로 쓴웃음을 지으며 숨을 내쉬었다.

"그렇지. 더 이상 버티는 건 좀. 체력도 그렇고, 체면도 그렇고……."

신이 나서 아스테로어를 찾아다녔던 건 첫날뿐이었다. 이

틀째 이후로는 적당히.

하지만 다른 사람들이 보기에는 날마다 놀기만 하는 것 같았을 테고. 버켈 사작에게는 함정 이야기를 하지 않았기에 성과도 내지 못하고 돌아가는 건 피하고 싶었다.

"이제 이걸 처분해야 할 텐데……, 먼저 옷을 갈아입을까요."

"그러게요. 사라사 양이 준비해준 선크림 덕분에 피부가 따갑진 않지만, 이 나이가 되면 햇살과 바닷바람을 계속 쐬는 건 피곤해요."

전혀 그렇게 보이지 않지만, 피곤한 건 나도 마찬가지다.

마법으로 모두의 몸을 씻고, 플로팅 텐트를 설치한 다음, 차례대로 옷을 갈아입었다.

그리고 내가 마지막으로 텐트 밖으로 나가자 마침 디아나 씨와 다른 사람들이 도적들의 시체를 질질 끌고 모래사장 밖으로 옮기고 있었다.

좀 전에도 든 생각인데, 전혀 동요하는 낌새가 없다.

귀족 여자라면 시체를 보고 얼굴이 새파랗게 질리거나 소동을 피울 줄 알았는데———, 어라?

내가 아는 사람들은 아무도 시체 정도로 소동을 피울 것 같지 않은데?

프리시아 선배, 라시 선배, 마리스 씨, 그리고 덤으로 아이리스까지. 제일 그럴 것 같은 마리스 씨조차 불량배에게 습격당하면 비명을 지르면서도 쳐죽여버릴 타입일 것이다.

시체를 보고 동요하는 귀족 여자는 그냥 지어낸 이야기인 가……?

"사라사 님? 저기, 사라사 님! 번거로우시겠지만, 마법으로 구멍을 파주시겠어요?"

"———네? 아, 네, 그러게요. 알겠어요."

카테리나가 그렇게 말을 걸자 생각에 잠겨있던 나는 시키는대로 구멍을 팠다.

그리고 내가 깨달을 뻔했던 새로운 진실은 도적들의 시체와 함께 어둠속으로 묻히게 되었다.

◇ ◇ ◇

도적들의 거점을 알아냈다.

그런 보고가 내게 들어온 것은 도적들을 넘기고 나서 이틀이 지난 뒤였다.

참고로 이곳은 사우스 스트러그 영주의 저택, 보고를 하러 온 사람은 크렌시다.

———그렇다, 사실 나는 요크 마을로 돌아가지 못하고 있었다.

모처럼 소재를 가지고 왔으니 얼른 돌아가서 공기청정기를 만들고 싶었지만, 크렌시가 '판단해주셨으면 하는 안건이 많이 쌓여 있습니다. 근처까지 오신 이번 기회에 꼭 좀 처리해 주십시오!'라며 마치 호객행위처럼 나를 좀 억지스럽게 붙들고 있었던 것이다.

그런 나와 함께 아이리스와 케이트, 그리고 두 어머니도 머무르고 있다.

일손이 부족해서 대접은 전혀 받지 못하고 요리조차 스스로 해먹고 있는 상태지만, 호화로운 저택은 구경하고 다니기만 해도 재미있는지 의외로 즐겁게 지내고 있다.

다음에는 리아하고 레아도 데리고 올까? 내가 전권 대리를 맡고 있는 동안에.

그리고 디아나 씨는 요리 실력도 뛰어나서, 지금도 모두 함께 집무실에 모여 그녀가 끓여준 차와 그녀가 만들어준 과자를 먹고 있던 참이다.

"그런가요. 크렌시, 그 밖에 알아낸 건요?"

"사라사 님께서 붙잡으신 도적들은 이 도시의 범죄 조직이 주체가 되어 이룬 집단이었습니다. 다른 두 집단과는 교류가 없었고, 거점의 위치도 모르는 것 같습니다."

"그건 아쉽지만, 한 군데는 정리가 될 것 같네요. 그럼 곧바로 박살 내러———."

"아뇨, 토벌 쪽은 아델버트 님 일행에게 부탁드리겠습니다. 오늘 안으로는 도착하실 거라고 연락이 왔으니까요. 사라사 님께서는 당신만이 하실 수 있는 일을 계속 해주십시오."

의욕을 뺏겨버렸다. 도적 퇴치야말로 나의 진수———라고 하긴 좀 그런가?

'발견하면 확실하게 제거할 것'이 우리 가훈이긴 하지만.

그래도, 지금 하고 있는 일보다는 잘할 수 있다는 건 틀림 없다고!

"……이거, 진짜로 제가 할 필요가 있나요? 저는 도적 대 책 담당이었을 텐데요."

도적의 악영향을 어떻게 완화시킬까, 그런 내용은 그나마 이해가 된다.

도로 정비 관련 서류도 내가 요청한 거니까 열심히 해야 할 것이다.

로호하르트 각지의 도시, 마을의 개발 쪽도……, 아슬아 슬하게 허용 범위?

하지만, 로호하르트의 장래 행동 계획까지 생각하라는 건 정말 아닌 것 같은데!

내가 그렇게 주장했지만, 안타깝게도 내부에 배신자가 있 었던 모양이다.

"하지만, 나중에는 사라사도 영주가 될 테니까. 이번 기 회에 배워두는 게 낫지 않을까?"

"그러게. 좀처럼 경험하기 힘든 일이니까. 도적은 우리에 게 맡겨."

"아니, 둘 다 부인이나 첩이라고 할 거면 지금은 도와줘야 할 상황 아니에요?!"

"으음, 그래서 내가 할 수 있는 일을 하려고━━━."

내가 따지자 아이리스가 당당하게 선언하려 했지

만———.

"어머? 아이리스하고 케이트까지 올 필요는 없는데요? 특히 아이리스, 당신은 좀 더 사라사 양의 일을 도우세요. 계속 채집자로 활동할 건 아니잖아요?"

"케이트도 마찬가지예요. 당신은 나중에 보좌를 맡게 될 테니까요."

다른 사람을 저주하면 무덤을 두 개 파는 거라고 했나? 어머니에게 꾸중을 들은 두 사람은 동시에 '네'라고 대답하며 고개를 끄덕일 수밖에 없었고, 내 일을 도와주게 되었는데…….

응. 그 마음은 기뻤거든?

하지만, 결과적으로 나는 '신인 교육'이라는 일까지 떠맡게 되어버렸다.

사흘 뒤, 도적의 거점으로 떠난 아델버트 씨 일행이 돌아왔다. 그런데———.

"텅 비어 있었다, 고요?"

"으음. 거점으로 이용하던 흔적이 있긴 했다. 그런데 아무것도 남아있지 않더군."

도적들은커녕, 훔쳐간 물건도 보이지 않았고, 확실히 말해 성과는 전혀 없다.

아델버트 씨와 월터가 보고한 내용은 대충 그런 것이었다.

우리가 도적들을 붙잡아서 토벌하러 나설 때까지 낭비한 시간은 거의 없다.

군이 말하자면 도적을 심문하는 데 이틀이 걸린 게 있긴 하지만, 그렇게 짧은 시간만에 거점을 버리겠다고 결단하고 실행에 옮기다니, 너무나도 신속하다.

"……그 녀석들이 돌아오지 않은 시점에서 곧바로 결심한 건가?"

잠깐 생각하던 아이리스가 그렇게 말하자 아델버트 씨도 동의하듯 고개를 끄덕였다.

"그럴지도 모르겠군. 어쩌면 사라사 공을 습격하는 게 얼마나 위험한 짓인지 알고 있는 적이 있을지도 모르겠어. 실패한 시점에서 파멸할 거라고 생각했을지도 모르겠군."

"그래서 곧바로 도망쳤다는 건가요……? 그렇다면 애초에 습격하지 않으면 되는 거 아니에요?"

"그 도적단은 여러 범죄 조직이 주체가 되어 이룬 집단이야. 한데 뭉친 조직일 리가 없지."

"아, 그리고 보니 그렇네요. 일발역전을 노리며 사라사를 습격한 일파와 그게 파멸을 불러올 거라는 사실을 이해하고 있던 일파가 갈라져서 후자는 결과가 나오기도 전에 거점을 버렸을———, 가능성이 있겠어요."

"습격할 때까지 시간이 오래 걸렸던 원인도 그런 건가? 이해는 된다만———."

"함정이 아무런 의미도 없었다는 거네요. 으음……."

숫자는 확실하게 줄어들었기에 헛수고는 아니겠지만, 결과만 보면 작전은 실패다.

─── 으음, 영지의 도적 퇴치, 생각보다 어려운 일인데?

그냥 물리치기만 하면 되는 상회와는 달리, 영주 대리는 그걸로 끝낼 수가 없다.

피해는 줄어들었고, 피드 상회 덕분에 유통에 큰 문제가 생기지도 않았다.

하지만, 로체 가문에게 이대로 계속 순찰을 맡기는 건 부담이 너무 크다.

어떻게 할까. 내가 그렇게 고민하고 있자니 집무실 안에 문을 노크하는 소리가 울렸다.

"네, 들어오세요. ─── 아니, 어라?"

들어온 사람은 크렌시. 이건 평소와 마찬가지다.

그는 자주 추가 서류를 가지고 오니까───, 전혀 기쁘지 않지만.

그런데 그 뒤를 따라 들어온 사람은 조금 뜻밖의 방문자였다.

"레오노라 씨? 무슨 일이세요?"

항상 신세를 지고 있는 그녀를 오지 못하게 막을 생각은 없지만, 딱히 만날 일정을 잡지 않았기에 조금 놀랐다. 아이리스와 다른 사람들도 몰랐던 모양인지 의아한 듯한 표정을 짓고 있었다.

"안녕, 사라사───, 아, 여러분, 모여 계셨군요."

모여있던 사람들을 보고 그렇게 말한 레오노라 씨에게 월터가 한숨을 쉬며 대답했다.

"마침 귀환한 참이었습니다. 안타깝게도 성과는 없었지만요."

"그럴 줄 알았어. 그런 당신들에게 솔깃할지도 모르는 정보를 가지고 왔지."

레오노라 씨가 한 말을 듣고 월터가 눈썹을 움찔거렸지만, 그녀는 딱히 신경 쓰는 모습을 보이지 않고 나를 보며 약간 장난기 어린 미소를 지었다.

"있지, 사라사. 좋은 정보하고 안 좋은 정보가 있어. 어떤 것부터 듣고 싶니?"

"어……."

정보통인 레오노라 씨가 가지고 온 정보. 정확도가 높기에 듣기 겁난다.

아이리스에게 도움을 요청하며 바라보았지만, 그녀도 당황한 듯이 고개를 저을 뿐이었다.

"……우선 안 좋은 정보부터, 부탁드릴게요."

나는 망설인 끝에 기분 나쁜 걸 먼저 끝내기로 했다.

조금이라도 나은 기분으로 남은 일들을 마무리하고 싶으니까.

"커크 준남작 영지의 정통 후계자를 자칭하는 남자가 나타나서, 호우 바루와 손을 잡았어."

뭐라고 말하기 힘든 정보였다. 우선———.

"호우 바루, 살아있었나 보네요."

"그래, 죽진 않았어. ———바루 상회는 죽었지만."

나와 아이리스가 결혼하게 된 직접적인 원인.

보기에 따라서는 사랑의 전도사———, 아니, 그렇게 포장해줄 순 없지.

쓰레기 같은 꿍꿍이를 박살 낸 뒤에는 내버려 두었는데, 결국에는 상회를 재건하지 못한 모양이다.

"그런데, 레오노라 공, 그게 안 좋은 정보인가? 귀족 가문이 몰락하면 그런 어리석은 자가 나타난다는 건 자주 듣는 이야기인데. 몰락한 상인이 그런 자에게 힘을 빌려준다고 해서 무슨 소용이 있지?"

"그래. 대상인이 힘을 빌려준다면 바보에게도 가치가 생길지도 모르겠지만……. 오히려 호우 바루가 몰락했다는 좋은 정보 아닌가?"

호우 바루 때문에 정말 고생을 많이 했던 아이리스와 케이트.

서로 얼굴을 마주 보며 고개를 끄덕이고 있었지만, 그 말을 부정한 사람은 크렌시였다.

"그렇지만은 않습니다. 그 자칭 후계자———, 이름이 하지오 커크라는 이름입니다만, 커크 준남작 가문의 가계도에 나와있던 사람이었습니다."

"본인인가요? 그냥 자칭한 게 아니라?"

"아뇨, 커크 가문의 일부가 합류했다는 사실도 확인되었습니다. 아마 진짜일 겁니다."

크렌시는 그 하지오라는 사람을 만난 적이 없는 것 같았지만, 커크 일족 중에는 당연히 얼굴을 알고 있는 사람도 있을 테고, 그들이 인정한 이상, 가짜라고 여기긴 힘들 것이다.

하지만 진짜라는 사실에 가치가 있냐 하면…….

"커크 준남작 가문은 몰락했잖나? 이제 와서 그런 주장을 해봤자 무슨 소용이 있다는 거지?"

그들이 짊어진 죄는 국가반역죄다. 그냥 생각하기에 커크 준남작 가문의 부흥은 불가능하다.

아델버트 씨가 그렇게 지적하자 크렌시가 곤란하다는 듯이 나를 보았다.

"그렇긴 합니다만, 이번 몰락은 약간 억지스러웠지요. 사라사 님께는 이런 말씀을 드리기 좀 껄끄럽습니다만, '연금술사라고는 해도 평민을 죽이려고 했던 것 정도인데'라는 의견도 있습니다."

"아~, 그렇군요. 그럴싸한 이야기네요."

커크 준남작 가문이 몰락하게 된 직접적인 원인은 페리크 전하를 죽이려고 했기 때문이지만, 그 계기는 나에 대한 살인 미수다. 연금술사를 보호한다는 국가의 방침이 있긴 하지만, 그것을 마음에 들어하지 않는 귀족들도 있기에 원래 평민이었던 내 입장은 꽤 미묘하다.

죽지 않았으니 문제는 없다고 생각하는 귀족이 있더라도 이상할 게 없고, 그래서 전하도 요크오 커크를 도발해서 결정적인 죄를 저지르게 만들었을 것이다.

물론 그 배경에는 내 스승님이 오필리아 미리스라는 사실과 그 전부터 커크 준남작 가문의 영지 박탈을 노리고 있었다는 의도도 영향을 주었겠지만.

"그러니까, 그 사람들이 하기에 따라서는 커크 준남작 가문을 부흥시킬 수 있다는 건가요?"

"그런 것까지는 생각하지 않겠지만, 로호하르트의 지방관 정도는 노리고 있을 것 같군요."

"사라사의 목숨을 노려놓고, 정말 까불고들 있군! 좋아, 죽이자."

꽤 진심인 말투로 그렇게 말하며 일어서려 한 아이리스를 아델버트 씨가 말렸다.

"뭐, 잠깐 기다려 보거라, 아이리스. 크렌시, 그런 게 가능한 건가?"

"불가능합니다. 그 이유에 따라서는 영지를 박탈당한 전 영주에게 지방관을 맡길 수도 있겠지요. 하지만 이번 같은 상황에서는 있을 수 없는 일입니다. 제가 지방관이 되었기에 착각한 건지도 모르겠습니다만……."

집사 출신인 크렌시가 지방관이 되었으니, 자신들이 더 어울린다는 건가?

"착각한 귀족이 그런 생각을 할 법도 하네요……."

"그런데 어째서 도적에게 가담한 거야? 그게 이해가 안 되는데."

"케이트 님, 그러한 자들에게 정상적인 사고방식을 기대해봤자 소용이 없을 것 같습니다만……, 억지로라도 지방관이 되어버리면 그 이후로는 어떻게든 해결이 될 거라 생각하는 것 아니겠습니까?"

지방관이라면 범죄 행위를 무마하는 것 정도는 간단──할지도 모르겠지만, 지방관을 임명하는 사람은 국왕이다. 힘으로 뺏을 수 있는 게 아니기에 계획이 완전히 엉망진창이다.

"하지만, 줄어든 도적이 다시 늘어났다는 건 사실이죠. 안 좋은 정보이긴 하네요. 그럼, 좋은 정보는요? 꼭 좀, 속이 시원해질 만한 정보를 말씀해주셨으면 좋겠는데요."

"그 녀석들이 도적들을 한데 모아서 하나의 대도적단을 결성했어."

"……그거, 좋은 정보인가요?"

내가 눈살을 찌푸리자 레오노라 씨가 어깨를 으쓱이며 살짝 웃었다.

"세 군데로 나뉘어 있던 집단이 한데 뭉쳤잖아? 인원이 늘어나면 찾아내기도 쉬워질 테고."

"흐음. 우리가 떠안고 있던 문제는 거점을 찾아내지 못했다는 것. ──좋은 정보이긴 하군요."

인원이 늘어난다는 건 식량의 소비가 늘어난다는 뜻이다.

그걸 영지 안에서 조달하려면 그 흔적을 숨기는 것도 힘들어질 것이다.

각개 격파할 수 없게 되는 게 문제라고 할 수도 있겠지만, 한 번에 끝낼 수 있다면 나나 아이리스 일행 등, 투입할 수 있는 전력은 충분히 여유가 있다.

"그리고 걸리적거리는 사람들도 거리낌없이 처분할 수 있
잖아? 아이리스도 기쁘지?"

"……그렇군. 호우 바루도, 그 자칭 후계자도 합법적으로
해치울 수 있다는 건가? 크큭."

아이리스가 약간 어두운 미소를 드리우며 왠지 모르겠지
만 의욕을 드러냈다.

──그래도, 주요 목적은 도적의 토벌이거든? 일부러
말리진 않겠지만.

"그런데, 레오노라 씨, 용케 정보를 알아내셨네요?"

월터도 열심히 하고 있었는데, 그런 정보를 얻어내진 못
했다. 어떻게 그럴 수 있었는지 생각하며 레오노라 씨를 바
라보았더니, 그녀가 어이없다는 듯이 나를 마주 보았다.

"나는 사라사가 태어나기도 전부터 이 도시에 뿌리를 내
리고 있었거든? 로체 가문도 이 영지 사람이 아니고. 오히
려 정보 수집 쪽으로 밀리면 안 되는 거잖아."

그러고 보니 레오노라 씨는 젊어 보이지만, 나보다 두 배
이상 오래 산 사람이었지.

연금술사로서도, 경영자로서도 대선배이고, 경험은 물
론, 인맥도 비교가 되지 않으니까……. 지금의 내가 이길 수
있을 리가 없다.

──참고로 어르신(크렌시)이 '저는 레오노라 님께서 태
어나시기 전부터 있었습니다만…….'이라며 충격을 받고 있

는데, 그건 특기 분야가 다른 거니까. 포기하라고.

"그렇게 말씀하시니 납득할 수밖에 없겠네요. 그래도 도움이 많이 되겠어요. 정보료는———."

"아스테로어를 나누어줬으니까, 그걸로 충분해. 나도 남일은 아니고."

"그래도 되나요? 감사합니다. 항상 의지만 해서 죄송해요."

"흐흥♪ 괜찮아~. 이야기가 나온 김에 거점도 대충 짐작이 되는데……, 들어볼래?"

기분 좋은 듯이 입가를 치켜올린 레오노라 씨가 더욱 중요한 정보를 꺼내들었다.

"들을래요! 그거, 제일 좋은 정보잖아요!"

무심코 몸을 앞으로 내민 나를 달래려는 듯이 레오노라 씨가 '자, 자'라고 말하며 손을 움직이고는 테이블 위에 펼쳐두었던 지도의 어떤 곳을 손가락으로 가리켰다.

"내 조사에 따르면, 지금 제일 확률이 높은 곳은 여기야."

"……루타 마을, 말씀이신가요?"

그것은 사우스 스트러그 기준으로 남서쪽에 있는 작은 마을이다.

요크 마을로 통하는 도로에서 중간에 벗어나 좁은 길을 따라 남쪽으로 가면 나온다.

나도 지도를 보고 존재를 알고 있긴 했지만, 딱히 용건이 없었기에 가본 적은 없다.

"서쪽의 페르고 방면, 북쪽의 나르타 방면도 주시하고 있었는데, 이번 건으로 인해 들통났다는 느낌이지."

참고로 아델버트 씨 일행이 허탕을 친 곳이 페르고 방면이다.

그렇게 생각해보니 북쪽에도 버려진 거점이 있을 가능성이 클 것 같다.

"월터, 크렌시, 어떻게 생각해요?"

우리 일행 중에서 정보 수집을 담당하고 있는 두 사람에게 묻자, 그들은 씁쓸한 표정으로 고개를 끄덕였다.

"……그럴 수도 있을 것 같습니다. 저는 식량의 흐름을 통해 발자취를 추적하고 있었습니다만, 마을로 운반하는 식량은 미처 살피지 못했습니다. 마을 사람이 사러 오면 수상쩍은 사람이라 생각하지 않았겠지요."

"죄송합니다, 사라사 님. 제 실수입니다."

"딱히 그런 건 아닐 것 같은데요……. 마을이라는 건 저도 놓치고 있었고요."

도적이라고 하면, 몰래 숨어있는 법이다. 설마 당당하게 마을에 있을 줄은 예상하지 못했다.

하지만 크렌시는 고개를 저으며 어깨를 늘어뜨렸다.

"아뇨, 저라면 눈치챌 수 있었을 겁니다. 생각해보니 그 마을의 촌장은 전 영주에게 협력적이었습니다. 제대로 조사해서 처벌했어야 했겠지요."

그런 크렌시를 보고 레오노라 씨가 약간 곤란한 듯이 덧붙여 말했다.

"아, 일단 말해두겠는데, 마을이 협력하고 있는지는 아직 모르거든? 도적에게 점거당해서 협박당한 것뿐일지도 모르고……. 사라사, 모조리 죽이기 전에 제대로 확인해야 한다?"

"잠깐만요, 저를 그렇게 냉혹한 사람이라고 생각하셨나요?!"

말도 안 되는 음해에는 단호하게 따져야 한다.

하지만 레오노라 씨는 슬쩍 웃으며 나를 보았다.

"냉혹하다고 하진 않겠지만, '사라사는 도적을 보면 웃으면서 쳐죽인다'라는 정보도 들어와 있거든, 내게."

"그건 가짜 정보예요. '도적에게도 자비롭게 대해준다'라고 갱신해두세요."

"알겠어. 전장에서 베푸는 그 '자비'구나."

"그런 느낌이죠."

내가 고개를 끄덕이자 아이리스가 미심쩍어하는 눈빛으로 나를 바라보았다.

"아니, 그거, '숨통 끊기'를 완곡히 표현한 것 아닌가……?"

"같은 '자비'라고 해도 도적과 마을 사람은 차이를 두는 게 당연한 것 아닌가요? 그런데 그 둘을 구분해야만 하는 거군요……. 마을을 조사하는 건 힘들겠어요."

작은 마을에 모르는 사람이 오면, 소문이 단숨에 퍼져나간다.

요크 마을이라면 채집자 행세를 할 수도 있겠지만, 루타 마을은 그런 마을이 아니다.

───의심을 사지 않으려면, 상인이 나으려나?

미안하지만, 피드 상회에게 부탁하는 것도 하나의 방법이다.

그렇게 생각한 내가 이야기를 꺼내기도 전에 월터가 손을 들었다.

"사라사 님, 제게 맡겨주시면 안 되겠습니까?"

"저기……, 지금 모인 사람들 중에서 맡기려면 당신이 제일 낫긴 하겠지만, 다른 전문가는 없을까요?"

귀족이라면 은밀 부대 같은 걸 데리고 있을 것 같다.

로체 가문에는 그런 어설픈 희망이 존재하지 않았던 모양인지, 아델버트 씨가 고개를 저었다.

"평범한 병사조차 얼마 전에 사우스 스트러그에서 선발한 자들이 정예인 수준인데? 전문을 따진다면 오히려 월터겠지. 나는 당연히 해내지 못할 테고, 카테리나나 케이트를 보낼 수는 없잖나?"

"명령만 하신다면, 저는———."

""안 된다(돼요).""

케이트가 한 말을 듣고 나와 월터의 대답이 겹쳤다.

하지만 월터는 곧바로 정신이 번쩍 들었는지 나를 보고는 고개를 크게 숙였다.

"죄송합니다, 사라사 님! 스타벤 가문은 당주의 결정에 이의를 제기할 생각이 없습니다. 필요하시다면 케이트를 어떻게든 부려 주십시오."

"아, 아뇨, 그렇게까지 딱딱하게 구실 필요는 없을 것 같은데요……. 마음만 감사히 받도록 할게요. 그리고 솔직히 케이트를 보내는 건 좀 불안하고요.”

케이트의 능력이 모자란 건 아니다.

하지만, 뛰어나다고도 할 수도 없다.

어지간한 불량배라면 여러 명도 상대할 수 있겠지만, 모래사장에서 습격해 왔던 도적들에게 포위당하면 위험할 테고. 도적들 중에 의외의 실력자가 없을 거라는 보장도 없다.

“그리고 정말 필요하다면 제가 직접 가는 게———.”

“““안 된다(돼요)!”””““터무니없는 말씀이십니다!””

완전히 부정당했다———, 레오노라 씨를 제외한 모두에게.

“어~, 제가 이런 말을 하는 건 좀 그렇지만, 대처 능력은 제일 뛰어난데요?”

“사라사, 자신의 입장을 고려해라! 아버님이라면 모를까, 당주가 된 사라사가 혼자 간다는 걸 인정할 리가 없잖아?! 그리고, 사라사도 여자애라고!”

“그렇죠. 부하를 쓰는 것도 좀 고려해 주세요. 맡기는 것도 신뢰인데요?”

“그래, 나라면 모를까———, 으응? 나도 당주였을 텐데?”

아이리스, 월터, 아델버트 씨가 그렇게 말했고, 마지막 사람은 중간에 눈살을 찌푸리며 아이리스와 다른 사람들을 보았다. 하지만 그 사람들은 서로 얼굴을 마주 보며 한숨을 쉬었다.

"아니, 아버님께서는 말씀드려도 말릴 수가 없잖아요……."

"제가 몇 번이나 쓴소리를 해드렸는지. 애초에 어차피 해로운 짐승 퇴치이니 위험하진 않았습니다만."

뭐라 할 말이 없다고 해야 하나? 말없이 팔짱을 낀 아델버트 씨.

월터는 그런 전 당주를 보고 있다가 다시 나를 돌아보았다.

"불안하실지도 모르겠습니다만, 우선 제게 맡겨 주십시오. 무리하진 않을 테니까요."

"……그렇게 말씀하시니 어쩔 수 없네요. 하지만 충분히 주의하세요. 크렌시, 이번에는 로호하르트의 군대도 보낼 겁니다. 준비를 진행해 주세요."

도적들이 모두 합쳐서 몇 명이나 되는지는 아직 잘 모르겠지만, 도적단 세 군데가 한데 뭉쳤다면 꽤 큰 규모가 되었을 테니 로체 가문의 군대만으로 대처하는 건 불안하다.

로호하르트의 군대를 어느 정도나마 내보내면 그것만으로도 도움이 될 것이다.

"알겠습니다. 최대한 많이 모으도록 하지요."

"희생은 피하고 싶으니 실력을 우선시해서 부탁드릴게요. 그리고 아델버트 씨, 그래도 이번에는 저희도 나설 생각이에요. 괜찮으시겠죠?"

"약간 분하다만, 지금은 오기를 부릴 때가 아니겠지. 모두의 안전을 고려하면 그게 최선이라는 걸 인정하마. 아이

리스, 사라사 공을 확실하게 지켜───주겠다는 마음가짐
으로 열심히 하거라."

"아버님……. 이래 봬도 조금은 실력이 늘었습니다만?"

맥이 빠진다는 듯이 그렇게 중얼거린 아이리스도 곧바로
표정을 다잡았다.

"온 힘을 다해 싸우겠습니다. 케이트와 힘을 합쳐서요."

"네. 맡겨만 주십시오, 아델버트 님."

"으음. 그럼 월터, 무리하지 않는 범위 내에서 서둘러 조
사를 진행해 다오."

"알겠습니다. 시급히 착수하겠습니다."

그리고 우리는 움직이기 시작했다.

그런데 그 조사 결과가 나오기도 전에, 사태는 예상치 못
한 방향으로 흘러가게 되었다───.

Episode 4

사로잡힌 공주님?

집무실의 책상 위에는 서류가 잔뜩 쌓여 있었다.

그중 대부분은 내가 담당해야 할 서류가 아닐 것 같지만, 그걸 처리해야 할 크렌시는 지금 군대를 조정하느라 바쁘다. 그리고 나는 월터의 조사 결과가 나올 때까지 기다리고 있는 상황이다.

그냥 방치하기에는 마음에 걸렸기에 나는 고양이 손이라도 빌리려는 심정으로 두 사람과 함께 열심히 서류를 처리하고 있었다.

하지만 어차피 고양이는 고양이다. 첫 번째 고양이는 '아~, 으~'라는 말만 하고 있어서 반쯤 관상용이고, 그나마 나은 두 번째 고양이———, 케이트도 별로 진도가 나가지 않은 상황이었다.

그런 관계로 오늘 나는 조금 피곤한 상태다.

슬슬 쉴까, 그렇게 생각하고 있자니 나를 찾아온 사람이 있었다.

"고생이 많구나, 사라사. 왕도에서 과자가 들어왔길래 가지고 왔단다."

선물로 과자를 가지고 온 피드 상회의 지배인 씨였다.

타이밍이 너무 좋았기에 무심코 미소가 새어나왔다.

"감사합니다. 바로 먹을게요. 차를———."

"내가 끓이마!"

곧바로 펜을 내팽개치고 차를 준비하기 시작한 사람은 첫 번째 고양이———, 아니, 아이리스였다.

평소에는 나서서 끓이려 하지도 않는데, 정말 행동이 신속했다.

그 모습을 본 나는 케이트와 서로 마주 보며 쓴웃음을 지은 다음, 펜을 내려놓고 기지개를 켰다.

"으응~! 휴우……. 지배인 씨도 앉으세요. 차를 끓여줄 모양이니까요."

지배인 씨에게 소파를 가리킨 다음, 나도 일어서서 그쪽으로 이동했다.

"미안하구나. ───사라사는 영주로서도 일을 잘 해내고 있는 모양이지?"

"겨우겨우 하고 있죠. 공부를 하긴 했지만, 실무 경험은 없으니까요."

"내가 보기에 사라사는 충분하고도 남을 정도인데……."

"으음. 우리는 발목만 잡고 있어서 미안할 따름이다."

차를 준비하면서도 미안해하는 아이리스와 케이트.

나는 '고양이 손'이라고 생각했던 건 전혀 드러내지 않고 고개를 저었다.

"이제 막 시작한 거니까 어쩔 수 없죠───, 아니, 와, 처음 보는 과자네요!"

케이트가 작은 접시에 나누어서 담아준 것은 큐브 형태의 과자였다.

전체적으로 녹색 가루가 뿌려져 있고, 크기는 한 입 정도. 맛은 상상이 잘 안 된다.

굳이 말하자면 휴대용 보존 식량(레이션)하고 비슷하게 생겼지만, 설마 그건 아니⋯⋯겠지?

"거리가 멀리 떨어져 있어서 오래 가는 걸로 골랐는데⋯⋯. 잘 팔린다고 하더구나."

"왕도에서 인기가 많은 과자로군요. 그렇다면 맛있겠지만요⋯⋯."

조심조심 포크로 찍어보니 생각보다 탄력이 있고 물컹거렸다.

입에 넣고 씹어보니 정말 말랑말랑했다. 식감이 매우 재미있었다.

주위에 뿌려진 가루는 달았고, 말랑말랑한 부분은 향기가 진하게 느껴졌다.

"―――우물우물. 나무 열매로 만든 건가? 식감이 신기하네요."

"으음~, 이 달콤한 녹색 가루는 대체 뭘까. 맛있다는 건 분명한데."

"그러게. 안에 들어있는 부드러운 부분을 어떻게 만든 건지 상상이 잘 안 돼."

특이한 과자이긴 하지만, 맛있다는 건 분명했기에 나는 두 개, 세 개, 그렇게 연달아서 먹은 다음, 달달해진 입을 차로 리셋하고 다시 한 개를 맛보았다.

지배인 씨는 차를 마시면서 그런 나를 방긋방긋 웃으며 기쁜 듯이 바라보고 있었다.

"마음에 든 것 같아서 다행이로구나. 나는 단것을 잘 먹지 않으니까. 이쪽 일은 어떠니? 조만간 해결될 것 같아?"

"네. 도적은 이제 시간문제예요. 금방 요크 마을로 돌아갈 수 있을 것 같네요."

"그렇구나. 그럼 안심이야. 사정이 사정이니만큼 어쩔 수 없겠지만, 우리는 그렇다 치더라도 마을의 채집자들은 연금술사 가게가 계속 문을 닫고 있으면 곤란할 테니———."

지배인 씨가 안심한 듯이 숨을 내쉬었는데, 그가 한 말에는 그냥 넘길 수 없는 부분이 있었다.

"잠깐만요. 어? 가게가 문을 닫았나요?"

급하게 이야기를 가로막으며 묻자, 지배인 씨가 눈을 크게 뜨고는 굳은 표정을 지었다.

"로레에게 이야기를 듣지 못했나———, 아니, 설마, 아직 안 온 거야?"

"그렇게 물어보시는 걸 보니, 로레아가 이쪽으로 온다고 했나요?"

"……이거, 처음부터 이야기하는 게 낫겠구나."

내가 그 질문에 질문으로 대답하자, 지배인 씨가 진지한 표정을 지으며 턱에 손을 댔다.

"우선……, 허드슨 상회에서 미스터 양에게 보낸 편지를 맡았던 것부터겠구나."

"응? 허드슨 상회는 경쟁 상대잖아? 그런데도 편지를 운반해준 건가?"

아이리스에게도 미스티가 받은 편지의 내용에 대해 말해 두었다.

피드 상회를 제쳐두고 연금 소재를────, 그것도 약간 악덕스러운 방법으로 손에 넣으려 한 허드슨 상회의 의뢰를 받은 거냐며 의아해하던 아이리스를 보고 지배인 씨가 고개를 저었다.

"그건 그거, 이건 이거죠, 아이리스 양. 편지뿐만이 아니라 화물의 운송도 맡고 있습니다. 저희는 딱히 다른 상회를 망하게 만들고 싶어하는 게 아니니까요."

참고로 지배인 씨가 이쪽으로 올 때는 허드슨 상회의 배를 타고 왔다고 했고, 왕도의 본점에서 그렌제로 화물 운송도 의뢰한 모양이었다.

장사를 하다 보면 다른 상회와 경쟁 관계가 되는 건 흔히 있는 일이다.

심하게 틀어지지 않는 한, 경쟁하지 않는 분야에서는 협력도 한다. 원래 그런 법이다.

"하지만, 악덕 상인은 예외죠. 만약에 그런 상황이 생기면 피드 상회의 온 힘을 다해 망하게 만들 거예요."

"그렇군, 사라사의 친가다워. ────아, 이야기를 중간에 끊어서 미안하군. 계속 말해다오."

왠지 매우 납득이 된 것 같아보이는 아이리스가 그렇게 말하자, 지배인 씨가 고개를 끄덕이고는 이야기를 이어나갔다.

"편지는 닷새 전에 무사히 미스티 양에게 도착했는데, 문제는 그 내용이었어."

"혹시 또 미스티에게 터무니없는 말을 한 건가요?"

"아니, 그건 아니야. 나도 직접 읽은 건 아니지만, 그녀의 오빠가 원인을 알 수 없는 병에 걸려서 위독하니 그렌제로 만나러 와라, 그런 연락이었던 모양이야."

"병에 걸려서 위독하다고요……? 그럼, 미스티는 오빠가 있는 곳으로 갔나요?"

"처음에는 '나하고는 상관이 없다', '일이 있으니까', 그렇게 고집을 부린 모양인데, 로레아 양이 만나러 가야 한다고 강하게 설득했거든. '돌아가신 뒤에는 후회도 할 수 없다'면서."

"그건 맞는 말이지. 다행히 나도 그렇고 아이리스도 부모 형제가 건강하게 지내고 있지만……."

"죽을 때 만나지 못하는 건 슬프니까요. 미스티라면 구해 줄 수 있을지도 모르고요."

요즘은 관계가 악화된 모양이지만, 학교에 입학하기 전까지는 사이가 좋았다는 이야기도 들었다.

허드슨 상회의 후계자라면 분명히 실력이 좋은 의사에게 진찰을 받았겠지만, 미스티도 연금술사다. 다른 접근 방식으로 해결책을 찾아낼 수 있을지도 모른다.

"그런데, 그렌제라면 여기를 통해 지나갈 테고, 미스티라면 인사 정도는 할 것 같은데……, 그만큼 급하게 간 걸까요? ——응? 로레아? ……설마?!"

좀 전에 지배인 씨가 했던 질문이 떠올라 돌아보니 그가
심각한 표정으로 고개를 끄덕였다.

"그래, 동행했을 거야, 미스티 양하고. 아무리 급하다 하
더라도 그녀가 사라사에게 가게의 문을 닫았다는 걸 보고하
지 않을 리가 없겠지?"

다시 말해, 아직 사우스 스트러그에 도착하지 않았을 가
능성이 크다.

그게 무슨 뜻인지 상상해보니 마음이 복잡해졌다.

나는 마음을 가라앉히기 위해 약간 식은 차를 입에 머금
은 다음, 천천히 삼켰다.

"……그런데 어째서 로레아가 동행한 거죠?"

"그러게? 연금술사라면 혼자서도……, 아니, 미스티는
사라사와 다르지."

"아이리스, 왠지 말투가 신경 쓰이네요. 부정하진 않겠지
만요."

나라면 어지간한 도적들은 해치울 수 있고, 열심히 뛰어
가면 한나절 정도만에 도착할 수 있다.

노숙할 필요도 없으니 별로 위험하지 않겠지만, 미스티는
그렇지 않다.

"로레아 양도 혼자 보내는 게 걱정된 모양이라, 처음에는
그 쿠루미였나? 사라사가 만든 호문쿨루스를 호위로 붙여
줄 생각이었던 것 같은데, 말을 듣지 않아서 말이지. 그렇

다면 자기가 따라가겠다고 하더구나. 미스티 양은 반대했다만……."

"명령이 충돌한 거군요. 미스티는 호위 대상에 포함되지 않았으니까요."

쿠루미는 로레아와 아이리스, 케이트가 하는 말도 듣긴 하지만, 명령의 우선순위는 내가 가장 높다. 내가 로레아의 호위를 명령한 이상, 아무리 로레아가 부탁한다 하더라도 그녀 곁에서 오랫동안 떨어지진 않는다.

"로레아가 가면 쿠루미도 따라간다는 거죠. 무슨 논리인지는 이해가 되지만……."

"전력으로 따지면 미묘하지. 밤에 교대로 잘 수 있다는 건 도움이 되긴 하겠지만 말이야."

"강한 척하긴 해도 미스티 양은 꽤 동요했으니까. 로레아 양이 동행한 것도 그런 이유가 컸던 건지도 모르겠구나."

심정은 이해가 된다. 가족이 위독하다는 소식을 들었으니 냉정하게 마음을 먹으려 해도 쉬운 일이 아니다.

그런 와중에 곁에 다른 사람이 있어준다면 그것만으로도 분명 든든할 것이다.

"피드 상회와 함께 이동하는 것도 제안했는데, 역시 곧바로 가고 싶었던 모양이라. 우리가 요크 마을에 도착한 그날 급하게 출발한 것 같더구나."

"미스티에게 맞춰줄 수는 없으니까요. 그녀들만 가는 게 이동도 더 빠를 테고요. ──그런데 도착하지 않았다는 거죠. 지배인 씨 일행이 추월했을 가능성은요?"

"기본적으로는 외길이니까 그럴 일은 없을 것 같다만……. 가끔 길에서 벗어나서 오랫동안 쉬었다면 그럴 가능성도 있으려나? 로레아 양은 여행에 익숙하지 않지?"

"네. 그래도 로레아는 의외로 다리가 튼튼하거든요. 도로를 걸어가는 것 정도는……."

적어도 마리스 씨보다 더 튼튼하다는 건 설산에 갔을 때 증명되었다.

지배인 씨가 편지를 전달해준 게 닷새 전.

요크 마을에서 여기까지 평범한 사람이 걸어오면 이틀에서 사흘.

두 사람이라면 아무리 늦어도 어제쯤이면 도착했을 텐데———, 아무 일도 없었다면.

마음이 초조해져서 무리하다가 발이라도 다쳤거나, 그런 문제라면 그나마 낫다.

하지만, 만약에 도적에게 습격당했다면…….

"……사라사, 진정해."

"진정하고 있는데요? 네, 냉정해요, 저는."

"그럼, 우선 컵을 내려놔. 그대로 잡고 있다간 부서질 것 같은데?"

아이리스가 내 손을 부드럽게 쓰다듬고는 컵을 살며시 빼냈다.

그제야 나는 내가 텅 빈 컵을 꽉 쥐고 있었다는 사실을 깨

달았다.

"우선, 확인부터 해야지. 정말로 로레아와 미스터 양이 도착하지 않았는지, 조사해보자."

"허드슨 상회에도 연락을 취해야겠지. 그렌제로 바로 갔을 가능성도 있으니까."

"아이리스 양, 그쪽은 제가 맡겠습니다. 클라크를 보내도록 하지요."

"고맙군. 그리고 아버님 쪽도 움직일까. 다행히 언제든지 움직일 수 있는 상태니까. 요크 마을로 보내서 도로를 확인해달라고 부탁하자."

아이리스와 케이트가 차례차례 대책에 대해 말했고, 지배인 씨도 곧바로 움직이기 시작했다.

그 모습을 믿음직스럽다고 생각하면서, 나는 크게 심호흡을 하고는 감정을 억눌렀다.

"죄송합니다, 덕분에 살았어요. 조금 동요해버린 모양이에요."

케이트가 내 머리에 손을 얹고는 미소를 지었다.

"어쩔 수 없지. 부모님 같은 경우를 감안하면 말이야. 그리고 이럴 때 정도는 의지해줬으면 좋겠어. 이래 봬도 연상이거든? 그리고……, 앗, 쿠루미가 있다면 사라사도———."

"그랬죠, 참! 음———."

연금술사라면 금방 떠올릴 만한 것을 케이트에게 지적당

한 나는 정말 냉정하지 못했다는 사실을 인식하고 급하게 쿠루미와 동조를 시도했지만———.

"…………안 되겠네요. 거리가 너무 멀리 떨어진 것 같아요."

"그렇다면 적어도 이 도시에는 없겠군. ———그렇지?"

"네. 방해당하고 있는 게 아닌 이상, 그렇겠죠. 하지만 방해 같은 건 간단히 할 수 없으니까———, 아, 아니, 레오노라 씨의 가게라면 그럴 수 있을지도 몰라요."

레오노라 씨의 가게라면 그런 방어 장치가 있어도 이상할 게 없을 것 같다.

그리고 미스티와 로레아가 그곳에 들렀을 가능성도 충분히 있고…….

"그러면 내가 확인하고 오마. 케이트는 아버님 쪽을 부탁해."

"알겠어. 사라사는 여기 있어. 다른 사람이 올지도 모르니까."

"저도———, 아뇨, 잘 부탁드릴게요."

""맡겨만 다오(줘)!""

아이리스와 케이트가 한목소리로 말하며 내 등을 살짝 두드리고는 빠른 걸음으로 방에서 나갔다.

그런 두 사람을 보낸 나는 다시 한번 심호흡을 하고 나서 약간 떨리는 손을 세게 쥐었다.

◇ ◇ ◇

　나는 눈앞에 앉아 있는 젊은 남자와 그 뒤에 서 있는 중년 남자 때문에 당황하고 있었다.

　데리고 온 사람은 지배인 씨였다.

　이렇게 긴급한 상황에도 만나기로 한 건 지배인 씨가 데리고 왔기 때문이었지만, 당황한 이유는 또 따로 있었다.

　"만나뵙게 되어 영광입니다, 사라사 님. 여동생이 항상 신세를 지고 있군요. 저는 허드슨 상회의 레이니 허드슨이라고 합니다. 앞으로 잘 부탁드리겠습니다."

　그게 이 사람이 한 자기소개였다. 여러모로 이야기가 다르다.

　병에 걸려서 위독하다는 건? 미스티하고 대립하는 사이 아니었어?

　상인이라 가면을 쓰고 있는 건지도 모르겠지만, 방긋방긋 웃으며 싹싹하게 대해주는 태도는 연기로 보이지 않았고, 미스티 이야기를 할 때도 기분 나쁜 느낌이 없었다.

　설마, 미스티의 오빠가 두 명 있었나? 그런 이야기는 못 들었는데…….

　"사라사 님께서 그렌제 항구의 이용권도 융통해 주셔서 진심으로 감사———."

　"잠깐만 기다려 주세요. 한 가지만 확인하겠는데요, 미스티의 오빠는 당신 한 명뿐인가요?"

계속 말하려던 레이니의 이야기를 중간에 끊고 내가 그렇게 묻자, 그는 한순간 의아한 표정을 짓다가 곧바로 다시 미소를 지으며 고개를 끄덕였다.

"네, 저뿐입니다. 아버지가 첩을 숨겨두지 않았다면 말이죠. 하하하……."

우리의 심각한 분위기를 느껴서 그런지, 레이니가 분위기를 부드럽게 하려는 듯 그렇게 말했다. 하지만 우리 쪽에서 아무도 웃지 않았기에 그 웃음소리도 점점 사그라들었다.

이곳에 있는 사람은 아이리스와 케이트, 좀 전에 달려온 아델버트 씨, 그리고 레이니를 안내해준 지배인 씨다. 모두가 심각한 표정을 짓고 있다.

"저기……, 제가 뭔가 기분을 상하게 해드릴 만한 말씀을 드린 겁니까……?"

"아뇨, 그런 건 아닌데……, 당신은 병에 걸려서 위독하다고 들었는데요?"

이상한 부분이 많긴 하지만, 지금은 생각할 시간도 아깝다.

불안해하는 듯한 레이니에게 내가 직접 그렇게 묻자, 그가 깜짝 놀라 소리쳤다.

"네에?! 어째서 그런 말씀을! 저는 사흘 전에 그렌제에 도착한 참입니다. 그리고 곧바로 여기로 왔기에 조금 피곤하긴 합니다만, 보시는 대로 건강에 문제는 없습니다!"

"그런 것 같네요. 하지만, 그런 편지를 미스티가 받은 건 사실이에요."

"미스티가요? 대체 누가?"

"물론, 허드슨 상회 사람이죠. 안 그런가요? 지배인 씨?"

"네. 레이니 공, 예전에 한 번 인사를 드린 적이 있지요. 피드 상회의 지배인, 루로이 크라드입니다. 편지는 저희 상회의 클라크가 맡아서 미스티 양께 전해드렸습니다."

지배인 씨가 한 발짝 앞으로 나서서 자기소개를 하고 그렇게 설명하자, 레이니도 고개를 숙이며 '정중한 인사, 감사드립니다'라고 대답하고는 눈살을 찌푸리며 생각에 잠겼다.

"하지만 저는 보시는 대로 건강합니다. ——사칭일까요?"

"그럴지도 모르겠습니다. 하지만——, 클라크에게 들었던 편지를 맡긴 분의 특징은 거기 계신 분과 비슷한 것 같습니다. 당신은 누구시죠?"

지배인 씨가 매서운 눈초리로 바라본 사람은 레이니 뒤에 조용히 서 있던 남자.

집무실에 들어온 뒤로는 한마디도 하지 않고, 약간 긴장한 듯이 눈을 내리깔고 있었다.

"이 사람은 제 비서입니다. 자도크, 짐작가는 게 있나?"

"없습니다. 저와 닮은 사람이 허드슨 상회를 사칭한 것 아닐까요? 짜증이 날 뿐입니다."

"상대방의 얼굴을 기억하는 건 상인으로서 기본입니다만? 비록 그는 호위이긴 하지만——."

"그냥 호위였군요. 그렇다면 착각하더라도——."

"하지만! 그도 피드 상회 사람입니다. 교육을 게을리하진 않았습니다. 당연히 허드슨 상회분이라고 확신할 만한 상황이었던 것 같습니다만?"

지배인 씨가 자도크의 말을 중간에 가로막으며 강한 말투로 말했지만, 자도크는 눈을 피하며 고개를 저었다.

"그러시군요. 하지만, 제가 모르는 이상 드릴 말씀은 없습니다."

"사라사 님, 자도크는 제가 신뢰하는 비서입니다. 그가 이렇게 말하는 이상……. 아니면 증거가 될 만한 물건이 있을까요? 그 편지라거나."

가까운 사이이니 당연하겠지만, 레이니가 자도크를 감쌌다.

하지만 내가 믿는 건 지배인 씨 같은 사람들이다. 내가 자도크를 빤히 바라보고 있자니, 그가 껄끄러운 듯이 다리를 조금씩 움직이기 시작하며 입술을 떨었다. ──흐음.

"……뭐, 지금 중요한 건 그게 아니죠. 일단 미루어두도록 해요."

내가 숨을 내쉬며 그렇게 말하자 자도크의 표정에 확실하게 안심한 기색이 드러났다.

"그런데, 레이니. 그것과는 별개로 이런 편지가 있는데요. 짐작가는 구석이 있나요?"

내가 레이니에게 내민 것은 꾸깃꾸깃한 편지였다.

레이니는 그 편지를 의아한 듯이 받아들었고, 자도크의 표정이 안심하는 느낌에서 갑자기 경악으로 물들었다.

"좀 보겠습니다———, 앗! 이건?! 어, 어떻게 된 거냐! 자도크!"

"대, 대체, 어, 어떻게 된 건지, 저도———."

눈썹을 치켜올린 레이니가 돌아보며 다그쳤다. 자도크가 말을 더듬거리며 대답했지만, 얼굴에서는 완전히 핏기가 가셨고 이마에는 식은땀이 흐르고 있었다.

그 모습을 보고도 그가 한 말을 전부 믿는다면 그냥 바보일 것이다.

"사라사, 저 편지는 뭐지?"

"아이리스는 안 봤던가요? 불쏘시개예요."

조용히 물어본 아이리스에게 그렇게 대답하자, 그녀가 '응?' 하며 고개를 살짝 갸웃거렸다.

그 모습을 본 나는 살짝 웃고는 설명해 주었다.

"예전에 미스티가 받은 편지예요. 화를 내면서 태우려던 걸 회수해두었죠. 미스티는 오빠가———, 레이니가 보낸 거라고 알고 있던데요……."

"제가 보낸 게 아닙니다! 하지만, 내용을 보니 화를 내는 게 당연하겠군요……, 대체 무슨 생각이냐!!"

레이니가 급하게 변명하고는 다시 자도크에게 소리를 질렀다.

"저, 저는, 레이니 님을 위해서———."

"나를 위해서는 무슨! 이런 편지———, 나와 미스티의 관계뿐만이 아니다. 사라사 님, 나아가서는 이곳 로호하르트와의 관계가 악화될 거라는 사실을 이해하지 못한 거냐!!"

"그건, 저기……, 문제가 없어질 거라……."

레이니가 소리치자 자도크가 작은 목소리로 중얼거렸고, 그를 다그친 사람은 지금까지 조용히 있었던 아델버트 씨였다.

"문제가 없어질 거, 라고?! 그게 무슨 뜻이냐!"

레이니와는 비교도 되지 않을 만큼 강한 박력이 느껴지는데도, 자도크는 입을 꾹 다물고는 침묵을 지켰다.

"설마……, 사라사 공을 해칠 셈이었나?!"

"그런 거냐! 자도크! 대답해라!! 내게 아무런 말도 없이 뭘 하고 있었던 거야!"

"…………."

기어코 레이니가 일어서서 자도크의 멱살을 잡았지만, 그럼에도 불구하고 자도크는 아무런 말도 하지 않고 고개를 숙이기만 했다. 그 모습을 보고 있던 케이트가 입을 열었다.

"……아뇨, 그건 아니겠죠. 만약에 사라사를 죽이려 한다면 관계자들이 확실하게 처형당할 거예요. 그 정도는 잠깐만 생각해봐도 알 수 있을 테고요. ───어지간히 바보가 아닌 이상."

"으음. 연금술사라는 입장도 그렇지만, 지금은 그 입장과 더불어 국왕에게 임명받은 영주 대리니까. 나라의 위신을 걸고 자비심 없이 처벌하겠지."

케이트와 아이리스가 약간 호들갑이긴 하지만, 그 말의

내용은 거짓이 아니다.

실행범은 당연하고, 관계자라고 의심을 산 것만으로도 처벌당할 수도 있다.

물론, 실행범이 소속되어 있던 상회는 굳이 말할 필요도 없이 당연하게도 망하게 된다.

그 사실을 이해하면서도 무슨 짓을 하려고 들었다면 허드슨 상회에 대해 자신의 목숨을 걸고서라도 풀고 싶은 원한이 있었거나, 아니면 처벌당하지 않을 거라 생각한 근거가 있거나⋯⋯.

"으음~, 좀 정리를 해볼까요."

나는 턱에 손을 대고 지금까지 있었던 일과 얻은 정보를 떠올렸다.

도적들의 움직임, 상회의 움직임, 로체 가문의 상황, 영지의 상황, 기타 등등⋯⋯.

우선, 자도크가 내 목숨을 노렸다고 생각하는 건 근거가 조금 빈약하다.

하지만 첫 번째 편지를 고려하면 미스티에게 안 좋은 마음을 품고 있었다는 건 확실하고, '레이니가 위독하다'라는 편지를 보낸 사람이 자도크라는 건 아마 확실할 것이다.

그렇다면 그 목적은? 미스티의 행동으로 보아———.

"그렇구나, 그런 거였나요? 당신, 도적단하고 손을 잡았군요?"

내가 그렇게 말하며 노려보자, 자도크의 어깨가 움찔거리며 떨렸다.

"도적 쪽에는 커크 준남작 영지의 후계자를 자칭하는 사람이 있죠. 저를 어떤 수단으로든 끌어내리고 그 사람을 후임자로 앉히면 허드슨 상회는 유리한 입장이 될 거예요."

"아니, 사라사, 그건 불가능할 거라고 결론을 내렸잖아? 만약에 끌어내린다 하더라도 지방관이나 영주를 임명하는 건 국왕이야. 자칭 후계자를 임명할 리가 없지."

"그렇다면……, 협박? 우두머리는 사라사를 그대로 두고, 인질을 이용해서 실권을……."

"그럴 수도 있겠네요. 그거라면 실현성이 있겠어요. ──물론, 그런 방법으로 제 의지를 꺾을 수 있다고 생각하는 거라면 짜증이 나지만요."

도적 상대로 타협은 없다. 한 발짝이라도 물러나면 결과적으로 더 많은 사람들이 위험에 처하게 된다.

설령 내 소중한 사람을 구하기 위해서라고 해도, 그 원칙을 어길 생각은 없다.

──손을 댄 적은 반드시 후회하게 만들어주겠지만 말이지.

"……죄송합니다만, 설명해주실 수 있겠습니까?"

정보를 지니고 있던 우리는 대충 상황을 이해했지만, 레이니는 처음 듣는 이야기인데다 전체적으로 정보가 부족한 상황이다. 얼굴에 자도크에 대한 분노와 어렴풋하게나마 상상할 수 있는 상황에 대해 불안한 감정을 드리우며 우리를 보고 있었다.

"좀 전에 잠깐 말씀드렸지만, 미스티에게 당신이 위독하다는 연락이 왔습니다. 그 연락을 받은 그녀는 그렌제로 떠났는데, 지금은 행방불명되었죠. 그쪽에 있는 사람을 보아하니 공모한 도적들에게 습격을 당했거나, 사로잡혀서———."

"뭐라고?! 자도크, 네놈!"

애써 냉정하게 상황을 설명하던 내 말을 레이니가 가로막았다.

그는 자도크를 매섭게 노려보고는 멱살을 잡은 왼손에 힘을 주고 자도크의 몸을 반쯤 들어올렸다.

척 보기에는 몰랐는데, 사실 레이니도 꽤 단련한 모양이었다.

자도크가 괴로운 듯이 신음하면서도 필사적으로 외쳤다.

"레이니 님! 허드슨 상회를 위해서입니다! 그녀가 사라지면———."

레이니의 눈이 완전히 뒤집어졌다. 그는 감정을 폭발시키며 쥐고 있던 오른쪽 주먹을 휘둘렀다.

뼈억, 묵직한 소리가 울렸고, 자도크의 몸이 바닥에 거세게 내동댕이쳐졌다.

"까불지 마라!! 여동생을 해치고 얻은 지위에 무슨 의미가 있나! 게다가 사라사 님을 적으로 만들면서 허드슨의 상회를 위해서는 무슨! 파멸의 미래밖에 안 보인다!!"

"그러게요. 사실 미스티와 함께 저희 가게의 점원이자 소중한 여동생 같은 아이가 함께 행방불명되었거든요. 이게 만약 상회 전체의 소행이었다면 제가 가지고 있는 모든 인맥을 동원해서라도 완전히 부숴버렸겠네요……."

내가 조용히 중얼거리자 분노로 새빨갛게 물들었던 레이니의 얼굴이 단숨에 새파래졌다. 그리고 곧바로 무릎을 꿇고는 바닥에 이마를 조아렸다.

"죄송합니다! 이 녀석과 저는 어떻게 하시든 상관없습니다! 다른 관계자가 있다면 내어드리겠습니다! 하지만, 미스티와……, 염치가 없지만 허드슨 상회는 부디 너그럽게 봐주시면 안 되겠습니까!!"

"아뇨, 미스티는 당연하고, 허드슨 상회 자체에 화가 난건 아닙니다. 당연히 종업원들을 쓸데 없이 길바닥에 나앉게 만들지도 않을 거고요."

상회가 도산했을 때의 괴로움은 내가 몸소 경험해봐서 잘알고 있다.

내가 그렇게 말하자, 레이니가 마치 구원을 받은 듯한 표정을 지으며 다시 머리를 크게 숙였다.

"감사합니다! 미스티는 정말로 사라사 님을 존경하고 있습니다. 보낸 편지에도 사라사 님 이야기가 많이 적혀 있었고……. 할 수 있는 건 뭐든지 하겠습니다. 미스티가 아직 살아있다면, 부탁드립니다. 구해주세요!"

"당연히 그럴 생각이에요. 미스티가 간단히 붙잡힐 것 같진 않지만요. 만약 붙잡혔다 하더라도 목적이 인질로 잡는 거라면 곧바로 죽이진 않았을 테고요."

———약간 희망적인 예측이긴 하지만.

물론, 가장 좋은 건 도적에게 붙잡히지 않은 것이다.

하지만 여기에 레이니가 있는 이상 그렌제로 곧바로 갔을 가능성은 없고, 뭔가 문제가 생겼다는 건 확실하다. 곧바로 움직일 필요가 있을 것이다.

"그리고, 거기 계신 분 말인데요⋯⋯."

레이니에게 얻어맞고 쓰러진 자도크를 보았다.

그는 분한 듯한 표정으로 몸을 떨고 있다가 인상을 쓰며 나를 노려보고는———.

"젠장! 이렇게 된 이상———!!"

그렇게 외치며 나를 향해 달려들었다.

그의 오른손에는 품속에서 꺼낸 나이프가 빛나고 있었다.

"""사라사(공)!"""

아이리스와 케이트, 그리고 아델버트 씨가 곧바로 움직였지만, 위치가 안 좋았다.

소파에 앉아있던 내 정면에 레이니가 있었고, 그 바로 옆에 자도크가 쓰러져 있었기 때문이다.

케이트와 아이리스가 서 있던 곳은 내 뒤쪽이었고, 아델버트 씨는 자도크 뒤에 있었다. 지배인 씨도 움직이려 했지만, 여기서 나이가 제일 많이 든 만큼 느리다.

자도크가 깜짝 놀라 고개를 든 레이니 옆을 지나치며 내게 달려들었다.

성공한 상회 사람들은 몸을 단련하는 게 기본인가?

그 움직임은 꽤 빨랐고, 불량배 정도는 상대도 안 될 수준이었다.

───하지만 나는 불량배가 아니지.

날아든 나이프를 간파하고 자도크의 손을 왼손으로 살짝 쳐낸 다음, 오른손으로 주먹을 쥐고 내질렀다.

퍼억! 주먹이 배에 파고들었다.

콰앙! 자도크의 몸이 날아가 벽에 격돌하더니 힘을 잃고는 바닥에 쓰러졌다.

"""…………""".

방 안에 한동안 침묵이 깔렸다가, 아이리스가 천천히 입을 열었다.

"……그러고 보니 사라사는 헬 플레임 그리즐리조차 발로 걷어차서 죽였었지."

"그러고 보니 그랬지. 요즘은 검이 나설 차례가 많긴 했지만……."

"그렇다니까요? 예전에는 검을 살 여유도 없었거든요. 싸게 먹힌단 말이죠, 맨손이."

기습 정도로 당황해서는 목숨이 아무리 많아도 부족하다.

그것이 연금술사다───, 아니, 아닌가?

시야 구석에서는 지배인 씨가 '사라사, 고생이 많았던 모양이구나……'라며 눈가를 누르고 있다. 고생이야 했지만

지금은 그것도 좋은 추억이다. 이렇게 목숨을 지킬 수도 있고 말이지?

"……헉?! 죄, 죄송합니다! 설마 이렇게 어리석은 자였을 줄은!"

급격한 상황 변화로 인해 일어서던 도중에 멈춰있던 레이니가 엎드려 빌기 시작했다. 뭐라고 해야 하나……, 고개만 연달아 숙이는 걸 보니 조금 가엾다.

"딱히 상관없어요. 위험하지도 않았으니까요."

내가 가엾다는 마음도 들어 가볍게 대답하자 아델버트 씨가 어이없다는 듯이 나를 보았다.

"아니, 보통은 위험한 상황이었을 텐데……. 그래도 우선은 이 녀석을 감옥에 가두고 오마."

"죄송하지만, 잘 좀 부탁드릴게요."

보통은 호위를 맡은 병사가 할 일이겠지만, 안타깝게도 이 저택에는 그런 사람이 없다.

아델버트 씨가 자도크를 끌고 나갔다가 집무실로 돌아온 다음, 여전히 무릎을 꿇고 있던 레이니를 소파에 앉히고 이야기를 나누기 시작했다.

"제일 먼저, 아까 그 사람 말인데요. 아무리 그래도 저를 죽이려 했으니 정상을 참작할 여지가 없네요. 왕국법에 따라 처형당하게 될 겁니다."

"당연한 것이지요. 저도 연좌제로 처벌받게 된다면 부디 그렇게 해주십시오. 하지만, 적어도……, 적어도, 여동생을 구해낼 때까지는……."

　나는 고개를 숙인 채 쥐어짜낸 듯한 목소리로 그렇게 말한 레이니의 뒤통수를 보며 고개를 저었다.

　"아뇨. 허드슨 상회의 힘을 이용해서 습격한 것도 아니까, 당신이 관여하지 않았다면 연좌제를 적용하진 않을 겁니다. 정말로 관여하지 않았는지는 나중에 조사하겠지만요."

　"감사……합니다. 마음껏 조사해 주십시오. 저는 미심쩍은 구석이 없습니다."

　"그러길 바랍니다. 미스티도 슬퍼할 테니까요."

　미스티는 그 **불쏘시개**를 본 뒤에도 위독하다는 소식을 듣고는 만나러 가는 것을 선택했다.

　말로는 이러쿵저러쿵해도, 역시 오빠를 싫어하는 건 아닌 것 같다.

　그리고 이야기를 들어보니, 레이니도 미스티를 소중히 여기고 있는 모양이다.

　───사실은 연기인 건 아니겠지?

　만약에 그렇다면……, 정말 분노할 만한 안건이다.

　가게의 창고에 있는 봉인된 포션을 끼얹은 다음에 매달아 줘야지.

　"자. 미스티와 로레아가 행방불명된 게 도적의 소행이라고 아직 확정된 건 아니지만, 지금 같은 상황에서 월터가 보고할 때까지 기다릴 여유는 없죠. 움직일 수 있는 사람들을 급하게 모으겠어요. 다행히 로레아 곁에는 쿠루미가 있을 거예요. 근처까지만 가면 상황을 파악할 수 있어요."

"문제없다. 로체 가문의 병사들은 이미 준비를 시작했으니까."

아델버트 씨가 곧바로 고개를 끄덕였고, 지배인 씨도 그 뒤를 이어서 입을 열었다.

"사라사, 우리 호위들도 데리고 가다오. 이 도시에는 열 명 정도밖에 없긴 하지만, 도적 따위에게 당하진 않을 거다."

"감사합니다. 사우스 스트러그의 병사들은 실력이 조금 불안하니까요."

아마 괜찮을 것 같긴 하지만, 도적의 숫자는 아직 확정되지 않았다.

게다가 거점으로 이용하고 있는 것 같은 마을에는 일반인도 있을지 모른다.

내 마법으로 한꺼번에 퍼엉, 날려버릴 수도 없으니까.

"미스티와 로레아를 고려하면 전력에 여유가 생기는 건 다행이죠."

"그렇다면 저희도 협력하게 해주십시오! 저희도 거친 일은 나름대로 잘합니다!!"

피드 상회를 따르겠다는 듯이 레이니가 급하게 끼어들었지만, 나는 고개를 저었다.

"그 마음은 감사합니다만, 배신을 우려하면……."

해적과도 맞붙는 허드슨 상회 사람이라면 전력으로서도

충분할 것이다.

하지만 도적과 손을 잡은 게 자도크뿐일 거라는 보장은 없으니까.

"한 명씩 조사할 시간이 없어요. 그리고 그렌제에서 불러 오려면 시간이———."

"안심하십시오. 저희가 보낼 사람은 사라사 님을 태워다 드린 라반 선장 일행입니다. 그들이 미스티를 배신할 일은 결코 없을 겁니다. 다행히 지금은 제 호위와 휴가를 겸해 사우스 스트러그에 와 있습니다. 말만 걸면 곧바로 모일 겁니다."

"그 사람들 말인가요……, 알겠습니다. 허가하죠."

배신할 우려가 전혀 없다고는 할 수 없지만, 전력으로서 는 믿음직스럽다.

그리고, 미스티를 귀여워하던 그들의 표정이 거짓이라고 는 생각하고 싶지 않다.

"감사합니다! 곧바로 모으겠습니다!"

나는 일어서서 다시 모두의 얼굴을 둘러보았다.

"목표는 사흘 이내. 상대가 준비를 갖추기 전에 끝내겠 어요."

다음 날 이른 아침, 영주의 저택 앞에는 많은 남자들, 그리고 여자들 몇 명이 모여 있었다.

우선 사우스 스트러그의 병사들. 인원이 가장 많고 갖춘 장비도 군대 같지만, 긴장한 듯이 정렬해 있는 그 모습은 경험이 좀 부족한 것처럼 보여 믿음직스럽지 못한 느낌이었다.

다음은 로체 가문의 병사들. 인원은 두 번째로 많다. 제대로 정렬해 있고 실력도 좋은 것처럼 보이지만, 장비가 제각각 다르고 개인의 실력으로 따지면 끝에서 두 번째일 것이다.

그리고 피드 상회의 호위들. 숫자는 열 명 남짓으로 가장 적고, 장비도 제각각 다르다. 숙련도나 실력도 제각각 다른 것 같지만, 전체적인 실력은 꽤 좋은 것 같다.

그리고 마지막으로는━━━.

"아가씨를 납치하다니, 정신 나간 녀석들이군! 얘들아! 다들 알고 있겠지!!"

"""오오! 쳐죽여라!!"""

그렇게 소리지른 허드슨 상회 사람들이다.

라반 선장을 비롯해서 모두가 온 모양이었고, 뭐라고 해야 하나……, 땀내난다.

여름의 이른 아침인데 시원스러운 느낌은 전혀 없다.

피드 상회의 호위들도 꽤 우락부락한 사람들인데, 이 사람들을 보고 나니 우아하게 보이기까지 하니 신기하다. 믿음직스럽긴 하지만 말이지.

그리고, 그 안에 레이니가 있다는 게 조금 뜻밖이다.

일단은 허드슨 상회의 후계자라는 입장일 텐데.

"저기, 레이니도 정말 갈 건가요? 위험할 텐데요?"

"여동생이 위기에 처했는데 가지 않을 이유가 없잖습니까? 그리고, 이 정도 위험 따위는……, 하하하, 폭풍이 휘몰아치는 바다에서 해적과 싸웠던 걸 생각하면 말이죠. 흔들리지 않는 지면, 멋지지 않습니까? 그때는 바다에 떨어지는 시점에서 사망이 확정이었으니까요……. 하하, 하하하……."

광택이 사라진 눈으로 헛웃음을 짓는 레이니.

그렇구나, 곱게 자란 도련님은 아닌 것 같네.

"알겠어요. 그래도 충분히 조심해 주세요. 만에 하나의 경우가 생기면 미스티가 슬퍼할 테니까요. 선장님도 이번에는 잘 부탁드릴게요."

"당연하지! 사라사 님은 큰 배를 탔다고 생각하고 떡 버티고 있어주기만 해도 돼. 배를 한 번도 가라앉힌 적이 없다는 게 내 자랑거리라고! ───어이쿠, 지금은 육지지. 하하하!"

껄껄 웃으며 두터운 가슴팍을 세차게 두드리는 선장님.

농담은 별로 재미가 없지만, 실전 경험을 풍부하게 쌓았다는 건 사실이다.

"기대할게요. 단, 전체 지휘는 로체 가문의 아델버트가 맡을 거예요."

"아델버트 로체다. 잘 부탁하지."

내가 소개하자 아델버트 씨가 선장님과 마주 보고 섰고, 선장님은 아델버트 씨의 온몸을 보고 고개를 몇 번 끄덕인 다음 손을 내밀며 씨익 웃었다.

"흐음~, 꽤 단련한 모양인데. 알겠어, 따르지. 하지만, 우리 최우선 목표는 아가씨의 안전이야. 그걸 게을리하는 지시는 인정할 수 없단 말이지."

"나도 알고 있다. 우리도 구출을 우선시할 거다. 제대로 활용해주마."

아델버트 씨는 선장님이 내민 손을 꽉 맞잡은 다음, 마찬가지로 씨익 웃고는 나를 돌아보며 '그리고'라고 계속 말했다.

"지금은 쉽게 했는데, 좀 전에 월터가 귀환했다. 루타 마을이 도적의 거점이라는 건 확정이지만, 평범하게 살고 있는 마을 사람도 있어서 관여한 범위는 알 수가 없다더군. 로레아와 미스티의 존재도 확인하지 못했다."

"어쩔 수 없죠. 행방불명되었다는 걸 알게 된 건 월터가 출발한 뒤였으니까요."

그런 상황에서 '조사했다'고 하면 오히려 놀랐을 것이다.

아주 약간, 우연이라도 미스티와 로레아를 만나면 좋겠다고 생각하긴 했지만.

"그래도 무사히 돌아와준 건 좋은 소식이네요. 월터에게 고맙다고 전해주세요."

"알겠다. 마을 사람들에게는 어떻게 대처할 거지? 도적들과 완전히 분리시킬 수 없을 것 같다만."

"자세한 조사는 상황이 종료된 뒤에 진행할 거예요. 모두 붙잡아 주세요. 덤벼들면 도적으로 간주하고 죽여도 상관 없어요. 어느 정도의 부상은 제가 치료할 테니 봐줄 필요는 없고요."

작은 마을이다. 어린아이가 아닌 이상, 아무것도 모르는 사람은 없을 것이다.

만약에 협박당해서 그렇게 했다고 해도 나쁜 짓을 저지른 사람과 그렇지 않은 사람, 우선시해야 할 건 당연히 후자다.

잔혹하긴 하지만 지나친 배려 때문에 우리 쪽에 희생자가 발생하는 건 용납할 수 없다.

"저희는 먼저 갈게요. 아델버트 씨, 뒷일은 잘 부탁드려요."

"맡겨다오. ───가자! 다들, 준비는 됐나!!"

"""""오오(네)!!"""""

아델버트 씨의 호령에 따라 병사들이 한목소리로 외쳤고, 지휘에 따라 걸어가기 시작했다.

목표는 오늘 안으로 루타 마을 근처에 진을 치는 것.

일반인이라면 힘들지도 모르겠지만, 단련된 병사라면 충분히 가능한 진군 속도일 것이다.

"그럼, 아이리스, 케이트, 가죠."

"알겠다." "알았어."

우리 셋도 불안한 듯이 지켜보는 지배인 씨 같은 사람들에게 손을 살짝 흔들며 걷기 시작했다.

따로 행동하는 목적은 미스티와 로레아를 구출할 방법을 마련하는 것.

　우선 필요한 것은 정말로 미스티와 로레아가 붙잡혔는지 확인하는 것이다.

　그 뒤 자도크를 심문해서 그가 도적들에게 의뢰를 받아 미스티를 꾀어낸 건 확정되었지만, 실은 도적들에게서 잘 도망쳤을지도 모른다──. 가능성은 낮지만.

　그래도 일단 조사를 해보고, 불행히도 두 사람이 잡혀있다는 걸 알아낸다면 아델버트 씨 쪽 군대를 미끼로 삼아 우리 세 사람이 구출하게 될 거다.

　반대하는 사람도 있긴 했지만, 잡혀간 건 내 가게의 점원과 제자다.

　내가 직접 구하러 가야 한다면서 약간 억지스럽게 밀어붙였다.

　그렇게 아이리스와 케이트도 따라올 수 있을 만한 속도로 몇 시간 정도 계속 뛰어간 다음.

　나는 도로에서 벗어나는 작은 길을 발견하고 멈춰섰다.

　요크 마을과 사우스 스트러그를 이어주는 도로도 결코 훌륭한 길이라고는 할 수 없지만, 그 도로보다 훨씬 좁은 길이었기에 커다란 마차는 물론이고 작은 마차도 지나가기 힘들 것 같을 정도였다.

　표지판도 일단 있긴 했지만, 그냥 걸어가다 보면 놓칠 만큼 수수했다.

여기를 몇 번이나 지나간 적이 있는 나도 당연하다는 듯이 그냥 지나쳤었다.

"이 길이군요. 고생하셨어요, 아이리스, 케이트."

하지만 뒤에서는 거친 숨소리만 들릴 뿐, 대답은 없었다.

돌아보니 무릎에 손을 얹고 필사적으로 숨을 고르고 있는 두 사람의 모습이 보였다.

"흐음……. 좀 더 빨리 달렸어도 괜찮았으려나요?"

"괘, 괜찮을 리가 있나! 아슬아슬하잖아?! 아무리 봐도!"

시간을 좀 더 절약할 수 있었을지도 모르겠는데, 그렇게 생각하며 고개를 갸웃거린 내게 아이리스가 따졌다.

"아뇨, 서 있을 만한 여유는 있잖아요?"

"기력으로 말이지! 사라사, 너무 가혹해……. 이래선 싸울 수가 없는데"

"괜찮아요. 그건 다 생각해 두었어요. 다행히 이곳에는 파수꾼이 없는 모양이니까요."

조심성이 많은 상대라면 이 근처를 감시하고 있을지도 모르겠다고 생각했는데, 그렇게까지 경계하는 게 아닌 건지, 그냥 바보인 건지. 얕볼 생각은 없지만, 유능한 적인 것보다는 낫다.

"우선 앉아서 이걸 마셔보세요. 체력이 회복될 테니까요. 큰맘 먹고 드리는 거예요."

평소에는 피곤한 정도로는 쓰지 않지만, 이번은 긴급 사태다. 도로에서 벗어나 숲으로 들어간 다음, 그곳에 앉아 아이리스와 케이트에게 체력 회복용 포션을 건넸다.

"고맙군……. 꿀꺽꿀꺽──응! 사라사, 이거, 대단한데! 단숨에 편해졌어!"

"그래. 게다가 꽤 맛있고……. 좋네, 이거."

눈을 동그랗게 뜨고 텅 빈 포션 병을 보고 있던 아이리스와 케이트에게 내가 당연하다며 고개를 끄덕였다.

"네, 아이리스와 처음 만났을 때 먹였던 포션에 즉효성을 더한 물건이니까요."

"그렇군──, 아니, 처음 만났을 때라면 내가 죽어가던 그때 말이지?! 내가 막대한 빚을 지게 되었던 그거! 엄청나게 비싼 거 아닌가……."

"크, 크, 큰맘 먹고 주는 거라고 해도, 머, 먹어도 괜찮은 거야……?"

약간 떨면서 이쪽을 보고 있던 두 사람에게 내가 손을 마구 저었다.

"그때는 팔을 붙여주는 포션이 특히 비쌌던 것뿐이에요. 물론 이것도 저렴한 건 아니지만, 필요한 경비는 아끼지 않는다고요."

어차피 한 병에 몇천 레어 정도다. 로레아와 미스티를 구하기 위해서라면 싸게 먹히는 것이다.

"그건 그렇고, 기운이 나셨으면 호위를 부탁드릴게요. 저는 쿠루미와 동조해볼 테니까요."

"음, 그랬지. 맡겨다오. 사라사는 내가 지키마."

"물론, 나도. 조심해———라고 말해야 하는 건지는 잘 모르겠지만, 조심해."

"네, 잘 부탁드려요."

쿠루미가 루타 마을 근처에 있다면, 여기서도 이어질 것이다.

나는 기도하는 듯한 심정으로 눈을 감았고, 쿠루미와———, 이어졌다!

시야는 완전히 어두웠다.

몸을 꼼지락거리며 움직이자 머리 위에서 '흐악!' 하는 작은 목소리가 들렸다.

눈앞이 갑자기 밝아지더니 이쪽을 들여다보고 있는 로레아의 얼굴이 보였다.

보아하니 쿠루미는 로레아의 옷 안에 들어있었던 모양이다.

"저, 저기, 사라사 씨인가요?"

불안한 듯이 속삭이는 그 목소리에 내가 '가우'라며 고개를 끄덕이자 굳어져 있던 로레아의 표정이 안도한 듯이 풀렸다.

"다, 다행이야……."

그녀의 눈에 눈물이 맺혔다.

"사, 사라사 선배, 인가요? 정말로요?"

로레아의 옷 밖으로 기어나와 보니 마찬가지로 눈에 눈물을 머금고 기도하듯이 두 손을 모으고 있는 미스티가 보였다. 내가 '가우'라고 대답하자 미스티가 매우 큰 한숨을 내쉬며 바닥에 손을 짚고 울음을 터뜨릴 듯한 목소리로 웃었다.

그녀의 손을 툭툭 두드리고는 주위를 둘러보았다.

여긴……, 작은 방, 인가?

침대를 하나 넣으면 가득 찰 만큼 좁았고, 창문이나 가구는 없었다.

창고, 아니면 사람을 가두어두기 위해 만든 방인가?

상황은 대충 예상한 대로인 것 같은데. 고개를 끄덕인 내게 왠지 모르겠지만 미스티가 무릎이라도 꿇을 듯이 고개를 숙였다.

"죄송합니다, 사라사 선배, 제가 무리하다가……."

"아뇨, 저도 마찬가지예요. 억지로 함께 나섰는데, 불침번도 제대로 서지 못하고 잠들어버렸으니까……."

"역시 나 때문에———." "그래도 제가 있었던 건———."

왠지 모르겠지만 책임을 서로 떠넘기———, 아니, 떠맡으려 하기 시작한 두 사람.

하지만 지금은 그런 말을 하고 있을 때가 아니다. 지금부터 어떻게 할 것인가가 중요하다.

"가우!"

내가 손을 번쩍 들며 말을 걸자, 두 사람이 정신을 차리고 이쪽을 보았다.

그리고 역시 미스티라 그런지 곧바로 냉정하게 이야기하

기 시작했다.

"상황을 설명해드릴게요. 경위는 생략하겠지만, 저희는 지금 도적들에게 붙잡혀서 그들의 거점인 루타 마을에 감금 당했어요. 다행히 다친 곳은 없고요."

보아하니 다친 것 같진 않았지만, 둘 다 확실하게 초췌해진 상태다.

나와 연락이 되어서 그런지 표정에는 밝은 기색이 보였다. 그래도 체력은 별개일 테고, 며칠 동안 감금당해 있었다면 정신적인 피로도 심할 것이다.

"이곳은 루타 마을의 가장 안쪽에 있는 건물이고, 주위에는 사람이 서서 감시하고 있어요."

마을 안쪽……, 구출을 경계해서 접근하기 힘든 곳을 골라 가둔 건가?

아니면 사람을 가두기에 적합한 건물이 우연히 이렇게 형편 좋은 곳에 있었나?

───아니, 예전부터 그런 목적을 지닌 건물을 세워두었을 거라 생각해야 할지도 모르겠다.

그렇다면 역시 마을 사람들까지 도적들과 한패일 거라 생각하는 게 자연스러울까?

"가우가우~, 가우가, 가우가우가우~?"

그런 의문을 제스처로 두 사람에게 전달해보았지만, 미스티는 의아하다는 듯이 고개를 갸웃거렸다.

큭, 역시 자세한 내용을 전달하는 건 힘든가?

바닥을 깎아서 글자를 써야 하나. 그렇게 생각하고 있자니 로레아가 조심스럽게 입을 열었다.

"저기……, 아마, 마을 사람들 모두가 도적들의 동료인지 물어보고 싶으신 것 같아요."

"가우!"

내가 '그거야!'라고 대답하자, 미스티가 눈을 반짝이며 나와 로레아를 번갈아가며 보았다.

"그, 그렇군요. 로레아, 대단하네? 나는 전혀 이해하지 못했는데."

"후훗, 쿠루미와 함께 지낸 기간이라면 미스티 씨보다 훨씬 길거든요? 사라사 씨와도 꽤 오랫동안 함께 지냈고, 같이 가게를 지켜왔으니까요!"

"선배하고는 내가 더 오랫동안 알고 지냈을 텐데……. 관계의 깊이인가……."

미스티하고도 같은 기숙사에서 살았지만, 로레아는 아예 같은 집에서 사니까.

이심전심이라는 의미로는 로레아가 더 가까울지도 모르겠는데?

로레아가 으스대는 표정을 짓자 미스티가 분한 듯한 표정을 짓다가 곧바로 다시 입을 열었다.

"도적들에게 적극적으로 협력하고 있는 건 촌장 같은 극히 일부뿐인 것 같아요. 도적들의 숫자는 잘 모르겠지만, 대부분 부인이나 아이를 인질로 잡혀서 거역하지 못하는 것 같고요."

"저희와 마찬가지로 이 건물에 갇혀 있어요."

———호오? 아이들을 인질로 잡았다고? 좋아, 죽이자.

아니, 로레아하고 미스티를 납치한 시점에서 이미 처형 확정이긴 하지만 말이지.

내게 남아있던 희미한 자비심조차 완전히 사라져버렸는데?

그래도 도적에게 가담한 게 마을 사람들 중 일부라는 건 좋은 소식이다.

두 사람과 함께 잡혀 있는 아이들을 구해내면 훨씬 더 편해질지도 모르겠다.

싸우는 데 방해가 되면 곤란하니까 잘 해내야 하는데…….

"가우가아아~, 가우, 가가~가우."

"……근처에 와 있으니까 구해주러 오시겠다는 건가요? 아, 그렇겠네요. 쿠루미와 동조할 수 있다는 건 근처에 있다는 뜻이죠!"

"그렇구나, 근처에———, 아니, 사라사 선배니까요. 근처에 있다고 해도 분명히 그렇게까지 가까운 곳은 아니겠죠? 아니, '이 정도'라고 하면서 팔을 벌려봤자 모른다고요!"

"하하하……., 사라사 씨는 매우 먼 곳에서도 동조하셨던 것 같은데…….. 그래도 구해주러 오신다는 걸 알게 되니 안심이 되네요. 사라사 씨, 기다릴게요."

"가우!"

빛이 돌아온 눈으로 이쪽을 보는 두 사람에게 고개를 힘차게 끄덕인 다음, 나는 쿠루미와의 동조를 끊었다.

"휴우……."

나는 갑자기 몸이 무거워진 것처럼 느껴졌기에 숨을 내쉬었다.

갑자기 바뀐 시야에 머리가 익숙해지게끔 눈을 몇 번 깜빡이자 내 양쪽 옆에 서서 조금 걱정된다는 듯이 이쪽을 보고 있는 아이리스와 케이트의 얼굴이 눈에 들어왔다.

"사라사, 돌아온 거야? 어때? 동조는 이루어진 것 같던데……."

"제대로 해냈죠! 둘 다 무사했어요. 정보도 손에 넣었고요."

나는 엄지손가락을 치켜세우고 미소를 지으며 고개를 끄덕인 다음, 아이리스와 케이트에게 납치된 두 사람에게 들은 이야기를 해주었다.

"……흐음. 그러니까, 사라사로 인해 마을 하나가 사라지는 사태는 피할 수 있게 되었다는 뜻이군."

"그러니까, 안 없앤다고요———, 도적만 있다면 모르겠지만요. 만약에 그런 경우라 하더라도 지금 저는 영주 같은 입장이에요. 확실하게 이민할 사람들을 모아서 부흥할 때까지 돌봐줄 거예요. 아깝잖아요."

"그러면 이미 위치만 같은 곳일 뿐이지 다른 마을 아닌가?"

약간 어이없어하는 듯한 케이트의 눈초리를 보고 나는 어깨를 으쓱였다.

"그렇게 볼 수도 있겠네요. 그래도 도적밖에 없는 마을이 정말 마을일까요?"

마을을 가장한 도적의 아지트 아닐까?

그런 건 없애버려도 문제가 없겠지?

"부정할 순……, 없겠네. 그래서, 도적의 숫자는 알아냈어?"

"안타깝게도 그것까지는 모르겠어요. 둘 다 갇혀있으니까요."

"당연하겠군. 그런데 쿠루미와 미스티가 있는데도 붙잡혔다니, 대체 무슨 일이 있었던 거지?"

"자세히 물어보진 않았는데, 둘 다 여행이 익숙한 건 아니니까요. 아마 이동하다가 피곤해서 꾸벅꾸벅 졸다가 인질을 잡힌 것 같네요."

둘 다 자기 잘못이라고 했는데, 이야기를 들어보니 느낌은 알 것 같다. 쿠루미는 가게에서 날뛰는 불량배들에게 대처하려고 만들었고, 미스티도 실전 경험은 부족하기에 아마 그런 꼼수에는 약할 것이다.

내가 억측을 포함해서 그렇게 설명하자 아이리스와 케이트도 납득한 듯이 고개를 끄덕였다.

"둘 다 그런 면에서는 초짜인가? 사라사와는 달리."

"우리도 야영 경험은 많지 않으니까. 그리고 소재를 채집할 때는 경계할 대상이 야생 동물이나 마물이지만, 이번에는 지혜가 있는 인간이야. 채집조차 익숙하지 않은 두 사람은……."

"마리스 씨도 연금술사가 소재를 직접 채집하러 가는 건 낡은 방식이라고 했으니까요. ……응, 미스티를 단련시켜 줘야겠네요. 스승님처럼!"

스승님만큼은 아니지만, 나도 어느 정도는 검을 다룰 수 있고, 격투기는 더 잘한다.

나도 미스티의 스승님이 되었으니 싸우는 법을 가르쳐주는 것도 중요하겠지?

"그런데 사라사, 예전에 '검보다는 연금술을 가르쳐줬으면 좋겠다'고 하지 않았나?"

───그랬을지도.

모처럼 스승님이 와줬는데 왠지 모르겠지만 검술 수행만 시켰을 때.

"……전통은 이렇게 스승으로부터 제자에게 이어져가는 거군요. 슬픔의 연쇄네요."

"너무 호들갑 아닌가?! 아니, 나는 안 좋은 전통은 타파해도 될 거라 생각하는데."

"그게 '안 좋은 전통'이 아니라는 게 문제죠. 실제로 이 검 덕분에 도움이 많이 되었고요."

그때 받았던 검은 지금도 허리에 차고 있다.

내가 그 검을 두드리며 그렇게 말하자 아이리스와 케이트가 미묘한 표정을 지었다.

"맞는 말이긴 한데……, 그게 연금술사가 할 일인가?"

"그렇구나. 다시 말해, 이 정도 검을 만들 수 있게 되고 나서 그런 말을 해라, 그런 뜻인가요? 좋은 말이네요. 이번 건이 마무리되면 열심히 해볼게요. 미스티를 수행시키는 건 그런 다음에 하도록 하죠."

내가 '응, 그게 낫겠네! 연금술사답기도 하고'라며 고개를 끄덕이자 케이트가 '그런 문제야⋯⋯?'라고 하며 눈살을 찌푸리다가 금방 포기한 듯이 고개를 저었다.

"뭐, 그래도 상관없어. ───이제부터 어떻게 움직일 건데?"

"정보는 얻었는데, 아버님께서 도착하실 때까지 기다렸다가 공격할 건가?"

"아뇨, 우리는 예정대로 먼저 가서 두 사람이 갇혀 있는 곳을 확인하고, 상황에 따라서는 탈환할 거예요. 여기서 합류하면 움직이기 힘들어지니까요."

우리의 이점은 도적들에게 잘 들키지 않는 소수라는 점이다.

도적들이 군대를 감시하고 있다면 우리의 존재도 들켜서 인질을 구출하기도 힘들어진다.

"알겠어. 그럼 바로 움직이자. 아버님 일행에게 따라잡히면 아무것도 안 될 테니까."

""네(그래).""

도로에서 루타 마을까지 이어지는 길은 작은 외길이다.

도적들이 그 길을 감시하지 않을 리가 없었기에 우리는

일단 도로로 돌아간 뒤에 요크 마을 쪽으로 잠시 나아갔다가 그곳에서 다시 숲속으로 들어갔다.

선택한 곳은 직선 거리로 루타 마을과 가장 가까운 위치.

사실 좀 전에 갔었던 길은 지나가기 편한 걸 우선시해서 만들어졌기에 꽤 돌아가는 길이다.

물론 반대로 말하자면 우리가 선택한 길 아닌 길은 험한 지형만 계속된다는 뜻이다.

하지만 대수해에서 활동하고 있는 아이리스와 케이트에게는 그러한 난관도 고생할 정도는 아니었고, 거기에 내 마법도 더해졌기에 거의 소풍이나 마찬가지였다.

몇 시간 정도 만에 가볍게 돌파한 우리는 루타 마을을 눈으로 볼 수 있는 곳에 도착했다.

"작은 마을⋯⋯이긴 한데, 군데군데 부자연스럽게 커다란 집이 있군."

"그러게요. 요크 마을은 다들 집이 비슷하게 생겼는데⋯⋯, 촌장님까지 포함해서요."

일단은 마을의 우두머리이니 좀 더 좋은 집을 지어도 될 텐데, 마을 자체에 그렇게까지 여유가 없었기 때문일까, 역대 촌장님들이 소심했던 걸까.

그런 반면, 이 마을은 척 보기에도 유력자와 그 이외의 차이가 뚜렷하게 드러나 있다.

"그래도 도적이 있다는 건 틀림없는 것 같아. 아무리 봐도 마을 사람이 아니잖아, 저거."

숲속에서 살펴보기만 해도 불량배로만 보이는 남자들이 돌아다니는 걸 알 수가 있었다.

그 숫자는 생각보다 많았고, 평범한 마을 사람 같은 쪽이 더 적을 정도였다.

"마을로 침입해서 도적만 쓰러뜨리는 건 힘들 것 같네요. 원래 예정대로 로레아와 미스티의 구출을 목표로 하죠."

"알겠다. 마을 안쪽이라면……, 저쪽이로군. 가자."

우리는 도적들에게 들키지 않게끔 마을에서 거리를 두고 숲속을 나아갔다.

습격자를 발견하기 위한 경보 장치, 숲에 숨어있는 파수꾼, 거점을 지키기 위한 함정.

우리는 당연히 있을 그런 것들을 경계하며 주의 깊게 나아갔다.

하지만 그런 우리를 비웃는 것처럼 숲속에는 그렇게 방해가 될 만한 게 아무것도 없었고, 우리는 마을 안쪽까지 매우 쉽사리 도착해버렸다. 완전히 맥이 빠진다.

"으음……, 이 녀석들, 도적이라는 자각이 부족한 거 아닌가?!"

"사라사, 화를 낼 일이야? 편해서 좋잖아."

"그렇긴 한데요~. 이런 녀석들 때문에 제 귀중한 시간을 낭비하게 되었다고 생각하니까!"

사실은 지금쯤 채집한 아스테로어로 공기청정기를 만들거나, 미스티와 함께 급탕기를 만들거나, 로레아 등등과 함께 대중목욕탕을 즐기고 있었을 텐데!

"자기가 도적이라는 자각을 가지고 부지런한 것도 좀 그렇지 않나?"

"나도 동감이야. 도적들은 편하게 먹고 살고 싶다는 쓰레기들이 모인 녀석들이니까."

"……그렇긴 하겠네요. 그래도 그런 모라토리엄의 나날도 오늘까지예요. 앞으로는 죽을 때까지 육체노동만 하는 나날이 될 거라고요———, 운좋게 살아남을 수 있다면 말이죠. 크흐, ㅎㅎㅎ……."

이제야 결판이 나겠다고 생각하니 나도 모르게 웃음이 치밀어올랐다.

———운이 없는 도적 여러분에게는 나태의 대가로 영원한 잠을 선사해주자.

———운이 좋은 도적 여러분에게는 근면이라는 단어가 무슨 뜻인지 떠올리게 해주자.

이미 붙잡힌 사람들은 도로 정비에 동원되어서 강제로 열심히 일해주고 있는 모양이니까.

"살아남는 게 운이 좋은 걸까. 그런 의문이 들 정도로 무서운 미소구나, 사라사."

"저와 맞섰는데 살아남은 시점에서 도적치고는 정말 운이 좋은 거거든요? ———아, 저 건물이 틀림없는 것 같아요. 쿠루미의 존재가 느껴져요."

루타 마을의 가장 안쪽, 숲과 맞닿아 있는 곳에는 비교적 큰 단층 건물이 있었다.

척 보기에는 창고 같지만, 잘 살펴보니 창문이 하나도 없고 입구도 한 군데뿐이었다.

그냥 쓰기에는 불편하기만 할 것 같은 그 구조도 특정한 목적 때문이라고 생각하면 이해가 된다.

"감금용인가? 이런 건물이 있는 걸 보니 예전부터 정상적인 마을이 아니었을지도 모르겠군."

"최근에 지은 건물 같진 않으니까. 감시하는 녀석들도 있긴 한데……, 숫자가 적네."

입구 근처에 두 명뿐. 게다가 의자에 앉아 잡담을 하고 있다.

가두어둔 사람이 도망치거나 구출하러 온 사람이 있으리라는 생각은 하지도 않는 것 같다.

"사라사, 어떻게 나설 거지? 저런 파수꾼이라고 해도 몰래 숨어드는 건 힘들 텐데?"

"다른 입구가 없으니 말이지. 해치울까? 한 명만이라면 확실하게 없앨 수 있는데?"

케이트의 활 솜씨는 잘 알고 있다.

내 마법도 함께 쓰면 파수꾼 두 명을 소리도 내지 못하게 해치울 수는 있다.

갇혀 있는 사람들을 데리고 금방 도망칠 수 있다면 그렇게 해도 되겠지만……

"어두워질 때까지 기다리죠. 밤에 숨어 들어가서 내일 아델버트 씨 일행이 공격할 때 맞춰서 구출하고, 그 흐름을 이어가면서 도적들을 소탕하겠어요."

효율을 생각하면 마을의 여자들이나 아이들을 모두 가두어두었을 것 같진 않다.

한 가족 당 한두 명 정도. 그것만으로도 인질로서의 가치는 충분히 있으니까.

반대로 말하자면, 지금 갇혀 있는 사람들을 구해내더라도 상황이 시작되기 전에 들켜버리면 다른 아이가 인질이 되어버린다는 것이다.

"예정대로라면 오늘 저녁쯤에는 루타 마을 근처에서 진을 치겠지?"

"네. 슬슬 마을에 움직임이 생기더라도 이상하지 않을 텐데요⋯⋯."

루타 마을로 이어지는 길을 감시하고 있다면, 병사들의 이동을 놓칠 리가 없다.

하지만, 마을에 있는 도적들은 긴장하는 티도 없이, 완전히 방심하고 있다.

아무래도 그들은 생각했던 것 이상으로 무능했던 모양이다.

———애초에 우리도 도적들을 비웃진 못하겠지만 말이지.

오랜 기간 동안 이 거점을 발견하지 못했다는 슬픈 실적이 있으니까⋯⋯.

"흐음. 이런 상황이라면 들키지 않게끔 연락을 취할 수도 있을 것 같은데?"

진지한 표정으로 '어떻게 할까?'라며 나를 보는 아이리스와 약간 걱정하는 듯한 케이트의 표정.

"시간은……, 있네요. 그래도 인질에 대해 알리는 게 정말 도움이 될지."

망설여진다. 정말……, 망설여진다.

아무것도 알리지 않고 싸우면 협박당했을 뿐인 마을 사람이 죽을지도 모른다.

하지만 우리가 인질을 신경 쓰면서 힘조절을 하면 병사들에게 피해가 생길지도 모르고, 도적들이 그 사실을 눈치채고 인질을 이용하려 할지도 모른다.

어느 쪽이 희생자를 덜 낼 수 있을지, 그 판단이 어렵다.

"……희생은 최소한으로. 그게 최선이겠지만, 제가 지켜야 할 사람들은 지금 시점에서 제 명령에 따라 싸워주고 있는 사람들 쪽이겠죠. ──만약에 마을 사람들 중에 희생자가 발생하더라도요."

하지만, 인질로 잡힌 아이의 부모가 내 명령에 따라 죽게 될지도 모른다.

그 사실로 인해 마음이 무거워져서 고개를 숙인 내 어깨를 아이리스가 살며시 끌어안았다.

"사라사, 너무 그렇게 떠안을 필요는 없을 것 같은데? 나를 좀 의지해줘."

"……그래도, 책임자는 저예요. 원하지는 않았지만, 전권 대리를 맡은 이상, 결단을 내리는 게 제 일이죠. 그 결과가 어떻게 되더라도요. 그게 책임이라는 거잖아요……?"

나는 아이리스를 올려다보며 나 자신을 타이르는 듯이 말했다.

하지만, 입에서 새어나온 것은 내가 생각해도 힘없이 들리는 목소리였다.

"훌륭한 마음가짐인 것 같긴 하지만, 너무 신경 쓰다가는 움직이지 못하게 될 텐데? 전 영주를 생각해 봐라. 그 녀석은 요크 마을이 마물에게 습격당했는데도 도움은커녕, 세금을 올리려 했잖아?"

"아니, 아무리 그래도 그 녀석하고 비교하면……."

내가 인상을 찌푸리자 아이리스가 고개를 끄덕이며 쓴웃음을 지었다.

"으음, 그건 글러먹은 쪽으로 좋은 사례겠지. 하지만, 영주가 자신의 역량을 넘어서 다른 사람들을 구하려 하다가는 반드시 문제가 생긴다. ──예를 들어, 전 로체 가문 당주처럼 말이야."

"그래. 전 당주는 너무 무리했지. 그 결과 한때나마 구해 줄 수 있었지만, 최종적으로는 더욱 안 좋은 결과가 생겨버렸어. ──사라사가 구해주지 않았다면."

아이리스와 케이트는 서로 얼굴을 마주 보고 고개를 끄덕인 다음, 동시에 나를 보았다.

"하지만, 그런 전 당주도 글러먹기만 한 건 아니지. 저래 봬도 전투 쪽으로는 나름대로 믿음직스러우니까. 인질에 대해서는 연락만 해두고 뒷일은 맡긴다. 그러면 될 것 같은 데?"

"나도 동감이야. 필요하다면 아델버트 님께서 알리실 테고, 말하지 않는 게 나을 것 같다고 생각한다면 입을 다무시겠지. 그러한 판단은 믿을 수 있어."

일부러겠지? 가벼운 말투로 말하는 두 사람을 보니 무거웠던 내 마음도 조금 부드러워졌다.

"후훗. 그러면, 그 호의를 받아들이도록 할까요……?"

""으음(그래)!""

내 분위기가 바뀐 것을 느꼈는지, 두 사람이 안심한 듯이 부드러운 표정을 지었다.

그 뒤 우리는 아델버트 씨와 일단 합류해서 얻은 정보를 전달한 다음, 감금 장소 근처까지 다시 돌아와 밤이 되기를 기다렸다.

그리고 한밤중. 다시 건물로 다가갔지만 그곳에는 낮에 있던 파수꾼이 보이지 않았다.

완전히 방치하지는 않았을 테니까, 아마 안에 있으려나?

어찌 됐든, 근처까지 군대가 다가왔다고는 보기 힘들 만큼 경비가 허술하다.

마을에서도 어수선한 분위기가 느껴지지 않는 걸 보니 역시 전혀 눈치채지 못한 것 같다.

"뭐라고 해야 하나……, 조잡한 도적단이네요. 순찰 정도는 해도 될 텐데."

아니, 우리에게는 형편이 좋지만 말이지.

"마을을 나서서 10분 정도만 걸어가면 진이 보인다만……. 경계가 너무나도 허술해서 함정을 의심하고 싶어지는데? ───설마 진짜로 함정인 건 아니겠지?"

그렇게 말하며 눈살을 찌푸린 아이리스에게 케이트가 고개를 저었다.

"이런 상황에서 도적들이 할 수 있는 건 반대로 야습하는 것 정도잖아. 지금까지 들키지 않아서 우리를 얕보고 있는 거겠지."

"역시 그렇게 생각하나요? 하지만 그것도 오늘밤으로 끝이죠. 이번 일이 정리되면, 전 연금술에 푹 빠져 사는 나날을 보내겠어요!"

나는 골치 아픈 일에서 이제야 해방될 거라는 기쁜 마음에 그런 희망사항을 말했다.

그러자 왠지 모르겠지만 아이리스와 케이트가 깜짝 놀란 듯이 나를 보았다.

"왠지 불길한 말인데?! 괜찮아? 사라사!"

"사라사, 끝날 때까지 방심하면 안 되거든?!"

"당연하죠. 무슨 말씀을 하시는 거예요?"

그건 너무나도 당연한 것이다. 의아해하며 두 사람을 바라보자 아이리스와 케이트는 탐탁지 않은 표정을 짓고 있다가 곧바로 고개를 살짝 저었다.

"……뭐, 됐다. 그런데 어디로 들어가지? 정면의 문으로?"

"아무리 그래도 문 안쪽에는 파수꾼이 있겠죠. 간수라고 해야 할지도 모르겠지만요."

"흐음, 그런가. 그렇다면……, 조용히 벽을 뚫는다거나?"

"그건 힘들어요. 소리를 바깥으로 새어나가지 않게 하는 아티팩트도 있긴 하지만, 안타깝게도 저는 가지고 있지 않아요. 그러니까, 지붕으로 침입할 거예요."

"지붕? 지붕을 뚫는 건가?"

아이리스는 예상하지 못한 곳이었는지, 의아하다는 듯이 고개를 살짝 갸웃거렸다.

"뚫는다는 발상을 버리세요. 그냥 떼어내고 들어갈 거예요. 지붕은 의외로 맹점이거든요. 벽이나 문은 튼튼하게 만들지만, 지붕은 그러지 않는 경우가 많고요."

문제는 지붕을 걸어가는 소리가 실내에 울린다는 건데, 그건 잘 해낼 수밖에 없다.

벽을 뚫는 것보다는 훨씬 나을 테니까.

"……뭐, 지붕도 튼튼한 건물이라면 뚫을 거지만요."

"결국은 뚫는구나. 들키지 않게끔 할 수 있어? 그거."

"마법을 써서 어떻게든 해볼게요. 일단, 가보죠."

목적지인 건물은 단층이다. 마력으로 신체를 강화시키면 지붕으로 올라가는 것도 쉬운 일이다.

제일 먼저 내가 뛰어 올라갔고, 그 뒤를 이어 잽싼 케이트

가. 아이리스는 둘이서 손을 내밀어 끌어올렸다.

"지붕은 판자네요. ———우와, 허술해! 이거, 비가 오면 샐 것 같은데요."

건물의 판자 지붕은 얇은 널빤지를 겹치고 돌로 눌러놓기만 해서 매우 단순———, 아니, 조잡한 구조였다. 게다가 서까래 위쪽의 판자는 내가 통과할 수 있을 것 같을 정도로 빈틈투성이였다.

어떻게 뚫을지가 아니라, 어떻게 뚫지 않을까 생각하며 주의할 필요가 있을 정도다.

"둘 다, 발치를 주의해주세요———, 아니, 움직이지 말아주세요. 함부로 움직였다간, 그것만으로도 아래쪽으로 떨어질 거라고요."

"아, 알겠다!" "아, 알겠어!"

나는 두 사람에게 주의를 준 다음, 신중하게 돌을 치우고 널빤지를 떼어냈다.

절약을 해서 그런지 못도 박지 않은 그 지붕은 방어력이 매우 약했고, 우리는 쉽사리 다락으로 침입하는 데 성공했다. 마법으로 조명을 만든 다음, 기어가며 미스티와 로레아가 있는 방 위쪽에 도착했다.

"사라사, 이 아래인가?"

천장 쪽을 가리키는 아이리스에게 고개를 끄덕인 다음, 나는 '으으음!' 하고 집중했다.

"네, 틀림없는 것 같네요. 우선……, 쿠루미 슬래시!"

샤악!

아이리스와 케이트의 눈앞에 날카로운 발톱이 솟아났다.

""―――욱!!""

두 사람이 급하게 자기 입을 손으로 막고는 따지듯이 나를 보았다.

"……아니, 거리는 제대로 쟀는데요? 30센티미터는 떨어져 있잖아요?"

얼굴이 있던 위치에서 앞쪽으로 그 정도 떨어져 있다. 거리를 확실하게 확인하고 나서 한 행동이다.

자신을 스스로 공격하는 건 정말 말도 안 되는 상황이잖아?

"그래도 미리 좀 말해줘! 심장이 멈추는 줄 알았어!"

"맞아! 맞아!"

"자, 자, 지금은 감동의 재회를 할 상황이라고요. 항의는 나중에 받지 않겠어요."

"그렇다면……, 아니, 받지 않겠다고?!"

속삭이는 목소리로 따지는 두 사람을 달래며 쿠루미의 발톱으로 천장의 널빤지를 가르고 아래쪽을 들여다보았다. 그곳에는 울상으로 이쪽을 올려다보고 있는 로레아와 미스티가 있었다. 쿠루미 너머로 계속 보긴 했지만, 직접 무사한 모습을 보니 안심이 되어서 힘이 빠질 것 같았다.

하지만, 이곳은 아직 적지다. 나는 기합을 다시 넣고 조용히 아래쪽으로 뛰어내렸다.

그러자 갑자기 로레아와 미스티가 눈물을 흘리며 달려들

었다.

"샤, 샤라샤 씨이~!"

"사, 사라사 선배……!"

"어이쿠! 이제 괜찮아, 로레아, 미스티. 잘 버텼구나."

둘 다 소중한 여동생 같은 존재다. 제대로 받아낸 다음, 두 손으로 꼬옥 끌어안았다.

──그렇다, 여동생 같은 존재. 키는 나와 별 차이가 없긴 하지만. 일부는 내가 뒤처지긴 했지만!

"이봐, 일단 나도 있긴 하거든?"

"당연히 나도 있고."

내 뒤를 따라 내려온 아이리스와 케이트가 쓴웃음을 지으며 이쪽을 바라봤다. 그걸 눈치챈 로레아와 미스티가 조금 쑥스러운 듯이 내게서 물러나 눈물을 닦았다.

"네, 감사합니다. 두 분도요……."

"폐를 끼쳤네요. 저희 때문에."

"아니, 당연한 일이야. ──그런데, 좁은 방이군. 침대조차 없잖나!"

가슴을 펴고 두 사람에게 고개를 끄덕인 아이리스가 조금 짜증난다는 듯이 방을 둘러보았다.

방 안은 내가 만들어낸 조명과 더불어 미스티가 마법으로 만든 것 같은 조명도 떠 있어서 매우 밝──지만, 그 조명이 비추고 있던 것은 모포 두 장뿐이었다.

침대는커녕, 가구라고 할 만한 게 존재하지 않았다.

그야말로 감금용 방이네.

감옥보다 더 심할지도 모르겠는데? 가본 적은 없지만.

"다행히 추운 계절은 아니었지만요……, 몸이 좀 아프네요."

"저는 꽤 힘들었어요. 로레아는 강하구나?"

"저희 집은 가난했으니까 익숙해요! 사라사 씨가 온 이후로는 완전히 바뀌었지만요."

로레아가 그렇게 말하고는 미스티와 서로 마주 보며 미소를 지었다.

이런 상황이 됐으니 납치당한 원인이나 책임을 서로 떠넘기면서 사이가 틀어지진 않을까. 그렇게 조금 걱정했었는데, 오히려 사이가 더 좋아진 것 같기도? 함께 고난에 맞섰으니까.

나는 그렇게 안심하면서 두 사람에게 상황을 설명했다.

내일 아침, 아델버트 씨 일행이 마을을 공격한다는 것.

그 타이밍에 우리도 도망칠 예정이라는 것.

함께 갇혀 있던 마을 사람들도 구해낼 예정이라는 것.

그리고———.

"미스티, 오빠는 건강하더라. 편지는 너를 꾀어내기 위한 함정이었던 모양이야."

안심시키기 위해 한 말이었다. 하지만 미스티는 왠지 모르게 슬픈 듯이 눈을 내리깔았다.

"그런가요……. 마치 노린 듯이 도적이 나타난 시점에서 그런 거 아닐까 하고 생각하긴 했어요. 그런데 오빠가……,

이런 짓을 하지 않아도 저는 후계자가 될 생각이———."

"아. 아니, 아니, 편지를 보낸 건 오빠의 비서———, 음, 자도크라고 했나? 그가 독단으로 저지른 느낌이야. 자세한 이야기는 직접 들어. 와 있으니까."

내가 제대로 말하지 못한 것 같아 급하게 설명을 덧붙이자, 미스티가 놀란 듯이 눈을 깜빡였다.

"네? 독단? 오빠는 상관이 없다고요? 와 있다고요?"

"응, 근처까지. 내일 공격에도 참가하지 않을까? 선장님들하고 같이."

"대, 대체 뭐하는 거죠, 오빠……. 거친 일은 잘 못할 텐데……."

당황한 마음과 기쁜 마음, 그리고 의문. 그런 것들이 한데 섞여서 울어야 할지 웃어야 할지 모르는 듯한 표정을 지은 미스티가 고개를 숙였다. 로레아는 그런 미스티를 위로해주려는 듯이 끌어안았다.

"잘됐네요, 미스티 씨! 오빠가 배신한 게 아니었다고요!"

"그, 그래도, 사실인지 아닌지는 아직 모르니까……."

"그러니까, 만나서 확실하게 물어봐요! 이야기는 아직 안 해봤잖아요?"

"으, 응……, 그러게. 제대로 이야기를 나눠봐야겠지……."

로레아가 격려해주자 미스티가 고개를 끄덕였다.

으으음, 미스티의 스승님으로서의 입장이 약간 위태로운데?

스승님으로서 뭔가 심오한 말을 해줘야 할지도 모르겠다, 내가 그렇게 생각하기 시작한 직후.

케이트가 손을 들고 '조용히'라고 속삭이자 모두가 곧바로 입을 다물었다.

귀를 기울여보니 복도를 걸어오는 발소리와 남자들이 이야기를 나누는 목소리가 들렸다.

───그렇다, 매우 불쾌한 목소리가.

"형님, 괜찮은 겁니까? 손을 대면 위험한 거 아니에요?"

"상관없다고. 어차피 무사히 돌려보내지도 않을 텐데. 항상 그랬듯이 적당히 즐기고 나서 숲에 버리면 동물들이 처리해 줄 거야. 도망쳤다고 하면 되겠지."

"그래도 도망쳤다고 하면 우리 책임이 되는 거 아닙니까?"

"낮에 감시하던 녀석들도 어차피 제대로 감시하지 않았을 거라고. 둘러대면 되잖아?"

"그렇긴 하겠네요! 저도 맛을 좀 봐도 됩니까?"

"그래, 마음대로 해! 진짜, 모처럼 내 취향인 여자를 잡아왔는데 말이야! 이번만큼은 손을 대지 말라니, 그 망할 뚱보 녀석, 온 지 얼마 안 된 주제에 잘난 척하지 말란 말이지!"

무언가를 걷어찼는지, 콰앙, 소리가 들렸다.

늦은 밤인데 정말 매너가 없는 녀석이다. 자고 있는 사람도 있을 텐데!

───너희도 이제 곧 영원히 잠들게 되겠지만.

"……잘됐네, 로레아. 취향인 여자래."

"아뇨, 아뇨, 미스티 씨 이야기일지도 모르거든요? 저는 촌스럽잖아요?"

"괜찮아, 로레아는 귀여우니까. 나는 잘 알고 있거든."

"둘 다 뭘 그렇게 양보하고 있어……, 아니, 사라사, 미소가 무서운데?!"

어이가 없다는 듯이 그렇게 말한 케이트가 나를 보고는 깜짝 놀란 듯이 눈을 크게 떴다.

"어? 그런가요? 지금 저는 자비롭게 인생의 끝을 평온하게 맞이하게 해줄 방법을 생각하고 있었는데요. ──저 녀석들의 인생을요."

"사라사, 붙잡아서 일을 시키겠다는 건 어떻게 된 건데?!"

"……아, 그랬죠. 죽을 때까지 육체 노동을 시키려고 했었죠. 도적들에게 자비심은 필요가 없겠네요."

분노 때문에 이성을 잃고 나도 모르게 단숨에 끝낼 뻔했다.

확실하게 고통을 주어야지!

"감사합니다, 아이리스. 덕분에 이성을 되찾았어요."

"그렇게 고맙다고 하니 복잡한 기분인데──, 어이쿠, 온 모양이야."

곧바로 조명을 없앤 나는 문 옆에서 주먹을 쥔 채 대기했다.

미스티와 로레아는 방 안쪽으로 이동시킨 다음, 아이리스가 칼집에 든 검을 겨누었다.

자물쇠를 따고, 문이 열렸다. 보인 적인 두 명.

선두의 남자를 쓰러뜨리고, 뒤쪽에 있는 남자에게 주먹

을———.

"""———윽!!"""

그때, 내가 움직이기도 전에 작은 그림자가 뛰어들었다.

"크엑!" "커헉!"

퍼억, 퍼억, 묵직한 소리가 연달아 울렸고, 남자들의 신음 소리와 쓰러지는 소리가 이어서 들렸다.

"가우!"

"""쿠루미?!"""

마치 승리 포즈처럼 팔을 높게 들어올린 채 바닥에 내려선 건 쿠루미였다.

"어?! 사, 사라사 씨?!"

"안 했어, 안 했다고, 아무것도 안 했어! 알아서 한 거야, 쿠루미가!"

"가우가우~!"

떡 버티고 선 쿠루미가 '나는 믿음직스러워!'라고 하는 듯이 펴고 있던 가슴을 한쪽 앞발로 두드렸다. 진짜로 아무런 지시도 내리지 않았는데…….

"혹시, 우리가 붙잡혔을 때 아무것도 하지 못한 걸 신경 쓰고 있었던 건가?"

"가우! 가우우가우가우."

로레아의 말에 가우가우 하며 고개를 끄덕인 쿠루미.

보아하니 긍정의 표시 같았다.

"그래도 그때는 인질을 잡혔으니까……. 함부로 움직였

다간 살해당했을지도 모르고, 어쩔 수 없었을 거야, 쿠루미."

"가우……. 가우! 가우가우~."

쿠루미가 잠깐 풀죽었다가 곧바로 '그래도 다음에는!'이라는 듯이 고개를 들었다.

열심히 하는 건 좋긴 한데, 아무리 그래도 그건 호문쿨루스의 역할이 아닌 것 같거든?

"어……, 사라사 선배, 이 호문쿨루스, 머리가 너무 좋은 거 아닌가요?"

"응, 마리스 씨도 놀랐었지. 이번에는 나도 조금 놀라긴 했지만."

"조금?! ……뭐, 선배니까요. 우선 이 쓰레기들을 묶어두죠."

포기한 듯이 한숨을 쉰 미스티는 케이트가 건네준 밧줄로 남자들을 묶은 다음, 바닥에 있던 모포를 마치 부모님의 원수인 것처럼 찢어서 남자들의 입에 물렸다.

"좀 더! 제대로 된 침구를! 마련해 두라고요!"

바닥 위에서 모포 한 장뿐이라는 환경은 곱게 자란 미스티에게 힘들었던 모양이다.

학교 실습 때도 나름대로 힘든 환경을 경험했을 텐데?

"으음~, 예상치 못한 형태로 쉽사리 정리가 되어버렸군……. 사라사, 어떻게 할까? 바로 인질을 구해버릴까? 아니면 내일 아침에 도망치기 전에 구할까?"

"……내일 아침에 하죠. 말을 안 듣는 사람이 있으면 곤란하니까요."

발치에 굴러다니는 남자들의 이야기를 감안하면 이곳의 파수꾼은 아마 이 두 사람뿐일 것이다.

그러니 다른 방을 열고 돌아다녀도 방해하는 사람은 없겠지만, 구해준 사람들이 내 지시에 따를지는 모르겠다.

범죄자라면 힘으로 밀어붙이겠지만 평범한 마을 사람에게 그럴 수는 없다.

"멋대로 나가버리면 작전을 망치게 될 테니까. 아이들도 있는 것 같고."

"네. 그게 걱정이에요. 그러니 동이 틀 때까지는 쉬도록 하죠. 미스티하고 로레아는 배고프지 않아? 일단 먹을 것도 가지고 왔는데?"

두 남자는 일단 복도에 던져두고 가져온 짐을 풀자 그것을 본 로레아와 미스티의 얼굴이 환해졌다. '꼬르륵', 둘의 배가 대답했다.

"아하하……, 기뻐요, 사라사 씨. 사실 배가 고팠거든요……."

"여기 있는 녀석들은 제대로 된 음식도 내주지 않으니까———, 으엑. 이거 휴대용 보존 식량이잖아요!"

내가 내민 상자를 보고 로레아는 기뻐했고, 미스티는 인상을 찌푸렸다.

어떤 휴대용 보존 식량이 있는지 잘 알고 있기 때문이겠지만…….

"괜찮아, 이건 '흰색'이니까."

"아, '녹색'이 아니군요."

나는 안심한 듯이 숨을 내쉰 미스티를 보고 쓴웃음을 지었다.

"로레아도 먹을 텐데 맛없는 걸 가지고 올 순 없지. 자, 먹어."

"감사합니다. ———아, 달고 맛있네요. 과자 같아요."

"으음, '흰색'은 맛있지! 무심코 두세 개씩 먹어버리게 되는데, 그럴 때는 조심해야 한다? 나중에 눈물이 나게 되니까."

"하나당 하루치니까요. 너무 많이 먹으면 살이 찌죠. 아이리스 씨, 그런 적이 있나요?"

"노 코멘트다!"

"알겠어요. 전부 이해했다고요."

고개를 끄덕이며 뭔가 이해한 미스티가 내 옆에 앉아 휴대용 보존 식량을 입에 넣었다.

다른 세 사람도 마찬가지로 앉아 눈을 감고 조용히 체력을 회복시키는 데 힘썼다.

그리고 몇 시간 정도가 지났다. 동이 틀 시간이 다가오자 가슴이 두근거리기 시작한 우리 귀에 멀리서 들린 것은, 뭔가 큰 동물이 울부짖는 것처럼 깊게 울리는 소리였다.

"뭐, 뭐죠? 이 소리……."

제일 먼저 불안한 듯이 목소리를 낸 사람은 로레아였다.

아이리스와 케이트도 경계하며 날카로운 눈빛을 보였다.

"이런 곳에 마물이 나타날 리는……. 그런데 왠지 들어본 적이 있는 것 같기도 하네?"

마음에 걸리는 게 있어서 고개를 갸웃거리던 내 옆에서 미스티가 부끄러운 듯이 볼을 붉혔다.

"……죄송해요, 저희 쪽 사람들이."

"저희 쪽……? 앗! 항구에서 들었던 그거?! 그런데, 그건……."

"네. 장송곡이에요. 사실, 싸우기 전에도 부르거든요. 그 노래."

"싸우기 전에? 그거 혹시, '지금부터 네놈들의 장례식이다!'라는 뜻이야?"

"네, 그런 느낌이에요. 물론 친지가 죽어서 장례를 치를 때도 부르지만요."

──그 노래, 너무 만능인 거 아닌가? 일단 불러두자, 이런 느낌?

하지만 여기서 그 사실을 알고 있는 건 나와 미스티뿐이다.

의아하다는 듯이 눈살을 찌푸린 아이리스와 케이트가 내게 확인했다.

"잘 모르겠지만, 공격이 시작되었다고 생각해도 되는 거겠지? 그렇다면 서둘러 움직이자. 본격적으로 맞붙기 전에 인질을 구해야 해."

"그래요. 복도에 있던 남자들은……, 여기에 가두어 둘까요."

미스티와 로레아를 방 밖으로 내보낸 다음, 그 대신 남자들을 발로 차서 집어넣었다.

이제 문을 잠가두면 도망칠 수 없긴 하겠지만……, 복수 정도는 하고 싶다.

무슨, 즐긴다느니, 맛을 본다느니, 불쾌한 말을 했잖아?

———좋아! 모처럼 이렇게 된 거, 둘이서 즐기라고 하자.

첫 번째 남자는 하늘을 보게끔, 다른 남자는 엎드리게끔, 두 사람을 겹쳐서 밧줄로 꽉 묶었다.

단, 두 사람의 사타구니가 각각 눈앞에 오게끔.

"이 정도면 되려나? ……아니, 좀 더 서비스를 해줘야지."

검을 슬쩍슬쩍 휘둘러서 바지를 내릴 수고도 덜어주기로 했다.

깨어나면 마음껏 즐기거나 맛을 보라고.

"이제 됐네. 이런 쓰레기도 숲에 버리지 않는 나, 자비로워."

음, 내가 그렇게 말하며 고개를 끄덕였지만, 그 모습을 본 케이트와 아이리스의 표정은 미묘했다.

"아, 역시 엄청나게 화가 났구나, 사라사."

"당연하죠. 두 사람에게 손을 대려고 하다니, 만 번 죽어 마땅해요. 게다가 분명히 상습범일 테니 용서할 순 없죠. 조금이나마 피해자들의 심정을 헤아렸으면 해서요. 그렇게 생각하지 않나요?"

"일부러 말릴 이유는 없다만, 지금은 시간이 없는데? 사라사, 역할 분담은?"

"그렇죠. 저는 입구를 지킬게요. 다른 사람들은 건물을 돌아다니면서 인질을 모아주세요."

"""알겠어(요).""""

남자들에게 회수한 열쇠 다발을 아이리스 일행에게 맡긴 다음, 나는 건물 입구로 향했다.

그곳에 있던 것은 예상대로 현관과 감시실을 겸하는 듯한 방이었다.

다른 출입구는 없기에 바깥으로 나가려면 이 방을 통과해야만 한다.

그런 구조는 감금하기에 매우 효율적이긴 하겠지만, 그 사실이 오히려 나를 짜증나게 만들었다.

나는 곧바로 문을 열어젖히고, 그런 짜증을 날려버리려는 듯이 마법을 사용했다.

방에 흩어져 있던 술병과 먹다 남은 음식 쓰레기, 탁한 공기까지 한꺼번에 바깥으로 날려보냈다.

"으~, 좀 상쾌하네. 아침 공기는 시원한데!"

마법을 이용해 강제로 환기를 하자 약간 싸늘한 느낌이 드는 방의 기온이 오히려 기분 좋았다.

문을 열자 장송곡이 더욱 선명하게 들렸고, 마을에 가득 차기 시작한 웅성대는 목소리도 들렸다.

"이쪽을 신경 쓸 여유는 없는 것 같네. ……잘 풀리면 좋겠는데."

"사라사 씨!"

그 목소리를 듣고 돌아보니 로레아와 다른 사람들이 인질을 데리고 왔다.

　모두 합쳐서 스무 명 정도. 그중 3분의 1이 여자였고, 나머지는 아이들이었다.

　나이가 많이 어린 꼬마들도 많았지만, 의외로 우리 지시를 얌전히━━━.

　"곰돌이! 푹신푹신해!" "나도 만지게 해줘!" "나도! 나도오!"

　얌전히는 아니지만, 그대로 잘 따라주고 있는 모양이다.

　"가우~, 가우~."

　━━━안타깝게도 쿠루미가 희생하게 되었다. 실수로라도 동조는 하지 말아야겠다.

　"아이리스, 설명은?"

　"간단히는 했다. 그런데, 아이들이 이해했을지는……."

　불안한 듯한 아이리스가 바라본 곳에는 인기가 넘치는 쿠루미가 있었다.

　으음~, 어쩔 수 없지. 나는 바깥으로 통하는 문 앞에 선 다음, 어른들과 불안한 듯이 이쪽을 보고 있던 조금 나이가 있는 아이들에게 말했다.

　이 마을이 도적들의 거점이 되었다는 것, 그들을 토벌하기 위해 군대가 와 있다는 것, 아무리 협박당해서 그랬다고는 해도 무기를 들고 덤벼들면 쓰러뜨릴 수밖에 없다는 것.

　"마을 사람들은 최대한 구하고 싶긴 해요. 그러니 부탁드릴게요. 당신들의 가족들을 구하기 위해서 무기를 버리고 투항하라고 설득해주세요."

내가 그렇게 말하며 협력을 요청하자 어른들은 물론이고 뜻밖에도 쿠루미에게 푹 빠져있던 아이들까지 진지한 표정으로 나를 바라보며 고개를 크게 끄덕였다.

"그리고, 도적들과 촌장, 도적들에게 적극적으로 협력하던 사람들을 발견하면 가르쳐 주세요. ———괜찮아요. 오늘 이후로 그 녀석들은 마을에서 사라지게 될 테니까요."

'밀고 같은 짓을 해도 괜찮은 건가', 어른들의 표정에서 그런 불안함을 느낀 내가 그렇게 덧붙여 말한 다음, 이야기를 이어나갔다.

"지금부터 전투가 벌어지고 있는 쪽으로 갈 거예요. 저희가 지켜드리긴 하겠지만, 아이들이 뛰쳐나가지 않게끔 어른들이 손을 잡아주세요."

"난 그런 짓 안 해!"

내 말을 가로막으려는 듯이 소리친 사람은 어린 남자애였다.

척 보기에도 제일 먼저 뛰쳐나갈 것 같은 애다. 하지만———.

"응, 그래. 그럼 나이가 어린 애랑 손을 잡아줄래?"

"알았어!"

남자애가 누구와 손을 잡을지 생각하며 주위를 둘러보았고, 그 손을 잡은 건 근처에 있던 여자애였다.

그러자 남자애가 만족스러운 듯한 표정으로 콧김을 세게 내뿜었다.

근데 저 여자애, 몸집은 남자애보다 작긴 하지만———.

나는 냉정한 눈빛으로 이쪽을 빤히 바라보는 여자애에게 고개를 살짝 끄덕인 다음, 다른 사람들의 표정도 확인했다.

우리 일행까지 확인한 나는 바깥쪽을 향해 걸음을 내디뎠다.

"그럼, 가죠!"

마을에서는 이미 전투가 시작되어 성난 목소리가 오가고 있었다.

주요 전장은 마을 입구 근처. 정면에서 싸우고 있는 사람들은 로체 가문, 피드 상회, 허드슨 상회 사람들이었고, 로호하르트 병사들은 마을을 포위하려는 듯이 움직이고 있었다.

도적들의 숫자가 의외로 많아서 로호하르트 병사들을 제외하면 우리 병력보다 더 많은 것 같았다.

하지만 자세히 보니 그런 도적들도 크게 세 무리로 나뉘어 있었다.

첫 번째 무리는 괴로운 듯한 표정으로 전선에 서서 익숙하지 않은 듯이 싸우고 있는 무리.

두 번째 무리는 척 보기에도 도적 같아 보이는데도 첫 번째 무리 뒤에 서서 전투에 거의 참가하지 않는 무리.

그리고 마지막으로 제일 뒤쪽에서 소리만 지르고 있고, 싸우지 못하는 것 같은 사람들.

"다시 말해, 전선에서 싸움을 강요당하고 있는 사람들

이———.”

“우리 마을 사람들이에요! 여보! 무기를 버려~!”

내게 대답하듯 소리친 사람은 어떤 여자였다.

거기에 뒤따르는 듯이 내 뒤에서 각각 다른 목소리가 전장을 향해 퍼져나갔다.

“아빠~!” “아버지~!! 난 여기 있어!” “이제 싸우지 마~!”

———참고로 아까 그 남자애는 역시 뛰어나갔다.

여자애가 질질 끌려가다가 멈춰 서서 말렸지만.

“이봐! 왜 인질들이 도망친 거야!”

“나도 몰라! 얼른 잡아! 저 녀석들이 말을———.”

도적들보다 먼저 움직인 것은 전선에서 싸우고 있던 대머리 마초였다.

“아들아?! 비켜, 임마!!”

그는 들고 있던 검을 도적에게 내던진 다음, 앞길을 가로막으려던 도적들을 후려치면서 이쪽을 향해 달려왔다.

그 표정은 마치 악귀 같았다.

———어라, 다가오게 해도 괜찮은 건가?

내가 불안하게 생각한 순간, 남자애를 붙잡고 있던 여자애가 손을 놓았다. 남자애가 그 악귀———가 아니라, 남자에게 뛰어갔다.

“우오오오오!! 아들아! 무사했구나아아아아!!”

“응! 아버지! 저 누나들이 구해줬어!”

대머리 남자는 그 남자애를 안아들자 짐승처럼 소리질렀

고, 그것이 계기가 되었다.

전선에서 싸우던 사람들 중 대부분이 무기를 뒤쪽으로 던지고는 뛰어가기 시작했다.

"무기를 버린 자는 보호해라! 아직 무기를 들고 있는 자는 적이다! 죽여!"

"""오오!!"""

아델버트 씨의 호령이 울렸고, 허드슨 상회를 필두로 힘찬 목소리가 대답했다.

"———아, 오빠. 진짜로 싸우고 있네."

왠지 멍해진 듯한 미스티의 시선을 따라가 보니 바다의 남자들 사이에서 검을 휘두르고 있는 레이니가 보였다. 생각했던 것보다 그럴싸한 모습인 데다 어지간한 병사보다 강한 것 같았다.

"사라사, 그런데 우리는 참전하지 않아도 되나?"

"어이쿠, 그렇죠. 아이리스, 케이트, 가요."

이미 대세는 결판이 났다. 이대로 내버려 두어도 문제는 없겠지만, 부상자는 적은 게 낫다.

내가 아이리스와 케이트에게 그렇게 말하고 나서 걸어가려 하자 마초가 내 앞에 섰다.

"아들을 구해줘서 고맙다! 나도 도우마!"

아이와 다시 만난 기쁨이 가시자 새삼 분노가 치솟은 모양이었다.

얼굴은 분노로 물들었고 쥐고 있는 주먹은 흉악해 보였지만, 아마추어가 끼어들면 오히려 위험하다. 그러니———.

"당신은 여기서 아이들을 지켜주세요. 도적하고 그 이외, 구분할 순 있겠죠?"

"그렇군……, 중요한 일이지. 그래! 맡겨만 다오! 망할 녀석들은 두들겨 패주마!!"

"네, 부탁드릴게요. 미스티하고……, 로레아는 여기 있어."

"사라사 선배, 저는 싸울 수 있는데요?"

"나도 알아. 그러니까 여기를 지켜줘. 그리고 지치기도 했잖아?"

척 보기에는 건강한 것 같지만, 두 사람은 납치된 이후로 며칠 동안이나 감금당한 상태였다.

미스티는 나름대로 싸울 수 있긴 하겠지만, 갑자기 싸우게 하는 건 불안하다.

그런 내 심정을 이해한 건지, 두 사람은 아무런 말도 하지 않고 고개를 끄덕였다.

"그럼, 얼른 가볼까요. 도적 퇴치는 싫지 않지만, 이제 슬슬 가게 경영이랑 연금술 쪽으로 돌아가고 싶다고요! 흐읍!!"

퍼억! 뿌득! 빠직!!

나는 주먹을 쥐고 앞을 막아선 도적들을 쓰러뜨려나갔다.

맨손으로 싸우는 건 오랜만이지만, 학생 시절에 익힌 기술이다. 팔다리가 자연스럽게 움직였다.

"사라사, 허리에 찬 검은 안 쓰나?"

"소중한 검이잖아요? 아까워요. ———그리고, 잘라내버리면 치료할 수도 없고요."

도적들의 몸이 헬 플레임 그리즐리의 목보다 튼튼할 것 같진 않다.

이 검을 휘두르면 팔이든 다리든, 몸통이든 간단히 베어 버릴 테고, 그런 상처를 치료할 만한 포션을 써버리면 아무리 부려먹더라도 적자가 나겠지.

마음을 꺾지만, 몸은 꺾지 않는다.

그런 힘조절이 중요할지도 모르겠는데?

"이봐! 왜 여기에 군대가 온 건데! 협박장을 벌써 보냈나?!"

"아직입니다! 어째서 이곳을……, 적어도 며칠은 더 여유가 있었을 텐데!"

도적들 건너편에서 어리석은 자들이 이야기를 나누는 게 들렸다.

묘하게 경계하지 않는다 싶었더니, 우리가 아직 유괴당했다는 사실을 모른다고 생각했구나.

이번 사건은 타이밍이 좋았다는 점도 크긴 하다.

지배인 씨가 편지의 내용을 알지 못했다면.

미스티와 로레아가 떠난 뒤로 피드 상회가 사우스 스트러그로 출발하지 않았다면.

레이니가 마침 사우스 스트러그로 오지 않았다면.

레오노라 씨가 루타 마을의 정보를 입수하지 않았다면.

그리고, 로레아가 쿠루미를 잘 숨겨두지 않았다면.

"그렇다면 우연히 들킨 건가?! 젠장, 운도 좋은 녀석들 같으니!"

"정말 그렇다니까요! 우리는 이렇게 열심히 살고 있는데! 운만 좋은 녀석들이!!"

———운만 좋다고? 아니, 나는 그렇게 생각하지 않아.

요크 마을과 정기편이 생겼고, 레오노라 씨가 시간을 들여서 조사를 해주었고, 로레아의 안전을 위해서 쿠루미를 만들었고.

굳이 말하자면 레이니가 사우스 스트러그에 왔다는 게 우연이긴 하지만, 허드슨 상회와의 관계가 없었다면 그가 내게 찾아오지도 않았을 것이다.

다시 말해, 모든 것이 차곡차곡 쌓여서 생겨난 결과다.

운만 좋아서 잘 풀린 게 아니다.

애초에 '열심히 산다'니, 범죄 행위를 열심히 해서 어쩌겠다는 거냐고.

그렇게 어리석은 녀석의 얼굴을 구경해볼까 하는 생각에 나는 눈앞에 있던 도적을 주먹으로 쓰러뜨리고 돌아보았다.

"……응? 어라? 왠지 기억이 나는 얼굴인데요."

"음, 저건 호우 바루로군. ———사라사, 손이 미끄러지면 미안하다."

도적들 뒤에서 떠들고 있던 남자들 중 한 명.

그 얼굴을 보고 불쾌하다는 듯이 눈살을 찌푸린 아이리스에게 내가 조용히 고개를 끄덕였다.

"전투 중이니까요. 그럴 수도 있겠죠."

"그거, 은근히 돌려서 하는 살해 예고잖아…….."

꽤 가까이 다가왔기에 상대방도 우리 목소리를 들었을 것이다.

호우가 이쪽을 보고는 깜짝 놀랐다.

"어엇! 너는, 아이리스 로체!!"

"누군가 했더니, 평민 연금술사냐?! 젠장, 너만! 너만 없었다며어언!!"

나를 손가락으로 가리키며 얼굴을 새빨갛게 물들이고 화를 내는 사람은 몸의 가로세로 폭이 이상한 사람이었다.

닮은 걸 굳이 찾아보자면 쿠루미다. 하지만 쿠루미와는 달리 귀엽지 않다.

"사라사, 저 녀석과 아는 사이인가?"

"아뇨, 기억이 안 나는데요. 저렇게 특이한 사람을 쉽사리 잊어버릴 것 같지도 않고요."

혐오감을 노골적으로 드러내며 물은 아이리스에게 내가 단호하게 고개를 저었지만, 호우가 아닌 쪽 남자가 더 화를 내고 말까지 더듬으며 침을 튀겼다.

"까부, 까불지 마라! 이, 이, 이, 하지오 커크 님을 잊었나!"

"아, 당신이 자칭 정통 후계자라던 그 사람이군요. 그런데 만난 적은 없잖아요?"

"만났잖아! 왕도에서! 왕궁 앞에서!"

"…………아. 갑자기 '결혼해주마'라고 하면서 입에서 침을 흘리던 그 변태인가요? 너무나도 의미를 이해할 수 없는 망언을 하길래 의도적으로 기억에서 지웠는데요."

　그 말을 들으니 생각이 났다———, 이름만은.

　얼굴은 역시 감이 안 온다. 그때도 꽤 뚱뚱한 사람이라고 생각하긴 했지만, 지금 그는 뚱뚱하거나 통통하다는 말로 둘러댈 수 없는 상태니까.

　단적으로 말하자면 구체, 그런 느낌이다.

　"으음~, 사람이 겨우 몇 달만에 그렇게까지 성장할 수 있는 거군요. 그때는 그나마 인간 형태였는데……, 변태가 인간을 벗어난 변태로 파워업했어요."

　"아니, 그게 성장인가? 애초에 눈치채지 못할 정도로 차이가 심하다고……?"

　"체형은 하늘과 땅———, 아니, 하늘과 구름 정도 차이인데요, 얼굴은 일부러 보지 않았어요. 전하가 말도 안 되는 소리를 해서 골치가 아팠을 때 불쾌한 말을 늘어놓는 낯짝 같은 건 보고 싶지도 않았으니까요."

　내가 어깨를 으쓱이자 하지오가 쿵, 쿵, 발을 동동 구르며 다시 나를 손가락으로 가리켰다.

　"젠장, 젠장, 젠장!! 이봐! 지금이라면 용서해주마, 평민! 내 고귀한 씨앗을 내려주는 거야. 그런 영예는 앞으로 아무리 애타게 원하더라도 얻을 수 없을 텐데!!"

　———아니, 누가 그런 말을 듣고 '응'이라고 하겠어?

　역시 변태다. 일반인인 나는 이해할 수가 없다.

　"……저 녀석이 이런 상황에서 무슨 말을 하는 거지? 현실을 못 보고 있는 건가?"

인질로 잡아서 협박하던 마을 사람들은 이탈했고, 도적들은 대부분 이미 쓰러졌고, 하지오 주위에 남아있던 건 상인 출신이라 싸움을 잘 하지 못할 것 같은 사람들뿐이다.

"그는 **정통 후계자**니까요. 아마 우리와는 시점이 다르겠죠."

완전히 비꼬는 말이었지만, 역시 변태다.

시점뿐만이 아니라 머리의 구조도 다른 모양이었다.

그는 왠지 모르겠지만 기분이 좋아진 듯이 으스대며 의미를 알 수 없는 말을 지껄이기 시작했다.

"뭐야, 잘 아는군 그래. 기뻐해라, 특별히 결혼해주마. 그러니 내게 영지의 지배권을 넘겨라. 우선 그 건방진 성격을 교정해주마."

"…………"

———저 공이 대체 무슨 말을 하는 거지? 무기물이 하는 말은 너무 난해하다.

"그런데, 그쪽에 있는 여자들도 나쁘지 않군. 이야기는 이미 들었겠지. 한꺼번에 귀여워해줄 테니 내 자비로운 마음에 감사하며 순순히 가랑이를———."

"'포스 불릿(역탄)'."

"끄허어어억———!"

피를 토하며 날아간 하지오의 몸이 통통, 몇 번 튕기고는 데굴데굴데굴. 땅바닥에 굴러가서 쓰러진 다음, 움찔거리며 떨다가 움직이지 않게 되었다.

"죄송합니다. 손이 미끄러졌네요."

"미끄러진 수준이 아닌데⋯⋯. 정말 뻔뻔하구나, 사라사."

케이트가 그렇게 말하며 쓴웃음을 짓고 이쪽을 돌아보았지만, 이상하게도 내 얼굴을 보자마자 움찔거리면서 떨고는 곧바로 급하게 눈을 피했다. 뭐지?

그에 비해 아이리스 쪽은 굴러간 변태를 발끝으로 걷어차고는 고개를 살짝 끄덕였다.

"흐음. 아직 살아있는 것 같군. 역시 사라사는 자비로워. 자, 호우 바루. 그리고 주위에 있는 동류들. 나는 사라사와는 달리 그리 자비롭지 못하거든?"

미소를 지은 아이리스가 한 발짝 내디딘 순간―――.

"하, 항복하겠습니다!" "목숨만은―――!" "죽고 싶지 않아아아아아아!"

남자들이 제멋대로 말하면서 두 손을 들고 무릎을 꿇고는 왠지 모르겠지만 케이트에게 자비를 청했다. 그런 뜨거운 시선을 받은 케이트가 곤란하다는 듯이 나를 살펴보았다.

"그렇다는데, 어떻게 할까? 사라사. 저쪽도 슬슬 정리가 될 것 같은데."

보아하니 아델버트 씨 쪽 싸움도 끝나가고 있었다.

무기를 버린 마을 사람들은 전선에서 물러났고, 도망친 도적들은 주위를 포위하고 있던 로호하르트의 병사들에게 이미 붙잡혔다. 이제 시간문제인 것 같다. 다시 말해―――.

"남은 건 그들뿐, 이라는 거군요. ⋯⋯어쩔 수 없죠. 아이리스, 괜찮겠어요?"

"흐음, 그렇지. 모처럼 기회가 생겼으니 잘라내 버리고 싶다만……."

아이리스가 오른손으로 든 검을 떨면서 매서운 눈초리로 바라본 곳은 호우의 하반신이었다.

그 사실을 눈치챈 호우는 완전히 핏기가 가신 채 부들부들 떨면서 식은땀을 흘렸다.

아이리스는 그런 그를 빤히 바라보고 있다가 잠시 후에 숨을 내쉬고는 검을 집어넣었다.

"……사라사에게 더러운 것을 보여줄 필요도 없겠지."

그 말을 듣고 긴장이 풀렸는지 호우가 눈을 뒤집은 채 털썩, 쓰러졌고, 곧바로 달려온 아델버트 씨 일행에게 다른 남자들과 마찬가지로 붙잡혔다.

"휴우~. 이제야……, 끝난 건가요."

내가 숨을 크게 내쉬자 아이리스와 케이트가 미소를 지었고, 다른 병사들에게 포박을 맡긴 아델버트 씨도 다가와서 내 어깨를 두드렸다.

"사라사 공, 일이 잘 풀린 모양이지?"

"덕분에 어떻게든 되었죠. 아델버트 씨, 그쪽 피해는요?"

"사망자는 없다. 심해봤자 골절 정도지. ───도적 쪽은 몇 명이 죽었다만."

"우리 쪽에 큰 피해가 없다면 충분해요. 아델버트 씨의 지휘 덕분이네요."

"별것 아니야. 내 장점은 이것밖에 없으니까. 도적 따위에게 밀릴 수는 없지."

아델버트 씨는 쓴웃음을 지으며 어깨를 으쓱이다가, 아이리스와 케이트, 그리고 이쪽으로 다가온 로레아와 미스티를 보고는 기쁜 듯한 미소를 지었다.

"아이리스, 그리고 케이트도 잘했다. 제 역할을 다한 모양이로구나?"

"중요한 부분은 역시 사라사에게 의존했습니다만……, 어떻게든요."

"황송합니다. 하지만 저는 역시 채집자 쪽이 더 마음이 편하네요."

"하하하하핫! 그래, 그래. 으음, 지금은 그래도 된다. 도적을 상대하는 건 우리에게 맡기고 너희는 좀 더 지금을 즐기도록 해라. 우선 재회의 기쁨부터 말이다."

아델버트 씨는 그렇게 말한 다음 다가와 있던 월터를 재촉하며 도적들 쪽으로 갔고, 월터도 말없이 고개를 끄덕이고는 따라갔다.

그리고 그걸 기다리고 있었다는 듯이 로레아와 미스티가 내게 달려들었다.

"사라사 씨! 이제 끝난 거죠? 괜찮은 거죠?"

"사라사 선배, 고생하셨어요! 그리고 다시 감사의 말씀을 드릴게요."

"응, 이제 끝났어. 도적들이 한데 뭉쳐준 덕에 일망타진

할 수 있었지. ———그런 의미에서는 그 하지오라는 녀석에게도 고마워해도 될 것 같은데?"

"어~, 선배, 그런 녀석에게 고마워하실 필요는 없어요. 지금 살아있는 것만으로도 운이 좋은 건데요! 저였다면 좀 더 시끌벅적하게 손이 미끄러졌을 거라고요!!"

미스티가 불만이라는 듯이 볼을 부풀렸고, 아직 의식을 되찾지 못한 하지오를 노려보았다.

그런 그의 상태를 확인하던 병사가 고개를 젓고 있는 게 보였다.

보아하니 정말로 살아있기만 한 상태인 것 같다.

싫지만, 치료를 해야 할지도 모르겠다. 죽으면 심문도 못 하게 되니까.

"뭐, 고마워해야겠다는 건 그냥 해본 말이야. 그래도 로호하르트 영지의 장기적인 이익을 고려하면 쓰레기들을 한데 모아서 나타나 준 건 운이 좋았던 것 같거든."

하지오에게는 정당성이 없지만, 그래도 전 영주의 핏줄이다.

눈에 보이지 않는 영향력도 있었을 테고, 그것을 이용해서 지하 조직 같은 걸 만들었다가는 여러모로 골치 아팠겠지. 그러나 그는 도적들과 손을 잡고 범죄를 저지르면서 눈에 매우 띄는 짓을 해버렸다.

하지오만 어리석었던 건지, 그를 옹립한 사람들도 다들 어리석었던 건지. 그가 착각하며 그런 행동에 나선 이유는 요크오 커크가 영주였던 무렵의 감각에서 벗어나지 못했기 때문일지도 모르겠다.

앞으로는 하지오의 배후 관계를 캐내고 관여한 친족이나 지원자들을 단속하게 될 것이다———, 나 말고 다른 사람의 손에 의해서.

아마 크렌시나 페리크 전하, 또는 전하에게 지명당한 가없는 희생자가.

나는 그 희생자에게 마음속으로 기도를 해주면서 미스티의 뒤쪽을 가리켰다.

"그건 그렇고, 미스티. 너를 걱정해준 사람이 왔는데?"

그쪽을 돌아본 미스티가 '으엑'이라면서 노골적으로 인상을 찌푸리며 한 발짝 물러섰다.

다가온 건 두 명을 선두에 세운, 온몸이 햇빛에 그을려서 박력이 넘치는 남자들.

그렇다, 허드슨 상회 분들이다.

모르고 그냥 보면 도적과 함께 묶어버렸을 정도———라는 건, 말이 너무 심한가?

그래도 꽤 불량스럽게 보인다는 건 분명했기에 모두가 기쁜 듯이 미소를 짓고 있는데도 처음 본 로레아는 겁을 먹은 듯이 내 뒤에 숨어버렸다.

"아가씨! 걱정했다고요!"

"미스티! 무사했구나!!"

다가온 선장님과 레이니의 목소리가 겹쳐졌고, 잠시 후에 두 사람의 시선도 겹쳐졌다.

미스티를 후계자로 옹립하려는 선장님과 후계자 자리에 가장 가까운 레이니.

약간 미묘한 관계이긴 하지만, 선장님에게는 자도크에 대한 이야기를 이미 설명해두었다.

미스티를 걱정했다는 점은 마찬가지이기에 두 사람 사이는 결코 험악하지 않다.

하지만 양호하다고도 하기 힘들기에 정말 미묘한 분위기다.

그걸 짐작한 건지, 미스티가 곤란하다는 듯이 눈살을 찌푸리고 두 사람 사이로 끼어들었다.

"하하하……. 라반 선장, 그리고 선원 여러분, 다들 구해주러 와서 고마워."

"뭐, 아가씨께서 위기에 처하셨다니 배를 내팽개치고서라도 와야죠! 안 그러냐!!"

"그렇고말고!" "당연하지!" "아가씨!!"

선원들이 제각각 그렇게 말하자 미스티는 기쁜 마음과 쑥스러운 마음이 뒤섞인 듯한 미소를 짓고 있다가, 옆에서 껄끄러운 듯이 서 있던 레이니를 보고는 망설이는 듯이 눈을 이리저리 굴렸다.

"그리고……, 오빠도 와 줬구나?"

"당연하지! 여동생이 위기에 처했잖아?! 아무리 중요한 거래가 있다 하더라도 내팽개치고 와야지!!"

"아니, 상회 경영진, 차기 상회장으로서 그건 좀 그런 것 같은데……. 일단은 지금도 나를 소중히 여겨주고 있는 거야?"

"일단은?! 일단은 무슨! 여동생이 소중하지 않을 리가 없잖아!"

레이니는 딱 잘라 부정했지만, 미스티는 계속 눈을 피하며 말했다.

"그래도……, 내가 입학한 뒤로 정기적으로 편지를 보냈는데, 답장도 안 왔고."

"말도 안 돼……. 나는 답장을 썼는데? ──큭, 자도크 녀석인가! 미안하다. 제대로 만나서 이야기를 할 걸 그랬어. 공부에 방해가 되고 싶지 않아서 신경을 너무 많이 썼던 모양이야."

화가 나서 떨리는 목소리로 말하는 레이니를 미스티가 힐끔 보았다.

"그럼, 내가 취직하는 걸 방해한 건? 왕도 주변에서는 거절하던데?"

"방해? 그럴 리가……. 취직에 대해서 뭔가 말한 게 있다면, 아는 사람에게 '미스티가 존경하는 선배의 가게에 취직하고 싶어한다'라고 말한 것뿐인데? ──아버지가 뭐라고 했는지는 나도 잘 모르겠지만."

이번에는 레이니가 정말로 의아하다는 듯이 고개를 갸웃거렸다.

──으음~, 거짓말은 아닌 것 같은데. 관계자가 멋대

로 신경 써준 건가?

취직하고 싶어한다. → 다른 곳엔 취직하고 싶지 않다. → 다른 곳에는 취직시키지 마라, 이런 식으로.

아니면 레이니가 말한 대로 미스티가 돌아와주었으면 하는 아버지가 손을 썼거나.

자도크가 저지른 일이 있어서 그런지, 미스티도 완전히 부정하지는 않고 계속 말했다.

"그럼, 사라사 선배를 농락해라, 라고 한 건?"

"노, 농락———?! 그런 말을 할 리가 없잖아! 미스티와 사라사 님이 평범한 친구 이상의 관계가 되면 좋겠다고 생각한 적은 있지만, 그것뿐이야!"

이쪽은……, 그 말을 들은 사람이 '(친한 친구, 스승과 제자라는 의미로) 친구 이상'이라는 말을 '(성적인 의미로) 친구 이상'이라고 착각했거나, 악의를 품고 미스티에게 전달한 건가?

"……연금 소재를 허드슨 상회로 유통시키라고 한 건?"

"사라사 님하고 직접 거래를 할 수 있게 되면 좋겠다는 말을 한 적이 있긴 하지만, 너에게 억지로 시킬 생각은 전혀 없었어. 변명이긴 하지만, 그것도 완전히 자도크의 독단이야. 그 편지는 나도 읽었고. 실례가 되기 짝이 없는 내용이라, 솔직히 현기증이 날 정도였다고. 정말 미안하다!"

고개를 크게 숙인 레이니를 보고 미스티가 '그렇구나……'라고 중얼거렸다.

신경 쓰이던 것들을 전부 물어보고 응어리가 풀렸는지 그녀의 표정은 매우 부드러웠지만, 레이니가 고개를 들자 곧바로 고개를 돌리고는 볼을 부풀렸다.

"그래도! 오빠가 제대로 했다면 골치 아픈 일 중에 몇 가지는 일어나지도 않았을 거거든요? 그걸 자각해 주세요! 허드슨 상회를 짊어지게 될 테니까요!!"

"아니, 나는 미스티가 후계자라도———."

"지금은 그런 이야기를 하는 게 아니에요!"

그런 이야기를 하고 있었던 것 같긴 하지만, 미스티는 후계자가 되고 싶지 않다고 했다.

억지로 이야기를 가로막고는 팔짱을 끼며 레이니를 힐끔 보았다.

"그래도……, 제가 사라사 선배의 가게에서 일을 할 수 있게 된 건 오빠 덕분이에요. 그것만은 칭찬해드릴게요. 그러니까, 용서해줄게요."

"미스티———!!"

그 말을 들은 레이니가 감격한 듯이 두 팔을 벌리고 미스티에게 달려들었다.

그는 학교에 입학하기 전에 어렸던 미스티를 대하는 느낌이었겠지만———.

"멈추세요! 오빠! 저는 이제 어린애가 아니라고요!"

말 그대로, 미스티는 이미 예전의 미스티가 아니었다.

그녀는 학교에서 전투 기술도 배웠기에 몸이 곧바로 움직였을 것이다.

뛰어온 레이니의 멱살을 잡고 허리를 틀자 그의 몸이 공중에서 회전했고———.

"끄억!"

무방비한 상태로 땅바닥에 내동댕이쳐졌다. 오빠를 보고 미스티가 '아……'라며 작게 말했지만, 그 소리를 묻어버릴 만큼 큰 목소리가 연달아 겹쳤다.

"오, 역시 아가씨야! 완력으로도 레이니 님 이상인데!"

"역시 후계자는 아가씨밖에 없다니까!"

"그, 그러니까, 나는 후계자가 될 생각이———!"

"레이니 님도 나쁘진 않지만, 화려한 느낌이 없단 말이지."

"이 무용담을 다른 녀석들에게도 가르쳐줘야겠어."

"좋았어! 얘들아! 소리쳐라!!"

신이 난 허드슨 상회 사람들, 그리고 왠지 모르게 시작된 장송곡.

이번에는 어떤 의미가 담겨 있는 건지 모르겠지만, 미스티가 따지는 목소리는 완전히 묻혀버렸다.

미스티는 곤란한 듯한 표정으로 선원들을 찰싹찰싹 때리며 말리려 했지만, 단련된 그들에게는 그녀의 손바닥 따위는 아프지도 않았다.

그 결과, 주위 사람들을 내버려 둔 채 노래가 숲에 큰 소리로 계속 울려 퍼졌다.

그 평화로운 광경을 보고 우리는 서로 얼굴을 마주 보며 웃었다.

Epilogue

ΛFhιLFɪθυFF

에필로그

"응, 그래, 그래. 그 정도 마력을 유지하고……, 조금만 더, 힘내!"

"네! 신중하게, 그러면서도 확실하게……, 됐, 다! 완성, 맞죠? 사라사 선배!!"

반짝이는 눈으로 나를 바라보는 미스티를 '조금만 기다려' 라며 밀어낸 다음, 연금솥에서 꺼낸 아티팩트를 끙끙대며 확실하게 살펴보았다. 스승님으로서!

"……응, 문제없어! 급탕기 아티팩트, 완성이야!"

"앗싸아아아아아아아아아아!"

내가 합격이라고 말하자마자, 미스티가 두 손을 들고 폴짝 뛰어올랐다.

도적 소동이 끝난 지 20일 정도가 지났다. 우리는 무사히 본업으로 복귀했다.

내 공기청정기는 이미 완성되었고, 가게 안의 환경 개선에 큰 효과를 발휘하고 있다. 방금 만든 것은 미스티가 담당하기로 한 대중목욕탕의 급탕기다.

"안심했어요……. 많은 사람들이 제 얼굴을 볼 때마다 '대중목욕탕은 언제쯤 이용할 수 있는 거야'라고 물어봤거든요? 정말, 압박감이 심해서……."

사실, 대중목욕탕의 건물은 우리가 요크 마을로 돌아온 시점에서 이미 완성되어 있었다.

이제 아티팩트만 설치하면 당장에라도 이용할 수 있는

상태.

다시 말해, 마을의 목욕 사정이 미스티에게 달리게 된 거니까……, 기대를 걸 만도 하지.

"응. 그리고 그렇게 시달리면서도 열심히 해서 성공시킨 미스티는 기특해!"

내 지도 방침은 칭찬해주며 키우는 것.

로레아에게도 성공했기에 두 번째로 시도해보고 있다.

"에헤헤, 감사합니다. 그런데 어째서 제가 만든다는 걸 알고 있었던 걸까요?"

"아, 미안. 아마 그건 나 때문일 거야. 안드레 씨에게 급탕기는 미스티가 만들 거라고 말해버렸거든. 그래서 소문이 퍼져버린 거 아닐까?"

내가 슬쩍 비밀을 밝히자 기쁜 듯이 처져 있던 미스티의 눈가가 갑자기 치켜 올라갔고, 볼을 부풀리며 나를 탁탁 때려댔다.

"선배 때문이었나요?! 정말~~! 저는 정말 초조했거든요?! 그렇지 않아도 비싼 소재를 잔뜩 쓰는 거라 긴장이 되는데!"

"뭐, 뭐, 잘 된 거지. 이렇게 성공했으니까. 실패해도 예비 소재가 있었고."

"있긴 해도 비싸다는 건 마찬가지라고요! 선배가 채집해 왔으니까 여유가 있었을 뿐이잖아요?! 보통은 이렇게까지 품질이 좋은 아스테로어는 못 산다고요!"

그렇다, 신선도가 매우 중요한 아스테로어는 산채로 가게에 가지고 오면 품질이 뛰어난 소재가 되지만, 역시 연금술사가 직접 채집해서 곧바로 가공한 것에 비해서는 품질이 떨어질 수밖에 없다.

　하지만 자기가 일부러 채집하러 가는 연금술사는 별로 없고, 유통량도 적다.

　그렇기 때문에 레오노라 씨도 기뻐해준 거고———.

　"그래도 내 제자로서 해나가려면 앞으로도 이런 느낌이 될 텐데? 그리고 지금부터는 미스티도 직접 소재를 채집하러 가게 될 테니까."

　내가 현실을 가르쳐주자, 미스티가 놀란 듯이 눈을 동그랗게 떴다.

　"모, 못해요! 저는 선배처럼 싸울 수가 없다고요!"

　"그건 괜찮아. 소재를 채집할 때 곤란하지 않을 정도로는 내가 단련시켜 줄 테니까. 안심해."

　"안심이 안 되잖아요?! 그런 이야기는 처음 들었는데요?!"

　"나도 스승님이 단련시켜 주었거든. 아마 전통이겠지."

　잘 모르겠지만. 그래도 직접 소재를 채집하러 가는 건 전통———일지도 모르겠다.

　적어도 스승님은 그렇게 실력을 키운 모양이고, 효과는 이미 증명되었다.

　"그래도 실제로 단련하는 건 한참 뒤야. 우선 내가 제자에게 주기에 걸맞는 검을 만들 수 있게 되어야만 하니까. 그러니 지금은 대중목욕탕에 아티팩트를 설치하러 가자. 채 집자들이나 마을 사람들도 목이 빠지게 기다리고 있을 테니까."

"네에……? 기대 조금, 불안 잔뜩인데요……."

"걱정할 필요는 없는데? 제대로 완성되었다는 건 스승님인 내가 확인했으니까!"

나는 '아뇨, 그런 의미가 아니라……'라며 이해가 잘 안 되는 말을 하고 있던 미스티를 재촉해서 함께 급탕기를 들어올리고는 점포 공간으로 향했다.

좀 전까지는 별로 다가가고 싶지 않았던 그곳도 공기청정기가 가동된 지금은 쾌적하다.

급탕기도 완성되었기에 가벼운 발걸음으로 들어가보니 그곳에는 왠지 모르겠지만 불만이라는 듯이 입을 꾹 다문 채 팔짱을 끼고 가게를 보고 있던 로레아가 있었다. 내가 '왜 그래?'라고 물어볼 틈도 없이 로레아가 이쪽을 보자마자 말문이 터진 듯이 마구 떠들어댔다.

"앗! 사라사 씨! 제 말 좀 들어보세요! 아버지가 아직 피드 상회에 대답을 안 했대요! 그렇게 좋은 조건을 제안해주었는데, 너무 우유부단하다고요!"

"아, 어이쿠———, 어? 대답이라니……, 아, 피드 상회의 산하로 들어간다는 거?"

갑자기 무슨 일인가 싶었는데, 예전에 지배인 씨가 제안했던 그거구나~.

지금 시점에서도 피드 상회가 운반해 온 물건을 다르나 씨가 사들여서 팔고 있긴 하지만, 그건 시범 운용 기간 같은 거고———, 아니, 아직 시범이었구나?

"맞아요! 맞아요! 결단이 너무 느리다고요! 상인으로서는 치명적이에요!!"

불만이 가득한 듯이 콧김을 세게 내뿜은 로레아를 보고 나와 미스티가 서로 얼굴을 마주 본 다음, 들고 있던 급탕기를 일단 바닥에 내려놓고 이야기를 들을 준비를 했다.

"그렇구나. 피드 상회는 재촉하지 않을 텐데……."

"네, 사라사 씨 덕분에요. 그래도 보통은 이미 도태되어 버렸을 거라고요!"

"뭐, 그냥 생각하기에는 승부가 안 되겠지. 그래도, 로레아. 다르나 씨에게도 생각이 있지 않을까? 나도 상회의 딸이라 이해가 되는데, 조상님에게 물려받은 상회를 없애고 싶지 않다거나, 마을의 유일한 잡화점이 다른 상회 밑으로 들어가면 상회가 철수했을 때 마을 사람이 곤란해진다거나."

미스티는 로레아를 달래려는 듯 고개를 끄덕이면서도 다르나 씨를 변호했다.

실제로 미스티가 한 말은 맞는 말이다.

규모가 큰 상회라면 이익이 발생하지 않는 장사를 접는다는 선택도 할 수 있다.

그럴 경우에 다르나 씨가 혼자 힘으로 잡화점을 다시 시작할 수 있을까. 불가능하진 않더라도 꽤 힘들 게 분명할 텐데. 하지만 로레아는 힘차게 고개를 저었다.

"저희 가게는 상회라고 자랑할 만한 곳이 아니에요. 그리고 그런 의미로는 이미 늦었어요. 피드 상회에게 버림받는 건 사라사 씨에게 버림받는 거나 마찬가지죠. 그렇게 되면 요크 마을은 더 이상 손을 쓸 수 없게 된다고요."

"아니, 아무리 그래도 그건 좀 호들갑스럽지……, 않은가?"

"그렇지 않아요! 이곳은 완전히 채집자들 덕에 돌아가는 마을이 되었다고요. 사라사 씨가 떠나버리면 채집자분들도 떠나버릴 거예요. 다시 예전처럼 시골 마을로 돌아가버릴 거라고요!"

그건 부정할 수가 없다. 다른 연금술사가 오지 않는다면 말이지만.

"……뭐, 그래도 예전보다는 낫겠지만요. 영주님도 바뀌었고요. 그래도 정식 영주님은 아직 정해지지 않았죠? 사라사 씨."

"정해지지 않았다고 해야 하나……, 왕실 직할령이니까 국왕이 영주라고 해야 하나? 실질적으로는 지방관인 크렌시가 영주나 마찬가지지만. 변경될 거라는 이야기는 못 들었네."

"그렇군요……. 저번 사람하고는 달리 나쁜 사람은 아닌 것 같지만, 요크 마을에는 좋은 일도 해주지 않았단 말이죠. ───사라사 씨가 관여하기 전까지는요."

로레아가 조금 불만이라는 듯이 입술을 삐죽이자 미스티

도 맞장구를 쳤다.

"아, 단숨에 바뀐 느낌이긴 하죠. 저는 예전의 마을에 대해 잘 모르지만요."

그 말대로, 요크 마을은 최근에 크게 바뀌었다.

도로 확장 공사로 인해 마을에 들르는 사람이 많아졌고, 도로가 안전해지자 채집자들을 비롯하여 공사 관계자 말고도 마을에 찾아오는 사람들이 늘어났다.

내가 원하던 마을의 정비, 확장도 이루어졌고, 새 집이 여러 채 세워졌고, 마을을 떠났던 젊은이들이 돌아와서 인구도 늘어났다. 요즘 마을은 활기가 넘친다.

그리고 그것 말고도 가까운 곳 또한 변해가고 있긴 한데——.

"뭐, 제가 아버지의 엉덩이를 걷어차 주고 왔으니까, 다음에 피드 상회 사람이 왔을 때는 정식으로 제안을 받아들일 거예요. 사라사 씨, 잘 부탁드릴게요."

"아, 응. 직접적인 관련은 없지만, 지배인 씨에게 말해둘게."

"감사해요. ——그리고 보니 사라사 씨는 일단은 아직 영주 대리죠?"

"뭐, 그렇지. 도적들을 잡긴 했지만, 취조는 아직 진행 중이니까. 전부 끝난 뒤에 해임되거나, 이대로 그냥 끝나거나. 보고서는 보냈으니까 이제 전하에게 달렸지."

그러고 보니 임명장은 꼭 돌려주러 가야 하는 건가?

……뭐, 그런 부분에 대해서는 또 지시가 내려오겠지.

"그렇게 되면 다시 왕도로 가시나요? 요즘은 자리를 비우실 때가 많아서 좀 쓸쓸한데요……."

미스티가 와주기도 했기에 요즘은 가게를 비우는 경우가 많긴 했다.

그렇게 중얼거리며 눈을 내리깐 로레아를 보니 미안해졌다.

"아~, ……미안해. 그래도 미스티나 케이트랑 아이리스를 남겨두고 갈 테니까, 그걸로 참아줄래?"

"어~, 사라사 선배. 그런 말투는 좀 심하지 않나요~?"

"세 분이 있어주면 든든하긴 하지만, 그거하고는 다른 문제라고요!"

양쪽 옆에서 동시에 비난당해버렸다.

'참아달라'라는 단어가 문제였던 건지도 모르겠다.

게다가 타이밍 좋게 가게 문이 열렸고, 아이리스와 케이트까지 귀가했다.

하지만 다행이 그 두 사람은 듣지 못한 모양이었고, 점포 공간에 있던 나를 보고 깜짝 놀란 다음, 곧바로 기쁜 듯이 웃으며 입을 열었다.

"오, 사라사, 다녀왔다! 기뻐해 다오, 오늘은 잔뜩 수확했다!"

"다녀왔어, 사라사. 오랜만에 멀리 나가 봤는데, 연금 소재 말고도 가을 특산물을 잔뜩 따 왔거든. 다 같이 맛있게 먹자."

아이리스와 케이트가 그렇게 말하며 보여준 것은 넘쳐나는 산의 식재료들이었다.

버섯과 나무 열매, 과일, 고구마와 참마 같은 것들까지.

나는 기회라고 생각하고는 두 사람에게 맞장구를 쳤다.

"그러고 보니 벌써 가을이네요. 다같이 사냥을 하러 가는 것도 괜찮을지 모르겠어요."

대수해에는 자연의 은혜가 풍부하다. 계속 연금술을 하지 못하고 있었기에 요즘은 그쪽에 힘을 기울이고 있었는데, 모처럼 기회가 생겼으니 미스티에게 대수해를 안내해줄까?

그렇게 생각해서 제안한 건데, 왠지 모르겠지만 미스티가 의심하는 듯한 눈초리로 나를 보았다.

"……선배, 사냥할 대상이 가을 특산물 맞죠? 마물은 아니죠?"

"당연하지. 로레아를 데리고 갈 텐데, 마물을 고르진 않을 거야."

"저, 저도 가는 건가요? 대수해에?"

약간 놀란 로레아에게 내가 '당연하지!'라고 하며 고개를 끄덕였다.

"괜찮아, 혼자만 따돌리진 않을 테니까. 이것도 종업원에 대한 복지라고 해야 하나?"

"기쁘겠어요? 그게? 오히려 **강제** 복지 같은데요?"

미스티가 미심쩍어하는 눈초리로 바라보는데. 강제라니, 너무 실례잖아.

나도 나름대로 종업원과 제자를 생각해주는 건데!

"하하하, 걱정할 필요 없다. 사라사도 위험한 곳에 데리고 가진 않을 테니까. 안 그래?"

"어?"

""""……어?""""

우리는 다 같이 서로 얼굴을 마주 보았고, 케이트가 마침 생각났다는 듯이 입을 열었다.

"……그러고 보니 사라사에게는 로레아를 설산에 데리고 갔던 전과가 있었지."

"설산에?! 초보를? 선배, 말도 안 되는 짓이잖아요!"

"위험한 곳인 거랑 실제로 위험한 건 별개거든? 근처에 있는 우물도 떨어지면 위험하잖아."

"너무 극단적이야! 로레아도 용케 갔네?!"

"피곤하긴 했지만, 즐거웠는데요? 위험한 상황도———, 별로 없었고요."

"아, 역시 위험한 상황이 생기긴 했구나……."

말을 좀 더듬으며 쓴웃음을 지은 로레아를 보고 미스터가 뭔가 납득한 듯이 고개를 끄덕였지만, 그녀와는 달리 아이리스와 로레아는 그립다는 듯이 눈을 가늘게 떴다.

"설마 정말로 스노우 글라이드 센티피드와 싸우게 될 줄은 몰랐지……."

"그 크기는 정말 놀라웠죠! 전 그런 건 처음 봤어요!"

"미소?! 센티피드와 마주쳤는데 미소?! 역시 선배예요.

주위 사람들도 평범하지 않네요…….”

“그렇게 따지면 같은 연금술사인 미스티가 제일 그렇지 않을까?”

“…………..”

케이트가 그럴싸하게 지적하자 미스티가 곤란한 것 같으면서도 왠지 기쁜 듯한 표정으로 입을 다물었다.

케이트와 다른 사람들이 동시에 웃었고, 나는 ‘그건 그렇고’라고 하며 이야기를 이어나갔다.

“우리가 나가 있던 동안에 옆쪽 공사도 꽤 많이 진행된 것 같네?”

“네, 다른 곳에서 집을 짓던 게 일단락된 모양이라 다들 열심히 해주고 계세요.”

그렇다, 가까운 곳이 변해가고 있다는 게 바로 그거다.

바로 옆에 집을 짓고 있는 중———이라고 해야 하나, 이 집을 증축하고 있다.

내가 사우스 스트러그에 있던 동안에 어느새 크렌시가 손을 써둔 것이다.

그가 말하기로는 ‘영지를 위해 일하고 있으니 이 정도는 필요하다’고 하는데, 나는 당황스러울 뿐이었다. 하지만 이미 정해진 일이라며 밀어붙여버렸다.

애초에 평범한 연금술사가 각인을 새긴 집을 세울 기회는 별로 없으니까.

일단 움직이기 시작한 이상, 꽤 즐기며 작업을 하고 있기도 한 상황이다.

"미스티도 좋은 경험이 될 것 같고?"

"네, 그렇긴 하죠———, 아니, 선배! 우리도 공사하러 가던 참이었잖아요!"

그렇게 말한 미스티가 발치를 손가락으로 가리키자, 아이리스가 '오'라고 하며 눈썹을 치켜 올렸다.

"그건 급탕기인가? 드디어 대중목욕탕이 가동되는 거야? 잘됐구나, 로레아."

"네! 가게에 냄새가 고이지는 않게 되었지만, 그래도 안에 있으면⋯⋯."

감도는 악취는 정화할 수 있지만, 악취의 발생 원인까지는 정화할 수 없다. 그것이 공기청정기다.

"그것도 오늘까지겠구나. 앞으로는 냄새가 너무 심한 채 집자는 출입금지려나?"

"네⋯⋯? 그래도 되는 건가요?"

케이트가 한 말을 듣고 로레아가 약간 당황했지만, 나는 살짝 고개를 끄덕였다.

"상관없는데? 대처할 수 있는데도 그러지 않는 사람은 알 바 아니니까. 조금 정도는 손님을 골라서 받아도 될 것 같거든. ———아무리 그래도 스승님처럼 귀족을 걷어 차서 쫓아내진 못하겠지만."

"오오, 귀족에게도 사정을 봐주지 않는다니, 역시 오필리아 님이시군! 로레아도———."

"그, 그럴 순 없어요! 그런 사람들일수록, 저기⋯⋯."

로레아가 곤란하다는 듯이 말꼬리를 흐리자 아이리스가 알겠다며 고개를 끄덕였다.

"음, 질이 안 좋다는 건가. ⋯⋯좋아, 내가 허가하마. 쿠루미, 해치워버려라!"

"가우?"

갑자기 화제를 돌리자 카운터 구석에 앉아있던 쿠루미가 의아하다는 듯이 고개를 갸웃거렸다.

그런 쿠루미를 급하게 끌어안은 로레아가 아이리스에게 따졌다.

"아, 안 돼요! 쿠루미가 다치면 어떻게 하시려고요!"

"아니, 걱정해야 할 건 쿠루미가 아니라 채집자의 목숨일 것 같은데?"

"⋯⋯으으."

로레아도 쿠루미가 얼마나 강한지는 몇 번이나 보았다.

반론하기가 힘들어지자 곤란해하며 끙끙대는 로레아의 표정을 보고 나는 살짝 웃었다.

"후후. 뭐, 폐를 끼치는 채집자들에게 어떻게 대처할지는 다시 이야기를 나눠보자. 우선 우리는 공사하러 다녀올게. 서두르지 않으면 또 미스티가 싫은 소리를 할 테니까."

"그 원인은 선배에게 있다고요!"

혹시나 그럴지도 모르긴 하지.

나는 입술을 삐죽대고 있던 미스티를 달래면서 다시 급탕기를 들어올렸다.

"사라사 씨, 미스티 씨, 안전하게 다녀오세요. 오늘 저녁 식사는 아이리스 씨와 케이트 씨가 가져다 준 가을 특산물로 맛있는 요리를 해드릴 테니까요!"

"응, 기대할게. 그럼, 다녀올게!"

대중목욕탕에서 아티팩트의 동작 확인과 밀려든 사람들을 지켜본 그날 밤.

우리는 집에 있는 목욕탕의 고마움을 실감하며 로레아의 요리를 맛있게 먹었다.

메뉴에서 가을이 크게 느껴지긴 했지만, 아직 젊은 우리에게는 좀 부족했다.

주연은 역시 고기———. 단, 식후에는 다시 가을 특산물이 주연으로 돌아왔다.

우리는 각종 과일의 새콤달콤한 맛에서 가을을 느끼며 모두 함께 부드러운 표정을 지었다.

자연스럽게 기분이 들떴고, 신나게 이야기를 나누던 우리의 귀에 공음 상자에서 울린 소리가 들렸다.

"———응? 어라? 레오노라 씨? 맛있는 요리 냄새라도 맡으셨나?"

"하하하, 가을 특산물을 보내라고? 아무리 레오노라 공이라고 해도 그렇게까지 코가 예민하진 않을 텐데. 그 정보 수집 능력은 경이롭지만."

"그러게요. 농담이에요. ──네에~, 무슨 일이세요?"

그렇게 평온한 분위기로 이야기할 수 있었던 건 그때까지였다.

레오노라 씨가 가르쳐준 정보는 온화한 분위기를 단숨에 날려버리게 되었다.

"사라사, 큰일이야. 그렌제에서 정체를 알 수 없는 역병이 발생했어."

후기

얼마 전(이라고 해도 꽤 시간이 지나긴 했습니다만), 처음 손수 쓴 편지로 팬 레터라는 것을 받았습니다. 이런 시대에. 감사합니다, 감사합니다.

와아~, 그렇게 기뻐하고 있는 이츠키 미즈호입니다.

자, 이번 6권, 간행되는 게 애니메이션 방송 직전이라 그런 부분에 대해서 쓸까 생각도 해보았습니다만……, 백문은 불여일견이라는 말도 있죠.

글로 길게 써봤자 아무런 소용도 없을 것 같기도 하니, 한마디만.

『애니메이션 오리지널 스토리도 있으니까 꼭 봐주세요!』

화제를 돌려서 6권 내용에 대해. 웹 버전을 읽으신 분들께서는 아시겠지만, 이번 권에는 웹 버전이 완결된 이후의 이야기가 묘사되고 있습니다.

그렇습니다! 사라사와 아이리스의 러브러브 신혼 생활이죠!

덤으로 멋진 언니들의 요염한 모습이!

그리고 웹 버전에서는 나설 차례가 없었던 후배도!

좋단 말이죠, 귀여운 후배가 잘 따라주는 거. 제게도 그런 후배가————, 있었는지 없었는지는 따져선 안 됩니다. 작가가 울어버릴 테니까요.

──그렇게 일부 과장된 표현이 있긴 하지만.

이번 권은 시리즈 중 처음으로 '계속!'이라는 결말로 끝났습니다. 네, 이번만큼은 '7권에서 뵙죠!'라는 말씀을 드릴 수 있는 겁니다. 네. 애니메이션이 방영되는 관계로.

약간 살벌한 마무리가 되긴 했습니다만, 지금은 머리를 꾹꾹 쥐어짜며 열심히 쓰고 있으니 7권도 이어서 구매해주신다면 정말 감사하겠습니다.

마지막으로 관계자 여러분께 감사의 말씀을 드립니다.

일러스트를 맡으신 후미 씨. 항상 감사합니다. 이번에는 애니메이션 관련 업무도 겹쳐서 힘드셨을 것 같습니다. 코미컬라이즈를 담당해주시고 계신 kiero 씨, 매번 귀엽고 기운이 넘치게 돌아다니는 사라사를 보며 치유받고 있습니다. 애니메이션 제작에 참여해주신 많은 분들. 정말 좋은 작품을 만들어주셔서 진심으로 감사드립니다.

그리고 독자 여러분, 소설과 함께 코믹스와 애니메이션도 즐겨주시면 좋겠습니다.

이츠키 미즈호

SHINMAI RENKINJUTSUSHI NO TEMPOKEIEI Vol.6 DESHI GA DEKICHATTA!?
©Mizuho Itsuki, fuumi 2022
First published in Japan in 2022 by KADOKAWA CORPORATION, Tokyo.
Korean translation rights arranged with KADOKAWA CORPORATION, Tokyo.

초보 연금술사의 점포경영 6

2024년 5월 15일 1판 1쇄 발행

저　　　자	이츠키 미즈호
일 러 스 트	후미
옮 긴 이	천선필
발 행 인	유재옥
담 당 편 집	박치우
이　　　사	조병권
출판본부장	박광운
편 집 1 팀	최서영
편 집 2 팀	정영길 박치우 정지원 조찬희
편 집 3 팀	오준영 권진영 이소의
디자인랩팀	김보라 박민솔
디지털사업팀	박상섭 김지연 윤희진
라이츠사업팀	김정미 맹미영 이윤서
영업마케팅팀	최원석 박수진 이다은
물 류 팀	허석용 백철기
경영지원팀	최정연
인쇄제작처	㈜코리아피엔피
발 행 처	㈜소미미디어
등　　　록	제2015-000008호
주　　　소	서울시 마포구 토정로222, 403호 (신수동, 한국출판콘텐츠센터)
판매 및 마케팅	(070) 8822-2301

ISBN 979-11-384-8305-6
ISBN 979-11-6611-779-4 (세트)